蝶は夜に囚われる

御堂なな子

幻冬舎ルチル文庫

CONTENTS ✦目次✦

蝶は夜に囚われる

✦イラスト・ヤマダサクラコ

✦カバーデザイン＝吉野知栄(CoCo.Design)
✦ブックデザイン＝まるか工房

蝶は夜に囚われる

1

フロントガラスの向こうに、地方都市の静かな夜が映り込んでいる。車もまばらな国道の上には星空が広がっているはずだが、漆黒のセダンのハンドルを操る狩野明匡《かのあきまさ》に、秋の星座を探す余裕はなかった。

二十八歳の狩野が、毎日この国道沿いの風景を目にしていたのは、高校生の頃《ころ》だ。褪《あ》せたアスファルトの車道と、沿道に僅《わず》かなネオンサインの店が散るだけの殺風景な景色には、懐かしさも感傷も生まれない。

「――あそこだ。あいつは、絶対にあそこにいる」

車中に零《こぼ》れた狩野の声は、まるで祈るような響きを帯びていた。十六歳になったばかりの夏、ほんの短い時間を同級生として過ごした『あいつ』。生きていてくれたらいいと、それだけを願い、彼を探し続けていた狩野の前に、かつての通学路が見えてきた。

キキィッ、とタイヤが悲鳴を上げるのもかまわず、狩野はその通学路へと車を進めた。寂れた街にふさわしい、古ぼけたアパート群。中でもとりわけ朽《く》ち果てた、廃墟《はいきょ》と化した一棟の前で、狩野は急ブレーキを踏んだ。

記憶力のいい頭に、『あいつ』の住んでいた部屋の番号は深く刻まれている。車を降りた瞬間、狩野は俊敏な獣のように身を翻《ひるがえ》し、辺りを警戒した。素早く四方に視線を走らせ、誰もいないことを確かめると、地面に伏せて異変を探す。

道路に血痕《けっこん》が一つ、二つ、転々とアパートの入り口まで続いている。狩野は確信と焦燥を綯交《ないま》ぜにした苦い表情を浮かべて、その血痕を靴の底で踏み消した。

逃亡者の証《あかし》を消したのは、自分以外の追跡者に、この場所を知られたくないからだった。

（青伊《あおい》。今行く）

声なき声で『あいつ』の名を呼び、習い性の右手を上着の内側へと伸ばす。握り慣れたニューナンブ38口径の拳銃《けんじゅう》はそこになく、今日は本来は非番で、ホルスターさえも身に着けていないことを思い出して、狩野は舌打ちをした。忍び足で１０３号室の薄いドアへと近付き、腐食して変色したノブを握り締める。

鍵《かぎ》のかかっていなかったドアは、簡単に開いた。室内は微《かす》かな黴《かび》の匂《にお》いと、何年も無人で放っておかれた淀《よど》んだ空気で満ちていた。床の埃《ほこり》に染みた血痕を追い、靴のまま部屋の奥へと足を踏み入れる。

（青伊）

大きな声でその名を呼びたいのに、狩野の喉は渇き切っていて、やはり声にはならなかった。そっと息をひそめると、家具も何もない畳の部屋の、ぼろぼろの押し入れの襖《ふすま》の向こうに人の気配を感じる。ごくり、と唾《つば》を飲み込んで、十六歳の時もそうしたように、狩野は襖を開けた。

「…っ」

——血の匂いを嗅《か》いで、こんなに安堵《あんど》したことも、嬉《うれ》しかったことも、狩野はなかった。

待ち焦がれていた目的が達成された時、人間は頭が停止するらしい。体じゅうが震える興奮も、喉から迸《ほとばし》りそうな歓喜の声も、全てを押し殺して、狩野は畳の床に膝《ひざ》をついた。

「青伊」

傷だらけで押し入れの隅に蹲《うずくま》る、同級生だった男。携帯電話の明かりで照らした彼の頬《ほお》は、儚《はかな》いほどに青白い。死んだように動かない彼に両腕を伸ばして、狩野は自分の胸の中へと、その痩《や》せた体を包み込んだ。

「青伊——。やっと、お前を見つけた」

どんなに彼を抱き締めたかったか知れない。狩野の頬に触れた彼の髪は、血で濡《ぬ》れて冷たくても、抱き寄せた体は温かかった。気を失った半開きの口元には、どうにか感じ取れる程度の息遣いがある。

今はそれでいい。生きているだけでいい。狩野はスーツが血で汚れることも厭《いと》わず、いっそう強く彼を抱き締めて、再会の夜が夢で終わらないことを祈った。

その日、不夜城東京の歓楽街の一角に、多くの捜査員の姿があった。関東最大の規模を誇る指定暴力団、泉仁会《せんじんかい》の資金源である秘密クラブに、人身売買容疑で緊急捜査が行われた。

クラブから保護されたのは、未成年者三名を含む、日本国籍と外国籍の女性七名だ。

容疑者となったクラブの店長や従業員たちは、捜査員が踏み込む寸前に行方《ゆくえ》を晦《くら》ませている。逃亡先の有力候補に新宿一帯が挙げられることから、新宿中央署も今回の捜査に加わることとなった。

クラブの所在地が管轄の六本木署に、新宿中央署との合同捜査本部が立ち上がったのが、この日の夕刻。上司から応援要請を受けた新宿中央署組織犯罪対策課刑事、狩野明臣は、非番の日のラフな服装をスーツに着替え、捜査本部に顔を出した。

「ご苦労様です、松木《まつき》課長。遅くなりました」

「おお、狩野。たまの休みに応援を頼んですまなかったな」

「いえ。できればガサ入れの前に呼んでくださいよ。六本木署の後方支援なんか御免です」

「マル害から通報があったのは六本木署だ。お前はおもしろくないだろうが、初動捜査のリードは向こうが取る。帳場はうちと合同で立てたから、それで許せ」

ぽん、と肩を叩《たた》いた上司に、狩野は仕方なく了解の頷《うなず》きを返した。すると、たくさんの捜査員たちの間を縫うようにして、若い刑事が駆け寄ってくる。

「狩野先輩！　お疲れ様ですっ」

六本木署に勤務する、狩野の警察学校時代の後輩だ。学生の頃の気分がまだ抜けないらしく、捜査成績の高い狩野に大きな信頼を寄せていて、配属先が離れていても顔を合わせればこうして懐いてくる。

「藤枝《ふじえだ》か。そっちの組対の居心地はどうだ？」

「はいっ。下っ端は雑用と使いっ走りの毎日で大変です。先輩のいる新宿中央署に異動させてもらいたいですよ」

「馬鹿《ばか》。こっちの組対もそう変わんねぇよ」

狩野が頭を小突いてやると、藤枝は苦笑しながら捜査資料を綴《と》じた書類を差し出した。

「秘密クラブ『ＭＩＳＴ』の資料です。今回のガサ入れで、複数の人身売買ルートが存在することが判明しました。バックの泉仁会が直接関わっているとなると、ルートも金も相当大きなヤマになりますよ」

「ああ、『ＭＩＳＴ』が泉仁会の資金源だったことはこっちも把握してる。六本木署の内偵は入ってたんだろう？」

「はい。しかし、俺《おれ》たちが動いていたのはヤク絡みです。『ＭＩＳＴ』で定期的にヤクのパーティーが開かれていると、告発があったんですよ。新宿界隈でもかなり出回っているやつです」

「悪名高き『ヘヴン』か。三日続けて摂取すれば、天国から戻れなくなるほど、覚醒《かくせい》効果が高いと評判だ」

「現在『MIST』の店長一之瀬征雄《いちのせゆきお》を、ヘヴンの元締めと人身売買双方の容疑で追っています。『MIST』のオーナーは五年ほど前からマカオに在住で、出頭命令には時間がかかるかと」

「マカオだと?」

「はい。『MIST』のオーナーは、泉仁会直参《じきさん》の陣内組《じんないぐみ》組長、陣内鷹通《たかみち》。泉仁会の若頭補佐でもある、関東最大の組織の実質ナンバー3の男です。俺たちがすぐにどうこうできる相手じゃありません」

「所轄署とはいえ組対の刑事が、マル暴相手にビビってられるか。行くぞ、藤枝。陣内組のヤサを洗う」

捜査資料を握り締め、狩野は革靴の踵《きびす》を返した。本部の会議室を出て行こうとした狩野の背中を、藤枝が必死に止めた。

「ま、待ってください! 陣内組の連中を必要以上に刺激して、ヤクのルートを掴《つか》めなくなったら困ります。ただでさえ今回のガサ入れは性急過ぎたって、うちの主任が上の連中に抗議してるんですから」

「今回の容疑は人身売買だろうが。ヤクの件は、お前ら六本木署管轄の別件だ」

「勘弁してください。確かに、人身売買は憎むべき犯罪ですが、俺たち薬物班《ヤク担》のこれまでの内偵を無駄にさせないでくださいっ」

食い下がる藤枝の様子から、六本木署の組織犯罪対策課が、ヘヴンの内偵に相当の苦労を重ねていたことは見て取れた。

法律をかいくぐって勢力を広げる暴力団と、それを監視し抑止する警察との攻防は、いたちごっこに似ている。共通の敵を前に、所轄署の、それも同じ組対課どうしで争っている場合ではない。

「分かったよ、…くそっ。『MIST』のオーナーはいったん泳がせておいてやる」

狩野はぐしゃぐしゃと頭を掻《か》くと、空いていた席に腰を落ち着け、捜査資料にじっくりと目を通した。

事件の捜査に携わる時、狩野には必ず探す人物がいる。加害者でも被害者でも、容疑者でも参考人でも、人探しに警察ほど適した組織はない。数々の事件の登場人物の中に、『矢嶋《やしま》青伊』という同級生の名を見つけるために、狩野は刑事になったのだ。

(――事件があるたび、あいつを探して俺は足を棒にする。今度もまた空振りなのか。いったいどこにいるんだ、青伊)

もう何年も探し続けているのに、今回の捜査資料のどこにも青伊の名はなかった。人探しのためにあらゆる事件を追ううちに、狩野の犯人逮捕の実績が、自然と上がっていったのは皮肉な話だ。

十二年前に突然失踪《しっそう》した同級生、青伊は、歳を取らない十六歳の顔のまま、狩野の脳裏に焼きついている。鮮明に思い浮かぶのは、青伊と二人で授業をさぼったことや、昼食のパンを齧《かじ》りながら見た、校舎の屋上の風景。しかしそれは、高校時代のよくある温《ぬる》い思い出ではなく、焼き鏝《ごて》で刻まれたような、苛烈《かれつ》な熱と痛みを伴った記憶だった。

「藤枝。『ＭＩＳＴ』で保護された女たちはどうしてる？」

資料を読み終えた狩野は、今回の事件も今まで同様、青伊とは無関係の事件だと頭を切り替えて、通常の捜査に専念することにした。人身売買の寸前で救出された被害者たちは、第一級の情報を持っている。きっと逃亡中の容疑者に繋《つな》がる情報も知っているだろう。

「衰弱のひどかった四名は病院へ搬送し、残りの三名は今、別室で聴取中です」

「よし、俺も彼女らの話を聞きたい。案内しろ」

狩野は藤枝を促して、捜査本部と別フロアにある、取調室の一室へと赴《おもむ》いた。最近建て替えが済んだばかりの六本木署の中は、どこもまだ真新しい建材の匂いがしていて、あちこち壁のコンクリに罅《ひび》が入っている新宿中央署とは雲泥《うんでい》の差だ。通路も室内も整然とし過ぎて、犯罪者には威圧感が乏しく映るだろうが、快適な環境で仕事ができるのはありがたい。

「先輩、こちらです」

取調室の隣室から、マジックミラー越しに見た被害者たちは、一様に疲れ切っていた。『Ｍ

IST』の一室に監禁されていたホステスが三名、体を寄せ合うようにして震えている姿が痛々しい。

「……かわいそうに。三人に毛布でも持ってきてやれよ、六本木署は気が利かないな」

「すみません。いちおう彼女たちにも薬物所持及び使用の嫌疑がかかっているので、毛布は利益供与になりますから」

ち、と軽く舌打ちをして、狩野はスピーカーの音量ボタンを操作した。隣室から拾った彼女たちの声が、俄《にわ》かに大きくなる。

『わ…っ、私たち、すごく暗い部屋に閉じ込められてて、窓もなくて、逃げようとしたんだけど、見張りが何人もいて、怖くて……っ』

『その見張りというのは「MIST」の従業員たちか？』

『うん、従業員と、知らない顔のヤクザもいた。でも、あたしたちに水と食べ物をくれてた黒服がいたの。その人、見張りにボコボコにされて、死んじゃうって思った』

『仲間どうしで揉《も》めたのか。その黒服の名前は？』

『最近店に入った人だから、分かんない』

『ね、刑事さん、あの黒服さん、どこに行ったの？　捕まった？』

『主だった店の関係者は逃亡した。我々が行方を追っている最中だ』

『あの人も逃げたの？　――あたしたち、あの人がいなかったら、とっくにどこかへ売られてた。あたしたちを守ってくれたの』

興味深い情報を、ホステスの一人が話し出す。狩野はマジックミラーに体を預けるようにして、耳を澄ませた。

『どうしよう…っ、あの人が死んじゃってたら…っ』

『あの人が見張りを引き付けていてくれたから、私たち、通報することができたんです。お願いです、刑事さん。あの人を助けてあげてください』

『ああ、分かった、分かったから。とりあえずその黒服の人相風体、特徴を言って』

『えっと——年齢は多分二十代半ばで、痩せてて、髪は茶色。背丈は刑事さんくらい』

『眼鏡《めがね》は？』

『かけてない。すごく、綺麗《きれい》っていうか、色白で男っぽくない顔してる。あっ、ここ！　左手の手首の内側に、あれってちょうちょだっけ？』

『あっ、うん！　あるある！　アゲハ蝶《ちょう》の刺青《いれずみ》を入れてた！』

は、と狩野は息を詰めた。

左手の手首の内側にアゲハ蝶の刺青。その身体的特徴は、狩野が探し続けている人物の特徴と、酷似していたからだ。

「アゲハだと……っ」

狩野は反射的に部屋を飛び出し、ノックもせずに取調室のドアを開けた。中にいた刑事たちから怒号が飛んだが、気にしてなどいられなかった。

「おい、今の刺青の話は本当か⁉」

「きゃっ！」

「お前…！　急に割り込んできて何のつもりだ、取調室から出て行け！」

「やかましい。——頼む、俺の質問に答えろ。さっきの話は確かなのか？　大きさは？　色は？　どんな刺青だったか、詳しく話してくれ」

ホステスの細い肩を摑んで、強く揺さぶる。がくがくと壊れたように頭を振りながら、彼女は頷いた。

「う、うん、本当っ。あれは絶対アゲハだった。大きさはこのくらいで、色は黒と黄色で…、でもっ、片方の羽が折れたみたいになってて、すごく変な刺青なの」

間違いない——。逃亡した黒服が、十二年前に失踪した同級生、青伊だと確信を得るのに、狩野にはその情報だけで十分だった。

「ありがとう！　よく覚えていてくれた」

すぐさま取調室を後にして、フロアの通路を駆ける。刑事の単独行動の禁を犯そうとしている狩野に、後ろから後輩の声が追い縋《すが》った。

「ちょっ、先輩！　どこへ行くんですか！　もう捜査会議が始まりますよ！」

「会議はお前が出れば事足りる。俺は今日は応援要員だ」

後輩の方を振り返らずに、狩野は通路の突き当たりの階段を駆け下りた。

やっと——やっと青伊に繋がる手がかりを摑んだ。このチャンスを逃したら、次はまた何年も待たされるかもしれない。その思いが狩野の足を動かす。

『MIST』の店長や従業員たちには、既に捜査本部の手配が回って、逮捕のための包囲網が敷かれている。捜査会議では早速、彼らの逃亡先の絞り込みが行われるだろう。しかし、狩野は誰《だれ》よりも早く、刺青のある黒服の男の身柄を押さえたかった。

（他の捜査員たちに、横取りはさせない）

高校生の頃に見た、青伊の華奢《きゃしゃ》な手首に彫られたグロテスクなアゲハ蝶を思い出して、狩野はあの頃と同じ吐き気に襲われた。六本木署の地下駐車場に停めていた私用車に乗り込み、気分の悪さを掻き消すために、思い切りアクセルを踏む。

本当に黒服の男が、探し続けていた青伊と同一人物なら、逃亡先には心当たりが一つある。警察官になってからこれまで何度も足を運んで、そのたびに徒労に終わった、青伊がかつて住んでいたアパート。賭《か》けに過ぎない不確かな可能性を頼りに、狩野はその場所へと向かってハンドルを切った。

――今思えば、その賭けは直感だったのかもしれない。

六本木署に捜査本部が立った日の深夜。『ＭＩＳＴ』の黒服店員、矢嶋青伊を乗せた狩野の車は、新宿のネオン街を走っていた。

終電近くまで飲んでいた酔客たちが街に溢《あふ》れ、赤らんだ顔をネオンに照らされながら、次々と駅へ吸い込まれていく。区役所通りから狭い路地へと入った狩野は、『花井《はない》医院』という看板のある、一軒の雑居ビルの前で車を停めた。

「狩野。またお前か。お前が連れてくる患者は面倒だっていつも言ってるだろ。いい加減、警察病院の方に搬送しろよ」

ビルのエントランスに立っていた白衣の男が、腕組みをしながら悪態をつく。

街の小さな病院で医者をやるより、歌舞伎町に腐るほどあるホストクラブで働いた方が、きっと儲《もう》かるだろうに。友人の花井春日《かすが》の、王子様然とした派手な顔立ちは、今夜も狩野に普段と同じ感想を抱《いだ》かせた。

「うるさい。銃創のマル暴でも平気で診《み》る奴《やつ》が、偉そうに言うな。お前は俺の口が堅いおかげで医者をやってられるんだぞ」

「――ったく、都合が悪い時はいつもそれだ。で？　今夜の患者は？」

「負傷して気を失ってる。中へ運ぶから診察台を空けてくれ」

狩野は後部座席のドアを開けて、青伊のぐったりとした体を抱き上げた。気絶して完全に力が抜けた状態なのに、狩野の両腕は、彼の重みをほとんど感じない。

(昔よりも軽い。顔も、体格も、一回り小さくなったみたいだ)

自分の方が、青伊と過ごしていた頃より、体格が大きくなっていることは、今の狩野の頭から完全に抜け落ちていた。

「これは……ひどいな」

院内に一つしかない診察室で、青伊を診た春日は、応急処置をしながら整った眉《まゆ》をしかめた。夥《おびただ》しい血が染みた青伊の服の下は、無傷の場所を探す方が困難なほど、徹底的に痛めつけられている。

煙草《たばこ》の火を押し当てられたような、真新しい火傷《やけど》の近くに、形状の似た古い火傷の痕《あと》を見つけて、狩野は歯噛《はが》みした。それが青伊の実の親につけられたものであることを、狩野は高校生の時に知らされた。

「複数の相手から受けた、残虐《ざんぎゃく》な暴行の痕だ。患者は山にでも埋められかけてた、どこかの組の組員か」

「分からない」

「は？　何だそれ」

「こいつが目覚めてから、今までどこでどうしていたのか、全部聞き出すつもりだ。十二年ぶりに顔を見た。今は静かに休ませてやってほしい」

「十二年ぶりって……。もしかしてこの彼が、お前が探していた同級生なのか？」

「――ああ」

一瞬、瞳《ひとみ》を丸くした春日は、そうか、とだけ返事をした。見るからに訳ありな患者のことを、治療はしても深くは詮索《せんさく》しない。春日のその距離の取り方が、狩野にはありがたい。

暴力団が跋扈《ばっこ》する裏社会と隣り合わせに生きて、常に緊張を強《し》いられている刑事にも、心を許せる相手はいるものだ。警察の同僚には一切打ち明けていない青伊のことも、友人の春日には、何度か話したことがある。

もちろん春日との友情は、裏社会の人間が頼りにしているこの病院なら、犯罪の情報も手に入るかもしれないという、刑事的な打算から生まれた関係だった。通報義務のある診療を見逃す代わりに、春日から暴力団の動向を聞き出すことで、狩野は新宿中央署組織犯罪対策課になくてはならない人材となった。

言わば情報屋、スパイのような相手でも、何年も付き合えば本物の友人関係になれる。刑事と医者の顔の裏側で、互いにこの街の澱《おり》にどっぷりと浸《つ》かった、同志として。

「とりあえず、彼を死なせないように努力するよ。この重傷だ。会えてよかったな、とは言わないぞ」

「余計なことは言わなくていい。治療はお前に任せた」

「ああ。お前も少し手伝え。……それにしても、随分と美人な同級生だな。相手も躊躇《ちゅうちょ》したのか、顔には深刻な傷がない」

ナイフで斬られたと思われる肩口の傷を、丁寧《ていねい》に縫い合わせながら、春日はそう呟《つぶや》いた。

血を拭《ぬぐ》った後の青伊の体は、切傷や挫傷《ざしょう》を見慣れた狩野でも、目を背けたくなるほど無残なのに、顔には痣《あざ》一つなかった。

昔と変わらない綺麗な顔。十二年も時間が経《た》っているはずなのに、眠っているとあどけなく見えるところも、濡れたように艶《つや》のある長い睫毛《まつげ》も、狩野の記憶の中の青伊と、そっくり同じだった。

(本当に、お前だけ、時間が止まってるみたいだ)

狩野はぴくりとも動かない青伊の左手を取って、そっと手首を返した。青伊が三歳の頃に彫られたという、黒地に黄色の羽のアゲハ蝶。体の成長とともに、羽の形が崩れたその刺青を、昔は包帯で隠していたことを思い出す。青伊を初めて見た時の、透けるように白かった頬と、夏でも長袖《ながそで》を着ていた、折れそうに細い腕が忘れられない。だから、突然目の前から消えた彼を、刑事になってまで探さずにはいられなかった。

(この気持ちは、執着なのか。青伊)

十二年も引き摺《ず》っている感情に、そう名前をつけて、狩野は青伊の左手を離した。

有り余る体力と、退屈を制服に押し込めていた、高校生の頃。素行の荒れた生徒たちが通う学校で、綺麗な顔をした青伊の存在は異質だった。掃《は》き溜《だ》めに鶴に見えた彼が、醜《みにく》い掃き溜めそのものだと言ったのは、一年D組のクラスの誰だっただろうか。青伊以外に興味のなかった狩野は、他の同級生の顔を思い出せない。

——うだるように暑かった、高校一年の夏。

上級生相手に暴力沙汰《ざた》を起こして、四月に入学した高校を早々に退学した狩野を、折り合いの悪かった両親は、地方に住む祖父母に預けた。

以前から支配的な父親が嫌いで、暴力で鬱憤《うっぷん》を晴らしているうちに、狩野はいつの間にか立派な不良になっていた。中学を卒業する前に、一通り遊びと女を覚えたのは、少し早熟だったかもしれない。田舎に引っ越すことになって、定期的に寝る関係だった女教師と別れた時は、何の感慨もないくらい白けていた。

度重なる反抗と問題行動で、両親が匙《さじ》を投げた孫を、祖父母がそれでも喜んで迎えたことが、二人が亡くなった今となっては懐かしい。ただ、あの頃の狩野は祖父母の優しさが鬱陶しく、目に入るもの全てに苛《いら》つくような、どうしようもないガキだった。

便利な女も、不良仲間も誰もいない、田舎《いなか》の街の高校。祖父母の家の近所にあったその学校に編入した初日、狩野は登校時間に遅刻したことを咎《とが》められ、早速生徒指導室から呼び出しを受けた。

校内の廊下の壁には、卑猥《ひわい》な落書きがいっぱいで、いかにも荒れた男子校という風情だ。窓を開け放っていても、梅雨《つゆ》が明けたばかりのじっとりとした風に煽《あお》られて、校舎じゅうがオス臭い。

「初日から遅刻とはいい度胸だ。都会と違って、うちの学校は甘くないぞ」

「……へーい」

隣を歩く担任の脅しを、気のない返事で適当にあしらう。買ったばかりの制服は既に着崩していて、ルーズに締めたネクタイが、一年生にしては逞《たくま》しい狩野の胸で揺れていた。

怠《だる》い気分で前方を見ると、ちょうど生徒指導室の札がかかった部屋のドアが開いて、一人の生徒が出てくる。茶色の髪をして、顔の半分は隠れていたが、作り物の人形のように綺麗な顔をしていた。

「センセ。男子校じゃねぇの、ここ」

女ではないと分かっていても、突っ込まずにはいられないくらい、その生徒は高校生の男のイメージからかけ離れている。綺麗だが無表情な氷の美形へと、狩野は目を眇《すが》めた。

さらさらの髪。日焼けをしていない真っ白な頬。細い首筋と、骨の浮いた鎖骨。汗が噴《ふ》き出《だ》すほど蒸し暑いのに、何故か長袖のシャツを着て、左手の手首に包帯を巻いている。

足音を立てない無機質な歩き方が、その生徒の涼しげな人形っぽさに拍車をかけていた。

細身のシルエットが近付くごとに、廊下の温度が、一度ずつ下がっていく気がする。

「彼は同じ一年D組の矢嶋青伊だ。——矢嶋、もう予鈴は鳴ってるぞ。早く教室に戻れ」

青伊は担任に無言で礼をして、狩野をほんの一瞬だけ見つめると、すぐに横を通り過ぎた。

擦れ違いざま、彼の方から何かの匂いが漂ってくる。綺麗な顔をした男には似合わない、精液の匂いだ。饐《す》えたような、馴染み深い青い匂い。

「……」

珍しく好奇心を刺激されて、狩野が後ろを振り返ってみると、彼の右手には千円札が数枚握られていた。彼はそれを緩慢な仕草でスラックスの尻《しり》ポケットへ収めて、廊下の先へと去っていく。

（三千円？）

狩野が首を傾《かし》げているうちに、生徒指導室の前に着いていた。担任がノックしたドアを開けると、刑事ドラマの取調室のような簡素な机と椅子《いす》の向こうで、一人の教師がベルトのバックルをかちゃかちゃとやっている。

その教師が慌てて上げたスラックスのチャックからは、間抜けにシャツの裾《すそ》がはみ出していた。たった今、この部屋で何が行われていたか、狩野はすぐに察しがついた。

（キモ――。あいつ、ウリやってんのかよ）

朝っぱらから、生徒指導室で金を払って性欲を満たすホモ教師も、教師を相手に自分を売る生徒も、狩野にはどちらも馬鹿らしく見える。どんなにさっきの生徒が美形でも、男は男だ。胸のない奴を相手にして、三千円分、楽しめるとも思えない。

「こほん。篠原《しのはら》先生、編入生の狩野明匡です。初日から大幅遅刻をやらかしたので、厳しく指導してやってください」

「えっ、ええ、はい」

やっと身支度を整えた教師に、担任は咳払《せきばら》いをしただけで、当たり障りのないことを言った。気付かないふりをしているのか、不適切な教師と生徒の行為を、担任は黙殺することにしたらしい。

(もしかして、担任のあんたも、あいつを買ってたりして)

狩野の直感は、この高校にきて数日のうちに、正解だと判明した。中途半端な時期の編入生が物珍しいのか、同じ一年D組の噂《うわさ》好きの連中が、聞きもしないのに教えてくれたのだ。矢嶋青伊は、複数の教師を相手にウリをやっていると。少し金を握らせてやれば、客は誰でもいいらしい。

D組の連中の話では、とにかく青伊は要求を拒まない。従順で人形でマグロ。放課後の職員用トイレで、綺麗なあの顔に顔射をするのが担任の好みだと、グロい話も聞いた。

「三年の先輩とかにも、しょっちゅう呼び出されてマワされてんだよ。ここ女いねーしさ」

「あいつ、金に困ってんの?」

「知らね。小中が一緒の奴に聞いたことあっけど、ガキの頃からああなんだってさ」

「――ふうん」

青伊はD組でも浮いた存在らしく、孤立していて、友人はいない。さぞ強烈ないじめを受けているのかと思ったら、そういう訳でもないようだ。

「あいつの母親、ホステスくずれでさ、家に怖《こえ》ぇヤクザも出入りしてるんだ。ヤバ過ぎて俺にはムリ。クラスの奴らもみんな、あいつには近付かないようにしてんだよ」

お前も気をつけろよ、と忠告されたそばから、教室の青伊の席を窺《うかが》ってみる。包帯を巻いた左腕をだらりと伸ばして、彼は机に突っ伏すようにして眠っていた。今日は一時間目の途中からずっとそうしているから、朝に一商売して、疲れているのかもしれない。

（あの包帯、いつも巻いてる。リスカか何かしてんのか）

手首を切るほど重たい何かを抱えた奴が、大胆に校内でウリをやるだろうか。あの細い手首には包帯でなく、腕時計やブレスの方が似合うだろう。毎日金を稼いでいる割には、青伊が派手に遊んでいるという噂は聞かなかった。

青伊にとって学校は体を売る場所で、学校を昼寝の場所にしている狩野とは、素行不良の度合いにさほど違いはない。編入一週間目に、生徒たちが寄り付かない静かな用具室を見つけて、狩野はそこで、よく時間を潰《つぶ》すようになった。

ただ、誰からも忘れられたような小部屋は、体を売るのにも格好の場所で、狩野が昼寝をしたい時に限って、先客がいた。

「ああ――、いいよ、矢嶋くん。君は本当に舐《な》めるのが上手だね」

用具室の薄いドアの向こうから、青伊をたった今買っている相手の声が聞こえてくる。狩野は、さっき自販機で買ったばかりの水のペットボトルを呷《あお》って、青伊とバッティングしたことを呪《のろ》った。

「……他の場所でやれよ。つうか、もっといいサボリ部屋探すか」

水を飲んでも、くあ、とあくびをしても、眠気は去ってくれない。陽《ひ》の入る廊下は暑くて嫌いだ。早く、分厚い遮光カーテンで閉め切った用具室の中で一眠りしたい。

「…いく…っ、いくよ、矢嶋くん、口の中に出すよ、いいね？」

「――――」

「あっ、ああっ、出る…っ…、吸って。飲んでよ、矢嶋くん、青伊くん……っ」

ドア越しに青伊の客の声を聞いていると、ひどく胸やけがする。何度かこんな場面に遭遇したが、行為の最中、青伊の声が聞こえてきたことはない。ＡＶのようなわざとらしい喘《あえ》ぎ声も、嫌がる泣き声も、一切だ。そもそも、青伊とは直接話をしたことがないから、彼がどんな声をしているのか狩野は知らなかった。

（声も出さない奴を抱いて、楽しいのかよ）

まるでビールでも飲むように、ぐい、と水を喉の奥へ流し込む。気付かないうちに狩野のそこは渇いていて、二本目のペットボトルを買いに行くはめになった。

自販機のある売店から、用具室に戻る途中で、青伊の客と擦れ違う。名札の色で三年生だと分かった。女に相手にしてもらえなそうな、地味な眼鏡に卑屈な目をした暗そうな男。このつまらない男が、自分より綺麗な男にたった今あれをしゃぶらせていたのかと思うと、みじめったらしくて、狩野の頭の中のどこかがキレた。

「おい」

擦れ違いざまの一蹴《ひとけ》りで、その三年生は廊下に倒れた。上履きの底で腹を踏んでやると、ぐえ、とヒキガエルが潰れたような声を出す。

「な、なに、きみ…っ、何で——」

「あんたムカつくから」

もう一度そいつの腹を踏みつけながら、何故自分はキレているんだろう、と、不思議に思った。手のつけられない不良の息子を祖父母のもとに捨てた、大嫌いな両親に対する苛立ちとは、多分種類が違う。

靴の下のヒキガエルの腹を見ていると、金さえ払えばどんな奴でも相手をすると、わざわざ青伊に見せつけられたようで、気分が悪くて仕方なかった。

「ふん」

八つ当たりをした三年生を廊下に放置して、苛々が収まらないまま、用具室のドアを蹴って開く。中にいた青伊は、制服のシャツを胸まではだけた状態で、床に寝転がっていた。

むっとするような汗の匂いと、初めて青伊を見た時にも嗅《か》いだ精液の匂い。狩野は、窓を開けずにはいられなかった。

「……まぶし……い……」

手荒くカーテンをめくった音に、少しハスキーな細い声が重なる。それが初めて聞いた青伊の声だったことに、狩野は買い直したペットボトルの蓋《ふた》を開けてから気付いた。

「口きけるのか」

「……」

狩野の言葉を無視して、青伊は夏の陽差しを避けるように、左手を顔の前に翳《かざ》した。緩んだ彼の包帯の隙間《すきま》から、羽の形がおかしいアゲハ蝶が見える。

それはファッションのタトゥーと言うより、ヤクザの背中にあるような、和彫りの刺青だった。透き通るほど真っ白な青伊の肌には、とてもグロテスクな飾りに見える。

「そのアゲハ、何。ダセェ失敗作か」

「……三つの時からここにとまってる。背が伸びたら、アゲハの羽も伸びた」

「何で隠してんだ」

「──嫌いだから」

さっきは無視をしたくせに、青伊は質問に気まぐれに答えた。開けた窓から入り込んで来た風が、青伊の髪を緩やかに撫《な》でて、密室の湿った空気を浚《さら》っていく。

本当に、見た目だけは綺麗な、淫売《いんばい》の男。風に吹かれて、あの三年生が払っていったらしい千円札が、床の上でかさかさ踊っている。

「お前、ここでウリやるのやめろよ。俺は気持ちよく昼寝がしてぇんだ。臭くてヘドが出る」

「……俺は前からここを使ってる。狩野は後から来たんだから、他を探せ」

意外な口答えよりも、青伊がこっちの名前を覚えていたことに驚いた。編入初日のホームルームで自己紹介をした時、青伊が教室にいたかどうか、記憶がない。

「偉そうに俺に刃向かうな。殴《なぐ》られたいのかよ、てめぇ」

腹の奥がまた苛立ってきて、狩野は癖の悪い足で、青伊の脇腹《わきばら》を突《つつ》いた。軽く触れただけで分かる、薄いシャツの下の肉のない体。ぼろぼろになるまで殴ってやったところで、手応《てごた》えすらないだろう。

狩野は、蓋を開けたままだったペットボトルを逆さまにして、青伊の顔に水をぶち撒《ま》けた。バシャバシャと、容赦のないシャワーをくれてやってから、濡れた彼の髪を鷲摑《わしづか》みにして、引き起こす。

「冷たい──」

「ああ、だろうな」

ぎりぎり軋《きし》む音がするまで髪を摑んでも、青伊は痛いとは言わなかった。濡れた睫毛で流し目をして、視線の先にあった千円札を、ただ見つめている。

「お前が好きなのは、金か、男のあれか」

「…………」

口をきいたと思ったら、今度はだんまりだ。祖父母が家で飼っている、三毛の老猫よりも扱いづらい。

「ウリやって稼いだ金、どうしてる」

「……何で、そんなこと、聞くんだ」

「お前を脅してカツアゲしてやろうと思ってよ。おとといは二人、昨日は三人、今日はさっきので一人目だよな。毎日おいしい思いをしてんだろ。ここでウリをしたかったら、俺に分け前を回せ」

青伊がどんな反応をするか見たくて、金になんか興味もないのに、わざと挑発的に言ってやる。だんまりの無反応より、ましなものが返ってくるかと思ったら、予想外のカウンターを食らった。

「客の数を数えたのか。——暗い奴」

かっ、と反射的に怒りが湧《わ》いて、気が付いたら、青伊の頭を床に叩き付けていた。彼の後頭部から嫌な音がして、そこいらにできていた水の輪に、赤い鮮血が混ざっていく。

「あ…っ、やべ」

今まで一度も、人に暴力を振るって、後悔したことなどなかった。それなのに、生まれて初めてまずいと思った。慌てて青伊の体を抱き起して、水と血の染みた彼の髪を掻き分ける。

「くそっ、皮がめくれちまった。……痛《いて》ぇよな」

「…………」

「少しは抵抗しろよ。馬鹿野郎」

「…………」

「口、きけんだろ。黙ってんじゃねぇよ」

ペットボトルに残っていた水で、青伊の後頭部の傷を洗い流す。何を考えているのか、再び黙り込んでしまった彼に、狩野はもどかしい思いを抱いた。

（本当にこいつは、扱いづらい）

止血するものを探して、スラックスのポケットを探ってみても、何日前に入れたか分からないくしゃくしゃのハンカチしかなかった。仕方なく、青伊の左手首の包帯を剝《は》がしにかかると、彼は嫌がった。

「触るな」

小さく、しかし明確な声で、青伊が拒絶してくる。狩野は不覚にも怯《ひる》んだ。

綺麗な形をした彼の瞳に、今まではなかった鋭い光が宿っている。それは、金で体を投げ出している人間には思えないほど、澄んだ色をした光だった。

「な…何もしねぇよ。血ィ、止めてやるだけだ。その包帯を貸せ」

「余計なことをするな。放っておけば血はすぐに止まる。それに、たいして痛くない」

「嘘をつけ。けっこう皮、めくれてんぞ」

「痛くない。——感じないから」

「あァ？」

「ハンカチ、あるし。自分でやる」

何となく嚙み合わない会話を交わして、青伊が体を離す。感じないとは、どういう意味なのだろう。

（こいつの言うことは、何でいちいち、気にかかるんだ）

適当に人を無視するくせに、青伊の口から出てくる言葉は謎《なぞ》だ。だからその意味を探りたくなって、気にかかってしまう。

「狩野。ありがとう」

「は？」

今度はいったい何だ。青伊に礼を言われるようなことはしていない。条件反射で睨《にら》みつけると、彼は血を拭き取ったハンカチを掌《てのひら》に握って、上目遣いに狩野を見た。

「傷口、洗ってくれた。手当てとか、人にされたことないから、びっくりした」

「俺は別に……。保健室あるだろ。消毒しに行けよ」

いらない、と答える代わりに、青伊の顔が左右に揺れる。ただ距離が近いというだけで、見上げてくる彼の瞳は、睨んでいる狩野の瞳よりも迫力を増していく。

気圧《けお》される——それくらい、青伊の瞳は澄んでいた。綺麗な顔をした男は、瞳の奥の奥まで綺麗なんだと、狩野は思った。

「さっきは他を探せと言ったけど、狩野がこの部屋を気に入ってるなら、俺はもう使わない」

濡れた床を上履きで踏みながら、青伊がゆっくりと立ち上がる。用具室を出て行こうとする痩せた背中を見ていたら、野良猫を巣から追い立てるような、奇妙な罪悪感に襲われた。

「おい、待てよ……っ」

何故彼を呼び止めたのか、自分のしたことの意味が分からない。昼寝の場所が確保できたはずだったのに、狩野の口から出た言葉は、それとは真逆の言葉だった。

「お前がどこで何をしようが、俺には関係ない。ウリをやってるお前の隣で、俺は勝手に昼寝するから、ここを好きに使えよ」

「お前が何を言っているのか分からない」

「この部屋を共有させてやる、っつってんだ。お前の邪魔はしない。だから、お前も俺のすることに文句を言うな」

「——シェアするの？　別に、いいけど。変な奴」

お前もな、と言い返してやったら、青伊は仄赤《ほのあか》い唇に、薄い笑みを浮かべた。ひどく印象的な微笑だった。感情のない人形だと思っていたのに、青伊は笑うと途端に人間くさくなる。

青伊と初めて会話を交わした、その次の日から、用具室で二人で過ごすことが多くなった。

ただ同じ空間にいるというだけで、片方は売店の安いジュースを飲んでいたり、もう片方はマンガ雑誌を読んでいたり、ぼんやり携帯電話をいじっていたりする。

格好をつけて、ウリの現場の隣で昼寝をすると言ってはみたものの、実際は無理だった。傍観者である狩野よりも、青伊の客たちが嫌がったからだ。

「狩野、最近お前、陰で何て言われてるか知ってる？」

「何」

「矢嶋の番犬。——うおぅ、怖《こえ》ぇー。そう睨むなよ」

にやにや嫌な感じの笑いを浮かべながら、教室の隣の席の奴がそう言う。D組に馴染《なじ》む気はないが、編入して数週間も過ぎると、休み時間につるむ相手も数人出てきた。

「あいつマジやばいから、近付かない方がいいって」

「そうだよ、狩野。変なビョーキ伝染《うつ》ったらどうすんの」

「アホか。俺はあいつを買ってねぇよ」

ただ一緒に、あの用具室を縄張りにしているというだけだ。野良猫と野良犬がたまたま居心地のいい巣を見つけて、それぞれ好きに過ごしている。たまにジュースと雑誌を物々交換することはあっても、青伊は狩野に、ウリを持ちかけてくることはなかった。

（売られたって困るだろ、普通。男に突っ込める奴の気が知れない）

この間蹴りつけたヒキガエルの三年生は、用具室に狩野がいることを知って、青伊を買わなくなった。番犬——腹の立つその呼び名は、半分は当たっている。狩野が睨んでも凄《すご》んでも気にしない、青伊を抱きたくてたまらない馬鹿どもだけが、用具室から青伊の手を引いて、どこかへしけ込んでいく。

　客に抱かれて用具室に帰ってくる時、決まって青伊は、トイレかどこかで汗や精液を洗い流していた。汚れたままだと狩野がキレることを、頭の皮がめくれた青伊は、学習したのかもしれない。そんな暗黙の了解ができたせいで、狩野はますます用具室に入り浸った。

「そう言えば矢嶋の奴、今日はどした。顔見てなくね？」

「そうだっけ？　あー、机にカバンないよ。休みか」

　ちら、と青伊の席を窺って、昨日の午後からそこが無人だったことを思い出す。用具室にも現れていないから、青伊が休みというのは本当だろう。

「──あいつの家、知ってる奴いるか」

「俺近所だから知ってるよ。本町のレンタルビデオ屋の裏。ミカミアパート……って、何お前、行くつもりなの？」

「いや。聞いてみただけ」

「狩野、前にも言ったろ。あいつん家《ち》はマジもんのヤクザが出入りしてるからやめとけ。関わり持つとロクなことないぞ」

「分かってるよ。……うっせぇな」

　人間の心は不思議なもので、近寄るなと言われると、逆に近寄ってみたくなる。怖いもの見たさも手伝って、昼休みの後の授業をさぼって、狩野は学校を抜け出した。

本町は、祖父母の家の住所から見て、通学路の途中にある。目印のレンタルビデオ屋の裏手に回ると、ミカミアパートはすぐに見つかった。

似たようなアパートが並ぶ住宅街の中で、とりわけ古くてぼろい。場末の雰囲気が漂う、壊れた子供のおもちゃや空き缶が散乱する敷地に入って、狩野は『矢嶋』のプレートがついたドアを叩いた。

（インターホンもねぇのかよ、ここ）

ノックの音に反応はなかった。青伊に用があった訳ではないが、試しにノブを回してみる。すると、ところどころ錆《さび》の浮いたドアは、簡単に開いた。

「おい、誰かいるか――？」

D組でつるんでいる奴らの話では、青伊は母子家庭の二人暮らしで、母親の愛人のヤクザがしょっちゅう出入りしているらしい。その情報だけで、青伊の生活がどんなものかだいたい想像がつく。きっと荒《すさ》んでいるだろうと思ったら、案《あん》の定《じょう》、部屋の中はゴミと借金の督促《とくそく》状《じょう》で、床も見えない有様だった。

「誰もいねぇの？　入るよ」

靴を脱ぐことに躊躇《ためら》いながら、恐ろしく空気の濁った室内へと入ってみる。玄関からすぐのキッチンは、汚れたままの食器が放つ悪臭がした。まるでゴミ溜めのような、狭い１ＤＫ。

ジャングルに迷ったように室内を見回すと、キッチンの奥の部屋で、誰かがうつ伏せで寝そべっている。

「え……？」

大量の煙草の吸殻と、ヤニが染みついて変色した畳。布団を敷くスペースがないほど散らかったそこに、血だらけの青伊の死体があった。

「青伊！」

無意識に、呼び捨ての彼の名前が唇から溢れる。教科書さえ入っていない薄っぺらな通学カバンを放り出して、狩野は彼のそばへと駆け寄った。

「何で……嘘だろ、うぐっ……、何だよこれ、ひでぇ…っ！」

裸で横たわる青伊の体は、無数の傷で覆われていた。真っ白な背中についた赤黒い痕。ベルトや鞭《むち》のようなもので打たれなければ、これほどひどい傷はつかない。

おそるおそる視線を動かすと、青伊の足首と手首には、縛られていた痕もあった。尻の狭《はざ》間《ま》から太腿《ふともも》へと続く、白く乾いたものは、見るのも嫌だ。しかし、いっぱしの不良を気取っていた狩野を心底ぞっとさせたのは、青伊の後頭部の皮がめくれたところに残る、煙草を押し当てられた火傷だった。

「青伊――」

これは、不良がケンカをしてできるような痕じゃない。人を痛めつけることに慣れた、ひどく残酷な相手――例えばプロのヤクザのやり方だ。

「……かの……？」

「わっ！」

死体から突然声が聞こえて、腰を抜かしそうになった。俯《うつぶ》せになっていた青伊の顔が、ゾンビのようにゆっくりと狩野の方を向く。

「お、おま、お前…っ、生きて、た」

「――うん。疲れて、寝ていただけ」

「マジか……」

はああっ、と大きく息を吐き出して、狩野はその場にへたり込んだ。

死体でなくてよかった。そう安堵した後に、びびって情けないとか、恥ずかしいとか、どうでもいい感情が汗となって噴き出してくる。

「驚かせんなよ！　ま――待ってろ、すぐに救急車呼んでやる」

「いらない」

「何言ってんだ。お前、どんだけ痛めつけられてるか分かってねぇのか！」

「慣れているから。たまたま昨夜の相手が、こういうのが好きなサドだったんだよ」

意味不明なことを言いながら、青伊は傷ついた体を起こした。乳首の噛み痕や、腹部に散らばる鬱血した痣を無視して、彼は左手首のアゲハ蝶にだけ包帯を巻いている。

「薬…っ、救急箱ねぇのか、ここ」

「傷は時間が経てば治る。治りも消えもしないのは、このアゲハだけだ。だから、嫌い」

「……そいつも客に彫られたのかよ。頭の根性焼きだって、まともな相手じゃねぇだろ」

「まともって？　最近、学校の客が減っていたから、金払いのいいヤクザを紹介されたんだ」

「誰に」

「――母さん」

「は…？」

「母さんの恋人が世話になっている組の、組長だと言っていた」

淡々と話す青伊の言葉に、混乱した狩野の頭は追いつけなかった。母親が子供のウリの相手を紹介する。いったい何だ、それは。

「まさか、お前、ずっとそうなのか？　D組の奴らが、お前はガキの頃から客を取ってるって話してた。気にしちゃいなかったけど、本当に母親にウリをやらされてるのか？」

こく、と頷く青伊を見て、眩暈《めまい》がしそうだった。強権的な父親にただ追従するだけだった狩野の母親でさえ、自分の息子に体を売れと言うほど、人間の最低のラインは越えていない。

青伊とその母親の関係を、狩野は理解できなかった。

「ば…っ、馬鹿じゃねぇの？　お前がやってること、めちゃくちゃおかしいぞ」

「おかしくない。俺が金を稼がないと、母さんが飢え死にする」

「いや、だから——意味分かんねぇ。母親が働きゃ済むことだろ？」

「母さんは心の病気なんだ。俺が、母さんを壊した。母さんの大事なものを俺が奪ったから、俺は、その償《つぐな》いをしなきゃいけない」

「償いって……、それがウリをやって、体じゅうに痣を作ることかよ。本当に馬鹿か。いったい、お前が母親に何をしたって言うんだ」

「俺、は」

短く言葉を切った後、青伊が何を言おうとしたのかは分からない。急に玄関のドアの向こうがうるさくなって、誰かの甲高い声が聞こえてきた。

「青伊！　青伊！　あんたいつまで寝てんのよ！」

ガン、ガン、と外からドアを蹴る音が、室内に響く。青伊の母親だろうか。

「あんたが金持って来ないから、有り金全部パチンコでスッたじゃない！　このクソガキ！」

ガン、とまた、頭が痛くなりそうな騒音が上がる。思わず玄関を睨みつけた狩野の腕を、青伊は爪の半分剝がれた指で摑んだ。

「狩野、そこの窓から出て。帰ってくれ」

「え…っ？」

「早く。……母さんが荒れてるところ、見せたくない。早く外へ出ろ」

「青伊、でもお前を放っとけねぇだろ」

「俺は大丈夫――。狩野には、迷惑かけない」

「おい、ここまできて、ふざけたこと言ってんじゃねぇ！」

狩野は青伊の手を振り解《ほど》いて、裸の彼を包むものを探した。部屋はゴミばかりで、ぐちゃぐちゃに放置された女物の服しか見当たらない。狩野は舌打ちしてから、自分の制服のシャツを脱いだ。

「これ着てろ。汗かいてっけど」

「狩野……」

「お前を病院に連れてく。おぶされよ。お前細ぇから、たいして重たくねぇだろ」

青伊の肩にシャツをかけてやると、彼のそこが、微《かす》かに震えた気がした。窓を開けて逃げるはずが、それより先に、玄関のドアノブを回す音がする。

「くそっ！」

狩野は咄嗟《とっさ》に青伊を抱き寄せて、襖の破けた押し入れへと潜り込んだ。二人で座れるスペースを無理矢理作って、自分の膝の間に青伊を入れる。

「狩野、お前」

「しっ」

汗ばんだ掌で、狩野は青伊の口元を塞《ふさ》いだ。指の腹に柔らかいものが触れたが、この時はそれが、青伊の唇だとは気付かなかった。

「ここに隠れてりゃバレないだろ。——ドアが開いた。あいつか、お前の母親は」

青伊を黙らせたまま、破れた襖の陰から部屋の方を窺う。乱暴にドアを開けて入ってきた母親は、青伊に顔立ちのよく似た美人だった。しかし、焦点のよく合っていない瞳と、だらしない服の着方が、異常な雰囲気を漂わせている。

「何よ、あいついないじゃない。出てきな、青伊！　どこ行った！」

母親は部屋の中のものを投げつけながら、ガシャン、バタン、と手当たり次第に暴れた。青伊の言った通り、心を病んでいるのかもしれない。病的に喚《わめ》き散らす母親を、きっと愛人のヤクザだろう、アロハを着た男が笑いながら宥《なだ》めている。

「よせよ、奈緒子《なおこ》。お前のかわいい息子は学校の時間だ。放っておいてやれよ」

「かわいいもんか、あんなガキ！　早く今日の金を持って来いよ、金、カネ、かね！」

「なーおーこ。金金言ってると、パチンコのツキが逃げちまうぜ？　青伊は昨夜、いい子にしてたじゃないか。うちの親分もたいそう気に入ってくださって、ほら、特別にチップだとよ」

「チップ〜〜〜、竜《りゅう》ちゃん大好き〜〜〜〜」

口紅の剝げかけた唇が、男の唇にねっとりと重なる。男から母親に受け渡された、何枚かの一万円札は、青伊が傷を負って稼いだものだ。息子をサディストのヤクザに売っておいて、この母親には何の罪の意識もないようだった。

「ね、ねーえー、竜ちゃん、このチップで旅行しよう。二人でハワイ行こうよ」

「それっぽっちじゃ足りねぇだろ。――青伊の奴に、もっと稼いでもらわにゃ」

「あいつ売り飛ばしちゃってよ。顔と体は値打ちあんでしょ？　最期はバラバラにして、モツにしてくれていいからさあ」

「バラすにゃもったいねぇタマだ、青伊は。骨までしゃぶって擦り切れるまで、奈緒子の奴隷にすりゃあいい」

狩野の掌の下で、青伊が唇を引き結ぶ。すると、子供のようにあどけない口調で、母親はこの上もなく残酷に言い放った。

「――ねえ。なんであいつのこと殺してくんないの？　なんで青伊、生きてんの？　早く死ねばいいのに」

狩野と青伊の間に、しんと静寂が走った。真っ暗な押し入れの中で、狩野は息を殺して黙り込むしかなかった。

（この女、本気でおかしい）

青伊と母親の事情は何も知らない。こんな常軌を逸した女に、青伊は何故体を売って償いをしているのだろう。秘密を探ってやりたい好奇心と、面倒に関わりたくない拒否反応が、狩野の胸の奥でせめぎ合っている。

「あたし、あいつが生きてるのが許せない。昨夜はもっとひどくしてやればよかったんだ。

あいつ、しぶといんだもん。組長さんが何回ベルトで打っても死なないんだもん。あたしの大事な子を殺したくせに、あいつだけなんで平気な顔して生きてんだよっ！」

シャツを脱いだ裸の背中に、ぞくり、と寒気が走った。狩野の膝の間で、青伊が身じろぎをする。

（青伊が、子供を殺した——？）

母親の妄言なのか、勢いに任せた暴言なのか、狩野は確かめたくて耳を澄ました。母親の甘ったるい声と、重たい言葉の内容が、アンバランスで不気味だった。

「竜ちゃん、竜ちゃん、あいつは人殺しなの。犯罪者なの」

「ああ、ああ、その話は何度も聞いたさ」

「あたし、女の子を産むはずだったの。かわいい、かわいいあたしの娘。桃子《ももこ》っていうの」

「うん、うん、桃子ちゃんだったよな、うん。片っぽだけ死産じゃ仕方ねぇ。昔のことはもう忘れようや、奈緒子。な？」

「いやだ…っ。あいつのせいで桃子は死んだの。あたし、青伊なんかいらなかった。あいつがお腹《なか》の中で桃子を殺したの。双子の妹を、あいつが殺したのよぉ」

双子の妹の死——。間違いであってほしいのに、その耳を疑うような真実を、青伊が深く項垂《うなだ》れて肯定している。いつの間にか、青伊の身じろぎは大きな震えに変わっていた。かたかたと痙攣《けいれん》したように震える体を、狩野は無意識に抱き寄せていた。

「青伊」

声に出さなかったつもりが、青伊の名前は囁《ささや》きになって、氷のように冷え切った彼の耳に落ちた。たとえ妹が死産だったとしても、同じ母親の腹にいた青伊に、何の罪があるというのだろう。不幸で悲しい出来事だった。普通ならそれで済む話だ。

（お前、妹が死んだの、自分のせいだと思ってんのか。償いって、そういうことなのか。お前のどこが人殺しだ。お前は何も悪くねぇのに）

青伊の胸倉を摑んで、思い切り大きな声で怒鳴ってやりたかった。青伊が罪だと思っていることを、思い切り否定してやりたかった。

（死んだ妹の償いが、何でウリなんだ。本当は嫌なんだろ。こんな奴らの言いなりになりたくないんだろ）

青伊も、青伊の母親も、みんな間違っている。もどかしい思いで歯嚙みをしていると、青伊の唇を覆っていた狩野の手に、何かがぽたぽたと落ちてきた。

（え……？）

自分の指を濡らす、温かい雫《しずく》に戦慄《せんりつ》する。青伊が泣いている。綺麗な顔をした男が、感情を見せない人形が、声を殺して泣いている。

「お願い、竜ちゃん。あいつを殺して。世界一残酷に殺して。あたしの目の前で拷問《ごうもん》してやって」

「奈緒子、落ち着けって」

「許さないよ、青伊！　あたしを不幸に突き落とした、あんたのことを許さない！」

母親の呪いの叫びを、狩野はそれ以上、青伊に聞かせられなかった。青伊の唇から強張った手を離し、代わりに彼の両耳を塞ぐ。

延々と続く罵詈《ばり》。部屋のものが壊れる音。宥めすかす男の嘘みたいに甘い声と、心を病んだ母親の悲鳴。——どん底だ。ここには青伊の救いがない。どこにも、逃げ場がない。

「聞くな、青伊…っ。ずっと耳を塞いでてやる。何も聞くな」

狩野は青伊の耳を塞いだ両手に力を込めると、彼の髪に頬を預けて、固く瞼《まぶた》を閉じた。

二人分の体温がこもった、気を失いそうなほど暑い密室。息子の死を願う母親と、破けた襖一枚で隔てられたそこは、青伊を守る聖域だった。

「狩野……、かの。ごめん。お前がいてくれて——うれしい。ごめん」

ハスキーな青伊の声が、涙でいっそう掠《かす》れて聞こえる。立てていた狩野の片膝に、力のない青伊の手が触れた。ぎゅう、と制服のスラックスを握り締められて、たまらなくなった。

ありもしない罪を着せられた彼が悲しい。行き場のない青伊を思って、泣きそうになった。

それから何時間、押し入れの中に隠れていたのか、曖昧《あいまい》な記憶しかない。ひとしきり暴れた母親は、愛人の男と享楽的なセックスに耽《ふけ》った後、自堕落に二人とも眠り込んだ。二人を起こさないようにして靴を履き、自分のカバンごと青伊を背負って、狩野は祖父母の家へと

連れて帰った。

「友達かい？　明匡。おやつがあるよ」

「ばあちゃん――」

靴も履かず、シャツ一枚を羽織っただけの青伊に、仏壇から下げた団子をくれた祖母のことが、どうしようもなくありがたかった。クソババアとしか呼ばなかった祖母を、初めてこの時、ばあちゃんと呼んだ。

祖母が連絡したのか、祖父が仕事帰りに、引退した知り合いの老医師を家に連れてきた。もう医師免許は返上したから、と言って、その老医師は警察に通報せずに、青伊の体を治療してくれた。

「ありがとう。狩野。おばあちゃんもおじいちゃんも、ありがとう」

青伊は何度も礼を言ってから、涙を拭いた綺麗な顔で、夕飯に出た素麺《そうめん》を食べた。客間に布団を並べて敷いて、その日は夜まで一緒に過ごした。もう隠すこともないと思ったのか、青伊は自分が生まれてからこれまでのことを、少しだけ打ち明けてくれた。

死産だった双子の妹。望まれないのに、自分だけ生まれたことへの罪悪感。償えと言われるまま、子供の頃からウリを始めたこと。金を渡す時だけ機嫌のいい母親を見て、ウリをやめられなくなったこと――。

淡々と語られる過去の話を聞きながら、狩野の腹の奥底に、言いようのない不快感が溜まっていく。母親が青伊にしていることは、ただの虐待だ。両親に背を向けた狩野のように、青伊も母親を見捨てればいい。それなのに、青伊は自分が助かることを望まなかった。

「母さんは、きっと、俺が死ぬまで恨み続ける。あの人にとって、俺は一番の悪者だから。俺を恨むことで、母さんの心が、少しでも楽になるなら、俺はそれでもいい」

俯せに布団に横たわり、他人事のように冷静に呟く青伊に、かける言葉が見当たらない。納得づくで虐待を受けている彼は、もしかしたら、虐待を受けている自覚すらないのかもしれない。

「でも……好きでもない奴に抱かれるの、嫌だろ。俺なら、そんな奴ぶん殴る」

考えあぐねた果ての狩野の囁きに、青伊はあの、人間くさい微笑で返した。

「誰と寝ても同じだ。いつからかもう忘れたけど、俺の体、何も感じないんだ。痛いのも、熱いのも、寒いのも、気持ちいいのも分からない」

――青伊はマグロ、喘ぎ声も出さない人形。D組どころか、学校じゅうが噂している。痛覚も快感も忘れてしまうほど、常軌を逸した奴らの餌《えさ》にされてきた青伊のことを、自分はどうすればいい？　どうしてやりたい？

暴《あば》かれた彼の秘密は重たくて、重た過ぎて、天井をぼんやりと見上げたまま、狩野は口を噤《つぐ》んだ。

（どうすることも、できないじゃないか。俺には救ってやる力もない。青伊も、救ってほし

いと思ってない）

静かな客間で、力尽きたように眠った青伊の寝息を聞きながら、眠れない夜が更けていく。緩やかなエアコンの風に揺れる、彼の柔らかな髪。青伊のアパートの押し入れの中で、その茶色の髪にずっと頬を埋《うず》めていた今日のことが、もう何十年も昔の出来事のように思えた。

このまま、朝が来なければいい。青伊に平穏な眠りを与える夜が、終わらなければいい。

青伊に何もしてやれなくても、祈ることぐらい許してほしい。たった一人の誰かのために、信じたことのない神様に無茶を言うことを許してほしい。

（神様。時間、止めてくんねぇかな）

明日なんかいらない。

暗い押し入れの中で、お前がいてくれて嬉しいと青伊が泣いた、今日だけがあればいい。

あの一言だけで、百回でも、千回でも、青伊のそばにいたいと思う。彼の耳を両手で塞ぎ、心を切り刻む言葉から守る、盾《たて》になる。

友達と言えるほどの仲じゃない。まだ出会って間もない青伊に、どうしてそんなことを思うのか分からない。正義感なんか、自分の中にあることすら気付かなかった。青伊の秘密を知るまでは。

（お前のこと、どうにかしてやりたいのに。祈る以外に、俺に何ができる）

しかし、どんなに神様に祈っても、窓の外が白んで明日がやってくる。学校に行く前の、いつもと同じ朝食の時間。一睡もできないまま、青伊より先に居間に顔を出すと、目玉焼きと味噌汁《みそしる》の並んだテーブルの傍《かたわ》らに、たたまれた制服が二着置かれていた。

「明匡、あの子が着られるように仕立て直しておいたから、貸しておあげ」

丈とウェストを詰めたシャツと、裾上げしたスラックス。遅れて起きてきた青伊にそれを手渡すと、彼は申し訳なさそうな顔をして、祖母に礼を言った。青伊の靴は通学路の途中で買い、二人でたわいもないことを話しながら、学校の正門をくぐる。

「……くそ、ばあちゃんの奴。シャツの丈は前のままでもよかったのによ」

「え？」

「お前、俺よりちっちぇーから、膝の辺りまで隠れるじゃん。——ちょっと、いいだろ、そういうの」

「何、それ。狩野は本当に変な奴だな」

「うっせ」

太腿のぶかぶかなスラックスで隣を歩いていた青伊は、狩野を見ておかしそうに笑った。何度か見た微笑ではなく、屈託のない笑み。思わず目を瞠《みは》って、彼のことを凝視してしまう。

（そういう顔、できるのか）

くすくす、見たことのない顔で笑う青伊を、狩野はかわいいと思った。このまま教室へ行って、D組の連中には見せてやりたくないと思った。

青伊の笑顔を、きっと誰も知らない。自分だけが目の前の彼を独り占めしている。そう思うと、何だか気分がよかった。

「なあ、青伊」

朝のホームルームも授業もさぼって、用具室で二人で過ごそう。不良らしく誘うつもりで、狩野は青伊の肩を抱いた。いや、抱こうとした。狩野の指先が彼に触れる寸前に、後ろから聞こえた声に邪魔される。

「矢嶋。生徒指導室に来なさい」

無粋な相手を睨んでやると、職員室や応接室の並んだ廊下の向こうに、竹刀《しない》を肩に担いだ生徒指導の教師が立っていた。

「何、ですか」

「昨日は無断で学校を休んだだろう。話を聞くから、生徒指導室に来なさい」

「ああ、センセ。俺、昨日こいつと一緒だった。話なら俺が」

「狩野はいい。教室へ行きなさい」

「はァ?」

「矢嶋。何度も言わせるんじゃない。早くしろ」

やけに急《せ》かせる教師に、青伊は頷きを返した。その横顔を見て息が止まりそうになる。

さっきのかわいい笑みを消し去った、何の感情もない綺麗な顔。青伊は今から抱かれに行くのだと、察しの悪い狩野の頭に、やっと警鐘《けいしょう》が鳴った。

「待て、青伊」

細い彼の肩に腕を伸ばして、力の加減もせずに抱き寄せる。たたらを踏んだ青伊は、面食らったように狩野を見た。

「狩野？」

瞳を丸くした無防備な顔を、シャツの胸に埋めさせて、教師をもう一度睨みつけてやる。青伊は昨日医者に診せた傷がまだ癒《い》えていない。片腕の中に抱いた彼に、体を売らせるのは嫌だった。

「おい、何をしている」

「——悪ぃな、センセ。こいつは体調不良なんだ。あんたの相手はできないってさ」

「な…っ、狩野、何を言っているんだ、お前は」

図星をさされた教師は、パシィン、と竹刀で床を叩いた。そんな虚勢を張ったところで、怖いとも何とも思わない。青伊のそばで眠れずに過ごした、生まれたての正義感が、狩野に挑発的な中指を立てさせる。

「クソ野郎。生徒にふざけたマネしてんじゃねぇよ」

教師を黙らせてから、狩野は生徒指導室とは逆の方向へと歩き出した。胸元に抱いたままの青伊が、廊下を進むたびに足を縺《もつ》れさせている。

「狩野、離してよ。ちょっと……、転ぶって」

「うるせぇ。用具室に着くまでおとなしくしてろ」

「あの先生は、体罰《たいばつ》がきついのに、あんなことを言って大丈夫なのか？　お前が怒られるんじゃ……」

「知らねぇ。後で呼び出しくらったら、そん時はそん時だ」

「馬鹿。俺のために、お前が嫌な思いをすることないのに」

「うるせぇっつってんだろ。——嫌なんだよ。お前があんな奴に抱かれんの。何でか分かんねぇけど、ムカついてしょうがねぇんだ」

「狩野……」

澄んだ色をした青伊の瞳が、さっきよりも大きく見開かれていく。彼の肩を抱いた掌が、かっと熱くなるのを感じた。自分の手が熱いのか、青伊の体が熱いのか、触れ合った体温はもう混ざり合っていて、区別がつかない。

それきり黙り込んだ青伊を連れて、生徒たちが行き交う校舎の階段を駆け上がる。狩野はこの時、青伊を守ることができたことに、有頂天になっていた。

（何だ、こうすりゃよかったんだ。青伊を抱こうとする奴は、全部俺が蹴散らしてやる）

教師も、生徒も、もう誰も青伊に触れさせたくない。青伊がこのままウリをやめてくれたらいい。そんな独りよがりの傲慢《ごうまん》さで、勝手なことを考えていた狩野に、しっぺ返しは案外早くやってきた。

青伊を祖父母の家に匿《かくま》ってから、五日目の朝。その日は通学時間帯から、容赦のない太陽が照りつけていた。祖父母がかわいがっている老猫も、玄関先でぐったりとしていて、好物のササミの燻製《くんせい》を口元に近付けても、反応しない。

「狩野、タマが餌を食べてくれないよ」

「気難しいんだ、そいつ。よく引っ掻くし、あんまり手を出してると、お前もやられるぞ」

「え？　触っても何もされたことないけど――」

「お前、気に入られてんだな。涼しいとこに入れときゃ、勝手に食うよ」

「うん。――タマ、家の中に入れって。重たいな、お前」

青伊に抱き上げられた老猫は、なぁご、とやる気のない鳴き声を出した。彼は意外に、動物が好きらしい。三毛のふかふかの毛に、頬をそっと摺り寄せている姿を見て、狩野の頬も何故だかくすぐったくなる。

陽炎《かげろう》の揺らめく通学路は、少し歩いただけで汗の噴き出す猛暑だった。アスファルトをじりじりと炙《あぶ》る熱気に閉口していると、相変わらず借り物のシャツを着ている青伊が、隣で涼しい顔をして笑う。

「倒れそうな顔をしてるよ、狩野」

「……苦手なんだよ、暑《あち》ぃの。田舎はセミがうるせぇし、プールにでも飛び込みてぇ」

あまり汗をかかない青伊は、触れるとひんやりしていそうで、白い首筋やシャツのボタンの隙間から見える胸に、つい視線を奪われる。

こんな風に、青伊を見ていることがやたら多くなった。理由がある時もない時も、視界に青伊の姿があると安心する。二人が親しくなり過ぎていると、D組の連中が不審がっても、狩野は聞く耳を持たなかった。

青伊と過ごす時間が長くなるごとに、世界が瞬く間に彼に占められていく。燦々と陽が注ぐ通学路の途中で、それも悪くないと思った時、狩野は自分の中の決定的な異変に気付いた。

(何だ、コレ)

そばにいたいと思った人間も、そばにいてほしいと思った人間も、十六年生きてきたこれまでの中で、青伊以外にはいない。友達よりももっと深く、どうしようもなく切実な感情で、青伊のことを想っている。いつの間にか狩野は、彼のことを、好きになっていた。

「……バッカじゃね」

自覚したくせに、素直に気持ちを認められないのは、青くさいガキだからだ。初めての感情に翻弄《ほんろう》されている狩野を、青伊が小首を傾げて見つめている。

「狩野？　どうしたの」

「青伊――」

たくさんの人間の欲望に曝《さら》された、たくさんの人間の汚さを知っている彼の瞳が、どうしてそんなにも無垢《むく》なのか。彼のことを見つめ返しただけで、堕《お》ちる。澄んだ彼の瞳の奥に、身も心も吸い込まれていく。

青伊が男で、自分も男だということを、一瞬で忘れた。そんなことどうでもよかった。人が人を好きになるのに、理由なんか何もない。青伊に魅《ひ》かれて、目が離せなくて、どうしようもなく手に入れたくなる。ただそれだけ。

「今度、さ。どっか遊びに行かね？」

「え……」

俺と？　と聞き返す青伊が、鈍感で憎たらしかった。青伊以外に、遊びに誘いたい奴なんかいない。

「東京とか、電車で割とすぐじゃん。俺のほんとの家、渋谷にあるから。あの辺なら遊べるとこ知ってるし」

昔の不良仲間がいるクラブや、入り浸っていたダーツバーには連れて行かない。好きな奴の気を引くための、ガイドブックに載っていそうなデートコースがいい。

青伊が喜びそうなところに、どこでも連れて行ってやる。青伊が楽しいことだけをして、大事にして大事にして、自分のことを好きになってもらいたい。

「別に東京じゃなくてもいい。行きたいとこ考えとけよ。な？」

「狩野——。いいのか？　本当に、俺とで。他にクラスに仲いい奴いるのに」

「は？　遠慮してんのか」

「そんなんじゃないけど…っ」

「青伊。俺はお前がいいんだよ」

ぴくん、と肩を跳ねさせて、青伊はそのまま立ち止まった。アスファルトの照り返しで、膝から下が燃えるように熱い。しかし、焼けた革靴の底より熱かったのは、狩野の頬だった。

「好きだ。青伊」

「……え……」

「お前が好きだ。黙ってんのは性に合わねぇから、先に言っとく」

「狩野、な…何？　冗談きつい」

「冗談なんかじゃねぇよ。――今まで、こんなに気になる奴に出会ったことない。二人で遊びに行ったり、彼女とするようなこと、お前としたい」

「狩野……っ」

「好きだ、青伊。お前のこと大事にする。約束する。俺と付き合えよ」

必死に告白しているうちに、自分の顔が真っ赤に染まっていくことが分かった。青伊も同じだったらいいのに――。いい返事を期待して青伊の方を見ると、この頃やっと日焼けしてきた彼の顔は、真っ青《まさお》だった。

「ちょ…っ、おい、何固まってんだよ」

「――」

「何か言えよ。照れんだろ。おい」

焦って汗をかいている自分は、さぞ間抜けだったに違いない。青伊は唇を噛み締めて、何か言葉を探している。

気まずい沈黙が流れていくのを、どうしたらいいか分からなかった。通学路のずっと先まで続く陽炎へ、視線を逃がすことさえできない。

「――狩野」

「お、おう…っ」

「ごめん」

がくん、と地面が一段落ちた気がした。のぼせ上がっていた頭が、一気に冷えていく。

「俺は、お前とは付き合えない」

「青伊……」

「ごめん。好きって、言ってくれて、ありがとう」

「…はッ。礼なんか言われたって、嬉しくも何ともねぇよ」

「ごめん。本当に、ごめん」

「謝んな。そっちの方がかっこ悪《わり》ぃ。い…っ、いいよ、俺は別に、お前と友達で。こうやってつるんでりゃ楽しいし」

「ううん……っ。俺とお前は、友達じゃない」

あっけなくふられた挙句に、友達のスタンスまで拒まれる。そこまで脈ナシだったか、と、自分の馬鹿さ加減に呆《あき》れた。それで納得してやろうと思ったのに、青伊の態度は、少しおかしかった。

「狩野、駄目だよ」

青伊の土気色をした唇が、ぶるぶると震え出す。よく見ると、彼の細い顎《あご》から、汗の雫がとめどなく滴《したた》り落ちていた。

「青伊？」

「──お前と一緒にいたら、俺は、駄目なんだ」

「何が駄目なんだ、分かるように言え」

「ごめん。狩野ごめん……っ。家に何日も泊めてくれてありがとう。もう行かないから。この制服も返す。今すぐ返すよ」

「おい、どうしたんだよ、青伊」

「俺もう、帰らなくちゃ──」

どこへ、と聞き返した狩野の声に、車のうるさいクラクションが重なる。狭い通学路に騒音を撒き散らし、型落ちの黒いセダンが、二人の脇に影のように停まった。

「よう、見付けたぞ、青伊」

運転席のドアを開けて、見覚えのある男が下りてくる。目つきの悪い、アロハを着たいかにもヤクザという雰囲気の男。青伊の母親の愛人だ。

「竜司《りゅうじ》、さん」

「五日もどこをほっつき歩いてた。お前が家に帰って来ねぇから、母ちゃんが荒れて大変だったぞ。――乗れや」

くい、と男が顎をしゃくって、助手席へと青伊を促した。ほんの一瞬、青伊が怯《おび》えた瞳をしたことを、狩野は見逃さなかった。

「ほら、ぐずぐずすんな。お前に大事な用がある」

「――おっさん。俺らガッコがあんだよ。行くぞ、青伊」

「あァ？　何だてめぇは。ガキがイキがってんじゃねぇぞ」

「あ？　やんのか、このチンピラ」

ガンのつけ合いなら負ける気がしない。この男は、自分の組の組長に青伊を売った。青伊を虐待している母親と同じくらい、許せない相手だ。

「竜司さん…っ！」

威嚇《いかく》し合う狩野と男の間に、青伊は細い体を割り込ませた。青伊の頬は、さっきよりもいっそう青褪めている。

「竜司さん、用は後でも、いいですか」

「青伊、下がってろよ。こんな野郎にかまうな」

「おうおう、誰にモノ言ってんだ。青伊、このガキは何だ。お前のイロか」

「てめえ……っ」

「──おい、俺の言うことに答えろや。こいつはお前の何だって聞いてんだ」

「別に。ただの、同じ学校の、人」

「青伊……？」

「あァ？　随分お前にご執心のようだぜ？」

「そ…っ、そうなんだ。この人、俺に相手をしろって、しつこくて。さっきから絡まれてて、困ってた」

青伊は何故、突然そんな嘘をついたのだろう。他人のふりをし始めた青伊の腕を、男の分厚い手が摑んだ。

「ったくよぅ。客のあしらい方は教えただろ？」

「竜司さん……」

「青伊…っ！　おい、そいつを離せよ、クソ野郎！」

「じゃかあしぃんじゃあ！　このガキがぁ！」

いきなり腹に重たい蹴りを食らって、近くに建っていた電信柱まで吹っ飛ばされる。硬いコンクリートに背中を叩き付けられて、息ができなくなった。

「ぐはッ――」

口中に溢れてきた酸っぱいものを、飲み込むこともできない。地面へずるりと崩れ落ちていきながら、狩野は霞《かす》む瞳で、青伊を探した。

「っ…、やめてよ、竜司さん。そこまでしなくていい」

「車に乗ってろ。お前にコナかけねぇように、こいつは俺がヤキを入れてやる」

「いいってば。――そんな人、もう放っておいてよ。ね？」

青伊はアロハの胸に抱きついて、甘えるように男を見上げた。蹴られた腹より、途切れがちな呼吸より、青伊のその姿が狩野にボディーブローのように効いてくる。

「竜司さん。俺に用って、何」

「おお、うちの親分がお前をご指名だ。うまいメシでも食わせてもらって、その後は……分かってるな？」

男の掌が、露骨に青伊の尻を撫で回している。とっくに血が上っている狩野の頭が、怒りで沸騰した。

「この間みてぇによ、親分にたっぷりサービスしてやってくれや。そしたら俺の顔も立つ」

「うん――」

「たんまり小遣いもらえて、母ちゃんも喜ぶぞ。お前のせいで、母ちゃんはおかしくなっちまったんだから、せいぜい償ってやらなきゃな」

「分かってる。ちゃんと、稼ぐよ」

「ようし、いい子だ。お前を仕込んだ甲斐《かい》があるぜ。随分昔に、処女のここへ突っ込んでやった時は、痛くてピーピー泣いてたのによ。今のお前は、商売女より稼ぎがいい」

制服のスラックスの上から、小ぶりな尻の狭間に指を挿《さ》し入れて、男は青伊の唇を奪った。

青伊はびくん、と大きく震えただけで、抵抗しなかった。

（なん、で）

信じられない光景に、自分の目を疑う。貪《むさぼ》るようにキスを続ける男へと、青伊の方から唇を開いて、薄汚い舌を誘い入れている。絡み合う舌と舌を見せつけられて、狩野の怒りは、もっと激しい別の感情へと変わった。

青伊を抱いた初めての男。今目の前で、青伊をキスで汚している男に、嫉妬《しっと》する。

「やめろ……、やめろよ……っ！」

我慢できずに唸《うな》っていると、青伊の両手が男の耳を髪ごと覆って、キスの角度を深くした。男は淫《みだ》らなキスに夢中になっているのか、青伊の体を折れそうなほど抱き締めて、卑猥に腰を揺すっていた。

「青伊ぃ、ほんとはお前を親分に使わせたくないんだぜぇ。分かってんだろ？」

「駄目…、竜司さん——、キス、やめちゃやだ」

青伊の媚《こ》びた甘い声が、狩野の中の最後の堰《せき》を破壊した。体じゅうの血が逆流する。煮え滾った嫉妬の濁流に押されて、青伊のこと以外、何も見えなくなる。

「かあいいなあ、ガキの頃と変わんねぇなあ、青伊。親分には惚れるなよ。お前は俺のもんなんだからな。母ちゃんに内緒で、また、かわいがってやるからな」

「ふざけんじゃねぇ…！」

アスファルトを蹴りつけ、振り上げた拳が向かった先を、狩野の目が追うことはなかった。男の頬の肉を抉《えぐ》った手応えと、歯の折れた鈍い音。左手に摑んだアロハの襟《えり》を締め上げて、もう一発、二発と、何度も拳を繰り出す。

殺してやる――。はっきりと狩野は、そう思っていた。血みどろになっていく男も、男が青伊を売ろうとした相手も、青伊の母親も、みんな死んでしまえばいい。青伊をこの手に取り返すためなら、犯罪者になってもいい。

「――野、狩野！　いけない…っ！　やめるんだ！」

「うるせぇ…っ、お前はどいてろ！」

反撃のない男の腹を蹴って、自分がされたのと同じように、電信柱の根元へと沈める。もう一撃、力の限りで急所を蹴ったら、きっと男は死んでいた。

「駄目――！」

青伊の細い両腕が、後ろから狩野を羽交い絞めにする。嫉妬にかられて濁り切った目には、必死な顔をしている青伊が、男を守ろうとしているように見えた。

「も…っ、やめて、狩野、頼む…っ」

「青伊——。何でだ、何で止めんだよ！」

「俺たちのことに関わるな。死んじゃう、これ以上やったら、本当に」

「こんな奴、どうなってもいいだろうが！」

「それは違う、狩野…っ、お前は間違えてる！」

青伊に引き摺られるようにして、狩野は通学路を祖父母の家へと戻った。もう少しで殺せたのに。地面に頽《くずお》れたまま、虫の息で喘ぐ男は、二人を追い駆けてはこなかった。

「狩野、鍵！　早く中へ——」

玄関のドアを開けると、祖父母はどちらも出かけていて、家の中はしんとしていた。汗や血や、土埃で汚れたひどい格好で、青伊にバスルームへと急き立てられる。廊下の隅にいた老猫が、二人の足音に驚いてどこかへ逃げた。

「少し頭を冷やせ！」

シャワーのコックを捻《ひね》った青伊は、瞳に涙を滲《にじ》ませて怒っていた。彼の両手が、真っ赤に染まった狩野の拳を包んで、血を洗い流そうとしている。

「ヤクザに手を出して、どうなるか分かってるのか？　あの人は絶対にお前に報復する。無事じゃいられない」

「——だから殺してやりゃあよかったんじゃねぇか」

「馬鹿なこと言うな！　犯罪者になりたいのか！　あの人を殺したって、上のヤクザが出張ってくるだけだ！　どうしてそんな簡単なことが分からないんだ。俺がどんな思いをして、あの人と…っ」

震える唇を、青伊は濡れた手の甲で拭った。男とキスを交わしていた彼の姿が、頭の奥にちらついて離れない。

「うぜぇよ。あいつの話なんかすんなよ。……青伊、青伊……っ」

雨のように降り注ぐシャワーに濡れながら、狩野は青伊の体を抱き締めた。彼の瞼《まぶた》を冷たい水が叩いて、涙の混ざった雫が落ちていく。

拳の血が全部洗い流されるまで、狩野は青伊を胸の中に抱いていた。離したくない。青伊をどこにも行かせない。

「青伊。お前はここにいろ。あの男のとこにも、母親のとこにも、もう帰るな」

「無理だ。俺のことを、何も知らないお前が、勝手なことを言わないでくれ」

「青伊…っ」

膨張し切った彼への想いは、もう止めることができなかった。左右に揺れる青伊の髪を摑んで、バスルームの壁へと追い詰める。欲望しか持たない獣のように、さっきまで男を受け入れていた青伊の唇に、狩野は自分の唇を重ねた。

「――――ッ」

初めて奪ったキスの柔らかさに、触れた瞬間から気が遠くなる。もっと欲しい。青伊の唇の奥の奥まで犯して、自分の舌でめちゃくちゃにしたい。

「ん、う…っ！　やめ……っ」

何故逃げようとする。何故嫌がる。あの男には自分から舌を絡めておいて、唇をもぎ離そうと抗《あらが》う青伊が、許せなかった。

「んっ、んん……っ、やめろ、狩野……！」

「おとなしくしろよ。今のじゃ全然足りねぇ」

「離せ——嫌だ。お願いだから…っ、俺に触れるな」

「抵抗すんなよ。俺が嫌なのか。俺よりあのヤクザの方がいいのか。初めて抱かれた男が好きか。だから、あいつを俺にフクロにされて怒ってんのか」

「……っ」

「またたんまりか。お前は都合が悪いと何も言わねぇよな。……いいよ、そのまま黙ってろ。ウリをやる時みたいに、声一つ立てずにマグロになってろよ」

スラックスのポケットから財布を出して、タイルの床へと投げつける。たいして中身の入っていないそれに、冷たいシャワーの飛沫《しぶき》が散った。

「お前を買う」

「狩野——」

「金を払ったら、誰でもやらせんだろ？　前に聞いた。誰と寝ても同じだって。だったら俺がお前を抱いても同じだろ！」

そう言い放った瞬間に、ぱしん、と狩野の頬が鳴った。鮮烈な痛みとともに瞬きをすると、頬を叩いた青伊が、新たな涙を流して立ち竦んでいた。

「俺は、お前とは寝ない」

「青伊…」

「どんなに金を払ってもらっても、誰と寝ても、お前とだけは寝ない」

「何で……っ」

「お前は——だから」

青伊が何を言ったのか、シャツを引き裂く音に遮られて、よく聞こえなかった。逆上した自分の両手を、止める方法が分からない。嫌がる青伊を裸にし、細い首を絞め、立ったまま無理矢理足を開かせる。

「やめろ、狩野、嫌だ——！」

視界いっぱいに広がる泣き顔を見下ろしながら、残酷に屹《た》ち上がった自分のそれで、青伊を貫く。がくん、と揺れた青伊の体に構いもせずに、ひといきに深くまで挿した。

男に突っ込む奴の気が知れないと、笑い飛ばした過去の自分に、心の中で唾を吐く。思った以上に熱く、狭い青伊の体内。青伊を欲しがる本能だけを振り翳して、彼を抱いたたくさんの客たちと同じように、欲望に溺《おぼ》れた。

「あァ……っ！」

力尽くで手に入れた青伊は、強姦《ごうかん》に怯えて震えていた。馴らしもせずに貫かれて、痛みも何も感じないなんて嘘だ。

体を売り続けた果てに、痛覚も、快感も忘れてしまったと言った青伊に、自分の形をした傷をつける。容赦なく律動を始めると、彼は苦悶《くもん》に満ちた表情を浮かべた。

「あう…っ、痛……！」

優しくなんかできなかった。大事にもできなかった。力を失い、崩れ落ちた青伊を床に組み敷いて、摑んだら砕けそうな華奢な膝をMの字に開く。

「狩野、やめ、て」

「うるせぇ、黙れ…！」

「こんなこと、駄目、だめ……っ」

喘ぐ喉に嚙みついて、悲鳴さえ上げられなくなるまで、激しく犯した。青伊の体に腰を打ちつけるたび、彼を穿《うが》つ杭はいっそう硬く屹ち上がり、残酷になれる自分がいた。

「狩野――、狩野、あうぅ…っ！」

痛みで歪んだ綺麗な顔に、性急な射精感を煽られるまま、欲望を解き放つ。どくっ、どくっ、と青伊の奥へ注ぎ込む毒。まだ抗おうとする粘膜に、凶悪なそれを擦《こす》り付けながら、青伊の中で腰を回す。

「……ひ…っ、い、やだ、いや……ぁ」

「もうお前は俺のものだ。お前が嫌がったって、何度だって抱いて、お前を俺でいっぱいにしてやる」

「うう――」

「俺以外の奴のことは忘れろ。母親のことも、あのヤクザのことも。俺は、お前のことが好きなんだ。お前のことしかいらねぇんだよ！」

「いや、……や…っ、ああっ……！」

嫌としか言わない青伊の唇を、憤りを覚えながらキスで塞いだ。一方通行の感情を押しつけて、体ごと彼の心まで奪ったつもりだった。

いったい何度、青伊の中に欲望を吐き出したか覚えていない。いつの間にか意識を失い、朽ち果てた人形のようになった青伊を、腕に抱いてバスルームから運び出す。濡れたままの彼の体を、自分の部屋のベッドに横たえて、何時間も寝顔を見つめて過ごした。

青伊が起きたら、何を言おう。まず先に謝らないといけない。ひどいことをした、と土下座して、青伊にもう一度頰を叩いてもらおうか。青伊が許してくれるまで、ただひたすら謝り続けよう。そう考えながら、気付かないうちに、自分も眠りに落ちていく。そして、その日の夕方、うとうとした目を開けると、青伊は姿を消していた。

「青伊……？」

青伊が眠っていたベッドには、まるで彼の温もりを恋しがるように体を丸めた老猫と、丁寧にたたんだ借り物の制服が残されていた。書き置きのメモ一つ残さず、学校にも顔を出さず、まるで元からいなかったかのように、忽然《こつぜん》と青伊は消えた。

青伊の母親も、母親の愛人のヤクザも、彼と同時に失踪したことを狩野が知ったのは、少し後のことだ。ヤクザが数人青伊のアパートにやってきて、部屋の中を荒らして去ったと、まことしやかな噂が学校で流れた。

「——だからさあ、夜逃げだって。あいつの家、借金とかあったんじゃねぇの？」

「怖ぇヤクザに連れ去られたとか。あり得るっしょ、矢嶋なら」

D組の教室にある、ぽつんと残された空席を眺めながら、日を追うごとに強くなる自己嫌悪に苛《さいな》まされる。狩野の想いは、青伊に通じてなんかいなかった。狩野が青伊にしたことは、ただ彼を傷付けて、追い詰めただけだったのだ。

（お前は、俺を恨んでいるんだろう。だから何も言わずに、姿を消したんだろう）

もう一度、青伊に会いたい。謝りたい。青伊を探して、話がしたい。

置き去りにされた恋は、やがて強い執着になり、狩野の心に突き刺さったまま抜けない棘《とげ》になった。

――高校一年の夏の、あの別れから十二年。最後に青伊の寝顔を見た日と同じように、狩野のそばで、彼は眠っている。

新宿歌舞伎町の雑居ビルの中にある、花井医院の狭い診察台は、お世辞にも寝心地がいいとは言えない。しかし、あてもなく青伊を探し回っていた頃と比べたら、触れられる距離に彼がいることは、信じられないくらいありがたいことだった。

「……う……」

「青伊？」

閉じていた青伊の唇が震え、微かな隙間から声が漏れてくる。その苦しそうな息遣いさえ、久しぶりに聞けて嬉しい。

脂汗の滲んだ頬を、そっとガーゼで拭いてやると、青伊の瞼が少し動いた。深い深い眠りの底から、彼の意識が浮上してくる。

「ん…っ……」

溺れて引き揚げられた人のように、ごほ、と青伊は咳《せ》き込んだ。

昨日の夜、六本木の秘密クラブ『ＭＩＳＴ』から逃亡した青伊は、店長や従業員たちに暴行を受けて、全身に打撲や切傷を負っていた。咳をした拍子に、口の中にあった血が飛んで、青伊の唇を汚している。

「お前は、昔からケガをしてばかりだな」

独り言のように呟いて、狩野は替えたガーゼに血を染み込ませた。青伊の唇を丁寧に清めていると、今度ははっきりとした声が聞こえてきた。

「……だれ……」

瞬《まばた》きをする彼の姿に、ぐ、と胸の奥が熱くなる。再会した喜びだけではない、ほろ苦い複雑な感情をも押し殺して、狩野は青伊の顔を覗《のぞ》き込んだ。

「俺だよ」

「……？」

「水を飲むか。医者が、少しなら胃に入れても大丈夫だと言っていた」

診察台の傍らにあったワゴンから、プラスチックの吸い飲みを取る。狩野を見上げた青伊の瞳が、は、と揺れた。

「か、の」

「ああ。俺のことを、覚えていてくれたのか」

「うそ——だろ」

「……本物だよ。ほら、少し飲め。喉が渇いてるだろ」

吸い飲みの細い注ぎ口を、青伊の唇に添えて、そっと傾けてやる。十二年前と何も変わらない、漆黒の綺麗な瞳が、幽霊でも見るように瞬《しばた》いた。

「狩野、だ。……何で、お前が。ここは——どこだ」

「知り合いが新宿で開いてる病院だ。重傷で気を失ってたお前を、俺がここへ運んだ」

「……新宿…？　馬鹿な。どうしてこんなところに……っ」

青伊は困惑したように表情を歪《ゆが》めると、診察台から体を起こそうとした。左腕に刺さっている点滴の針を引き抜いて、おぼつかない足で靴を探している。

「青伊！　何をしてる、動くな！」

「俺は、ここにいる訳にはいかない。……どいてくれ。すぐに消えるから」

青伊は早口でそう言うと、ワゴンにあった血だらけのシャツを羽織った。診察台を降りただけで、治療したばかりの傷口から血が滲んでいる。狩野は青伊の腕を掴んで、自分の方へと彼の体を引き寄せた。

「待てよ！　せっかく縫った傷が開いちまう。おとなしくしてろ！」

「離してくれ。助けてくれた礼は言う。でもう、俺に関わるな」

「青伊……っ」

「行かせてくれ、狩野。——俺に触るな」

十二年前と同じ、冷たい声だった。青伊の腕を握った掌に、彼の震えが伝わってくる。

（やっぱりお前は、今も俺のことを恨んでいるのか）

青伊にとっては、望まない再会だったのかもしれない。十二年前に自分を犯した男など、彼の記憶から抹消されていてもおかしくはない。

しかし、狩野は手を離さなかった。ここで青伊を見失ったら、二度と会えない。再会の奇跡は、きっとこの一度きりだ。

「ここから出るのは危険だ。お前は警察に追われている」

「警察?」

「お前、昨日ガサ入れされた、六本木の『MIST』ってクラブの黒服をやってんだろう」

「何故お前が、そのことを知っている」

「『MIST』は泉仁会のおやっさんの膝元だ。店を取り仕切ってんのは、確かおやっさんの直参の陣内組だったな。いいシノギを上げてる店だって、うちの組の組長も、一目置いてるぜ」

「うちの組だと――、まさか、お前」

「……ああ。泉仁会とは別の系列だが、俺はこの辺りを根城にした組に所属してる」

青伊を引き止めたい一心で、狩野は咄嗟に嘘をついた。刑事の身分を教えるよりも、ヤクザだと言っておく方が青伊に警戒されないだろう。

幸い、狩野は精悍《せいかん》で野性味のある風貌をしている。刑事よりもヤクザの方に近いと、同じ組織犯罪対策課の仲間たちには、日頃からよく言われていた。

「狩野。お前が、そっちの道に進むとは、思わなかった」

意外そうに、青伊が豊かな睫毛を瞬かせる。狩野にとっては、彼のその反応の方が意外だった。

「高校の時の、グレてた俺を知ってるだろ。とうに道は踏み外してるんだ。ヤクザになってても不思議じゃない」

「……俺には、そうは思えない。狩野は、筋の通ったところがあったから」

「何言ってんだ、お前」

ハッ、と軽く笑い飛ばして、狩野は青伊から顔を背けた。本当に筋の通った人間は、好きになった相手を犯したりはしない。青伊は高校一年のあの夏の出来事を、忘れてしまったのだろうか。

やっと青伊を見付け出したのに、温い会話に焦《じ》れて、狩野は溜息《ためいき》をついた。急いてはいけないという思いと、取調室の尋問のように、青伊の何もかもを暴きたいという思いが、頭の中でせめぎ合う。

「青伊。昔よりは、しゃべるようになったな」

「……さあ。分からない」

「無表情なのは変わらないが。お前が笑ってる顔なんか、数えるほどしか見たことがない」

「昔のことは、忘れた」

「俺のこともか？」

「ああ。——目が覚めて、顔を見たら、思い出した」

本心かどうか分からないのに、青伊のその言葉に、焦燥がつのった。自分のことが、彼にとっては忘れ去りたい記憶だったと、思い知りたくなかった。

「青伊。お前は今まで、どこにいた」

まるで悪あがきのように、青伊へ向けて、最も聞きたかった質問をする。結局急いてしまった自分に呆れながら、狩野は青伊の顔を覗き込んだ。

「この十二年間、お前はどこで、何をしていた。どうして、泉仁会の息のかかった店で働いていたんだ」

これまで、都内で暴力団に絡んだ事件を調べても、青伊の名は一度も捜査資料に出てこなかった。署のデータベースには、全国に何万人といる暴力団の構成員のデータが入っているが、そこにも入力されていない。高校一年の時に失踪してから十二年、その間に青伊の身に何が起こっていたのか、狩野は知りたかった。

「お前は『ＭＩＳＴ』のただの従業員か？　それとも、泉仁会と杯を交わした舎弟なのか？」

「——」

「何か言えよ。久しぶりに会ったんだ。昔みたいな、だんまりはよせ」

「俺が、話すと、迷惑がかかる人がいる」

「誰かの世話になってるのか。そいつもヤクザか」

じり、と狩野の胸の奥のどこかが引き攣《つ》れる。青伊は子供の頃から母親に体を売らされ、特異な環境で生きてきた。年齢を重ねても変わらない綺麗な顔と、しなやかな体を、手元で味わいたいと思う人間はいくらでもいるだろう。

「まだ、ウリをやってんのか。やっぱりお前も、道を踏み外してんじゃないか」

「……お前にどう思われようとかまわない。でも、俺はヤクザじゃない」

「じゃあ何だ。教えろよ」

「………」

「青伊。俺は別に、『ＭＩＳＴ』や泉仁会のことを聞きたい訳じゃない。お前がどこで、どうやって暮らしていたのか、教えてほしいだけだ」

「そんなことを聞いて、どうする」

「どうするって……。十二年間も、心配してたんだぞ。お前がいなくなってから、お前のことを、一度も忘れたことはなかった」

シャツ一枚を羽織っただけの姿で、青伊はじっと狩野の顔を見上げていた。青伊の瞳は、信じられないくらいあの頃と同じ、澄んだ色をしている。

この瞳だけは、裏切れない。二度と、裏切りたくない。

「お前のことを、ずっと探してた。高校を卒業してからも、あの街にはよく顔を出していた。

だからお前を、こうやって助けられたんだ」

嘘に真実を織り交ぜながら、空白だった青伊との長い時間を手繰《たぐ》り寄せる。謝罪も贖罪《しょくざい》も、月日が経った今では遅過ぎるというのなら、青伊に正直な思いだけは伝えたかった。

「お前が生きていてくれて、嬉しい。本当に、本当に嬉しいんだ。俺には、こんなことを言う資格はないかもしれないが、お前にもう一度会えて、よかったと思ってる」

「狩野――」

「青伊、お前が失踪した日、俺はお前に、ひどいことをした。俺のことは許さなくていいから、少しだけ、話を聞かせてくれないか」

ただの友人どうしの再会なら、もっと純粋に、もっと単純に、今ここに青伊がいることを喜べたのかもしれない。しかし、狩野にそれは許されなかった。自分が青伊にしたことを棚に上げて、忽然と失踪した彼を、責めることもできない。

「狩野。お前と話すことは、何もない」

「青伊……」

「昔のことは、忘れたと言った。お前も俺のことは忘れていい」

目の前で、堅牢《けんろう》なシャッターを閉められた気がした。再会を果たしたところで、青伊に拒絶されることを、少しも予想しなかったと言えば嘘になる。

(駄目なのか。お前は十二年前と同じように、俺を拒むのか)

十二年前の、狩野を逆上させた青伊の言葉が、耳の奥に蘇《よみがえ》ってくる。

『——誰と寝ても、俺は、お前とだけは寝ない』

長い時間が経っても、青伊を無理矢理抱いた記憶は、狩野の頭と体に生々しく残っていた。高校の担任や、生徒指導の教師、たくさんいた青伊の売春の相手よりも、狩野がしたことは残酷だった。

「もういいだろう。手を離せ、狩野」

「待てよ青伊。その体でどこへ行こうって言うんだ」

「お前が知らなくてもいいことだ」

「今の飼い主のところにでも帰るのか？」

僅かに青伊が表情を変えたのを、狩野は見逃さなかった。いっそう強い力で青伊の腕を握り締め、顔と顔が触れ合うほど近い距離で詰問する。

「誰だ、そいつは。お前は昔、母親とその愛人のヤクザに飼われてた。お前は今、誰のものなんだ？」

「狩野……っ」

「お前の飼い主は、警察に追われているお前を守ってくれるのか？　何故ここにいちゃいけない。ここは安全だ。医者もいる。お前を守ることができる」

「離せ……！」

青伊は自由になる右腕を振り上げて、狩野の肩や、胸を叩いた。暴れる力は、重傷を負っているとは思えないほど強い。両足を蹴られ、二人して床に倒れ込みながら、狩野は青伊の体を抱き締めた。

「青伊！　頼むから、おとなしくしてくれ！　傷が悪化したらお前が死んでしまう」

「離せ——触るな！　俺のことはどうだっていい。お前も死にたくなかったら、ヤクザなかやめて、元のお前に戻れ」

「青伊、何だそれは……っ」

「俺の飼い主は、泉仁会の若頭補佐だ。逃亡者の俺に関わったら、お前も、お前の組も、ただでは済まない」

「若頭補佐だと？　陣内組の、陣内鷹通か。『ＭＩＳＴ』のオーナーの」

「そうだ。俺は、あの人のところに行かなきゃいけない。他の人間に捕まる前に、あの人に渡すものがあるんだ。ここから出してくれ、俺を行かせてくれ…っ」

「馬鹿かお前は！　警察に追われてる奴を、ヤクザの幹部が助ける訳ないだろう！　自分の腹を探られないように、お前を見捨てるのがオチだ」

「あの人は違う……。鷹通さんだけは、俺を裏切らない」

じりじりと、また狩野の胸の奥が痛んだ。自分の腕の中に抱き締められていながら、青伊は飼い主の名前を呼んでいる。飼い主のもとへと、帰りたがっている。

許さない。狩野の胸の痛みは、瞬《また》く間に理不尽な感情へと変わっていった。鷹通、と青伊が下の名前で呼んだ飼い主に、嫉妬していた。

「お前を陣内鷹通には渡さない。ここにいろ」

「狩野……！」

「俺の前から消えたお前を、今までどれほど探したと思う。お前をもうどこにも行かせない」

「余計なことをするな。誰が…っ、誰が探してほしいと頼んだ。俺は、二度とお前には会いたくなかった」

十二年経っても変わらない、拒絶の眼差しを、狩野は正視できなかった。一瞬、両腕の力が緩んだ隙をつかれて、青伊の体の上から押しのけられる。

「これきりだ、狩野……！」

「青伊――」

「今度こそ、お前にはもう、会わない」

「青伊！」

さよなら、と別れの言葉を告げようとした青伊の唇が、ひくっ、と震えを帯びた。

いったい、何が起きたのか分からない。突然青伊の全身がひどく痙攣をし始めて、漆黒の瞳は白目を剝《む》き、苦しそうに喉を掻き毟《むし》っている。

「ひ…っ、ぐ……っ、うう……っ」

「青伊？　青伊！　どうした！」

「さわ、るな。……か……の……っ、あうぅ――――！」

青伊は手足を縮めて悶《もだ》えながら、まるで何かの発作を起こしたように床を転げ回った。

彼の吐く息は荒く、痙攣の止まらない体じゅうから、汗が噴き出している。狩野はどうすることもできずに、青伊をただ抱き寄せた。

「青伊……っ！」

緊張が走った診察室に、バタン、とドアが開く音が響く。白衣姿で駆け込んできた春日は、カルテを手に持っていた。

「狩野。さっき彼の尿を簡易検査してみたんだが、ちょっと気になることが――」

「春日！　すぐに診てくれ！　青伊の様子がおかしい」

「しまった……っ、遅かったか」

春日は白衣のポケットからペン状のライトを取り出すと、素早く青伊の両目を照らした。口の中を目視し、首筋や胸を触診した後で、春日は悔しそうに舌打ちをする。

「薬物の禁断症状だ。彼の尿から、疑いのある物質が発見された」

「ヤクだと――!?」

「彼の足の付け根に、注射痕があったんだよ。調べてみたら案の定だ。常用してたのなら厄介だぞ」

「そんな……っ、青伊がヤクなんか使うはずない。おい、青伊！」

「……ううっ、ひっ……ぐ、息、が、」

「青伊！」

呼吸困難を起こした青伊に、春日はすぐに酸素マスクを施した。見る間に症状を悪くしていく彼の体を、狩野は必死に手で擦って温める。

「どうすればいい？　春日、どうすれば青伊を助けられる」

「薬物の成分が特定できるまで、様子を見るしかない。地下室へ運んで、鎮静剤を打とう」

「地下──、ヤク中の隔離部屋か」

「ああ。この診察室で暴れられちゃ困るからな。お前も知ってるだろ。中毒患者の治療がどんなに悲惨か」

「くそ…っ。青伊、しっかりしろ！　必ず助けてやるから！」

狩野は青伊の体を抱き上げて、診察室を駆け出した。両腕に感じた彼の重みは、切なくなるほど軽かった。

エレベーターの小さな箱が、奈落《ならく》の底へと落ちていくように地下を目指す。新宿という土地柄、この花井医院には急性の薬物中毒やアルコール中毒で運び込まれる患者も多い。エレベーターを降りると、狩野は春日に促されるままに、穴倉のように薄暗い小部屋へと青伊を連れていった。

刑務所の独房にも似たその部屋は、天井も壁も床も、全てクッション材で作られた特殊な空間だった。部屋の奥の一部の床がタイルになっていて、薄いカーテンの向こうに、シャワーとトイレがついている。

「ここならどんなに暴れても、患者は傷付かない。狩野、彼の右腕を出せ」

金属製の部品が何もついていない、柔らかなソファベッドに青伊を下ろして、狩野はまだ血の残る彼の右腕を伸ばした。痙攣の続いている腕に、鎮静剤の注射針が埋められていく。

「青伊……っ、何でお前が、こんな目に遭わなきゃならないんだ」

酸素マスクについた白い呼気と、ひくっ、ひくっ、と喘ぐ青伊の細い喉が、狩野の怒りに火を点《っ》ける。

少なくとも高校生の頃の青伊は、薬物を好むような人間ではなかった。彼を言いなりにするために、ペットのように扱うために、飼い主の陣内に強制的に投与されていたのかもしれない。

(どうしてだ。お前はいつも、誰かに飼われている。お前はいつも誰かのものだ。お前が自由だったことなんて、一度もないじゃないか)

青伊の汗で濡れた前髪を掻き上げながら、狩野は唇を噛んだ。青伊の自由を奪い、彼を縛り付けるものから解放してやりたい。たとえそれが、所轄署の一刑事には手が出せない、巨大な暴力団組織の幹部でも。

「――よし、少し呼吸が落ち着いてきたようだ。詳しい成分検査をしてくるから、狩野、お前はここで、彼を看《み》ていてくれ」

「…ああ」

「狩野、これ」

ベッドの上に、春日が医療用の拘束具を置く。見たくもない残酷な器具だ。

「依存の度合いによっては、攻撃衝動や自傷行為に及ぶかもしれない。彼が錯乱し始めたら、躊躇わずに使えよ」

「分かってる。だが、なるべく使いたくない」

苦しみを分け合うように、狩野の肩を軽く叩いてから、春日は部屋を出て行った。ガシャン、と狩野の後ろで、ドアが固く施錠される音が響く。

世界から完全に切り離された密室で、狩野は青伊を抱き締め、汗で濡れた髪に顔を埋めた。

「青伊、気をしっかり持て。ヤクなんかに負けるな」

「……うぅ……っ、はな、せ。どけ……っ」

「お前が何を打たれたか、成分を特定できれば適切な治療ができる。それまで耐えてくれ」

「どけ――どけ」

苦しそうに両腕で狩野の胸を押し戻しながら、青伊は小刻みに息を吐いた。薄く瞼を開けた彼の瞳は、虚《うつ》ろに部屋の天井を見上げている。幻覚が始まっているのか、彼の瞳孔《どうこう》は不自然に揺れていた。

「ここから出せ……、出してくれ、出して……っ、追ってくる、怖い——怖い。すぐそこまで来てる、つかまる……っ！」

「青伊、青伊！」

「いや…っ！　こないで——いた、い、ぶたないで……っ、いたいよう……！　かあさん」

びくっ、と狩野は肩を震わせた。青伊は母親の幻を見ている。薬物の禁断症状を起こした時、潜在的な脅威が幻覚になって現れることは珍しくない。青伊を虐待した母親が、今もなお彼の心を蝕《むしば》んでいる証拠だった。

「お前、自分は痛みも何も感じないって言ってたくせに。やっぱりあれは、嘘だったんじゃないか…っ」

痛い、痛い、と悲鳴を繰り返しながら、青伊は暴力を振るう母親の幻覚から逃れようともがいた。泣いて暴れる彼の姿は、生きるために必死で身を守る子供に見える。心が幼児期へと戻る、退行の症状が出ている青伊を、狩野は両腕の中に閉じ込めて、冷たい耳に唇を寄せた。

「——夢だ。青伊、お前は悪い夢を見てるんだ」

薬物に支配された脳裏へと、直《じか》に声が届くように、繰り返し夢だと囁く。しかし、青伊は体を捩《よじ》って抗いながら、幼児期の記憶と幻覚が混濁した世界へ溺れていった。

「かあさん、こわい……こわいかおしないで、おねがい」

「ここにはお前の母親はいない。大丈夫だ。俺が守ってやる。ずっとそばについててやる」

「も…、ゆるして、ごめんなさい。いたい。いたい、の。かあさん、かあさん、いい子にするから、ごめんなさい」

「お前は何もしてない。何も悪くない。謝らなくていいんだ、青伊」

「おれだけ、いきてて、ごめんなさい——」

「青伊……っ」

「おれの、いのち、あげる。ぜんぶ、ももこに、あげる。なかないで、かあさん」

がくがくと痙攣を繰り返しながら、青伊は自分の首を、自分の手で絞め始めた。『桃子』は母親の腹の中で死んだ、青伊の双子の妹の名だ。不幸な死産だったのに、母親に無実の罪を押し付けられて、あどけない顔で許しを乞《こ》う青伊を、狩野は見ていられなかった。

「もうやめろ！」

掻き毟った痕がついた首から、青伊の両手を引き剝がし、春日から預かった拘束具で固定する。青伊の瞳が、ふ、と幻覚の向こう側から狩野と焦点を合わせた。

自由を奪った狩野を見上げ、酸素マスクのとうに外れた唇で、青伊はうわ言のように囁いた。

「——おれを、ころして。かあさん」

「…ッ！」

反射的に、狩野の右手が青伊の頬を叩く。十二年前の無力感が、じんじんと痛む掌に蘇った。

「ふざけたことを言ってんじゃねぇよ！」

泣き出したい思いで叫びながら、涙と流涎《りゅうぜん》で汚れた青伊の唇に、狩野は自分の唇を重ねた。死を望む言葉だけは、青伊から聞きたくなかった。

「んぐ……っ、う…っ、んっ、んむ、くっ」

激しいキスを介して、青伊の痙攣と荒れた呼吸が、狩野へと伝播《でんぱ》してくる。

母親に殺されたいと、青伊は心の奥底で、ずっと昔から願っていたんだろう。だからこそ非情な虐待を受け入れて、体を売って、母親の望むままに生きてきたのだ。

母親が青伊に刻んだ罪悪感がどんなに深くても、死ぬことでしか青伊が楽になれなくても、狩野はそれを認めたくなかった。止められないこのキスが、十二年間も青伊を忘れられなかった男のエゴだと分かっていても、唇を解きたくない。

「……んっ、ん、うぅ……っ、んん……っ！」

拘束具の上から、片手で青伊の両手首を押さえつけ、もう片方の手を下半身へと伸ばす。悍《おぞ》ましい注射痕があるはずの、肉のない足の付け根を撫で下り、薄い叢《くさむら》に隠れていた彼の中心を掌に包む。青伊を薬物から救う方法を、見出《みいだ》すことができないまま、狩野はその手に

力を込めた。

（青伊――）

感動の再会なんて、自分たちの間に、あるはずがなかった。

指を絡めた青伊の先端と、キスで封じた彼の唇。十二年前の別れの日、たった一度だけ触れた青伊に、狩野はもう一度触れた。

「うぐ……っ、んーっ……！」

青伊の声を飲み込みながら、上から下へと、彼自身を包んだ手を動かす。にちゅっ、ずちゅっ、と水音が響き渡るのは、青伊の下腹部を濡らした汗のせいだった。

微かなぬめりのあるそれの助けを借りて、ゆっくりと、時に早く手淫を続ける。芯のなかった青伊の中心に、少しずつ熱が点《とも》り始めたのは、狩野の舌が彼の舌を捕らえた後だった。

「ふ、う…っ、んく……っ、んっ」

キスで抉《こ》じ開けた唇の奥で、舌を生き物のようにうねらせ、青伊のそれに絡みつかせる。口中の熱さを確かめる余裕もなく、狩野は深いところまで自分の舌を伸ばして、青伊を犯した。

「んっ、……は…、んうぅ――」

動物的な本能なのか、キスが長くなるごとに、青伊の抵抗は減っていった。痛ましかった痙攣が、顎《あご》をのけ反らせ、白い喉元を曝す淫靡《いんび》な震えに変わる。

狩野の掌の中では、膨らみ出した青伊の中心が、びくん、びくん、と脈打っていた。薬物の成分が切れかけて、体の感覚が鋭敏になっているのかもしれない。指の腹で、彼の先端をなぶってやると、そこから先走りの露《つゆ》が垂れてきた。

「んっ、ん、……ひ、あ……っ」

「青伊。──青伊、それでいい。体の力を抜け。ヤクを忘れて、こっちの感覚に集中しろ」

「あうぅ……っ！」

ぎゅう、と握り締めた指先に、青伊の脈動が伝わってくる。腰をもどかしそうに跳ねさせながら、彼が硬く張り詰めていくのが、切なくて、そしてやるせなくてたまらなかった。

「は…っ、はあ…っ、……あ……、あ……っ」

もっと感じるといい。もっと夢中になるといい。過去へと戻る退行症状も、母親の幻覚も、何もかも忘れて快感だけを追うといい。

青伊が苦しまなくて済むなら何でもする。たとえそれが間違った方法だとしても。

「このままいかせてやるよ、青伊」

「ああっ……、あぁ、……んっ、んぅ──」

「怖いことも、痛いこともしない。俺はお前を傷付けたりしない」

青伊の先端を濡らした露を、指で塗り拡《ひろ》げながら激しく扱《しご》く。ぐちゅっ、ぐちゅっ、と鳴り続ける淫らな音色が、青伊の深く沈んでいた意識を呼び覚ました。

虚《うつ》ろだった彼の瞳に、僅かな光が戻る。幻覚の中を掻き分けるようにして、青伊の揺れる眼差しが、狩野の姿を探し当てる。

「はあ…っ、は、……か、の……？」

「青伊、──俺が分かるか。幻覚は消えたんだな？」

「……何を、して……、やめ……っ」

僅かな正気を取り戻した途端、青伊はまた暴れ出した。しかし、快楽に染まり始めていた今度の抵抗は、弱かった。

「いけよ。青伊」

「ああ……っ…、狩野、あ、ん、んんっ」

「気持ちいいんだろ。何度でもしてやるから、いけ。何も考えるな」

「離せ…っ、ひ、あ……っ、い──いや、あぁあ……！」

「青伊、青伊……」

「触ら、ないで。だめ…、だ、狩野……っ、お前は、だめ……っ」

十二年前と同じだ。誰にでも体を売るくせに、青伊が拒絶するのは、狩野一人だけだった。

その理由を知る術《すべ》もないまま、狩野は濡れそぼった指を動かした。透明な露を迸らせ、下腹を叩くほど屹《た》ち上がった青伊の中心を、繰り返し愛撫《あいぶ》する。拒絶よりもずっと強い快楽を与えて、狩野は青伊の最後の抵抗を奪い取った。

「や…！　やあ…っ……、い、いう…っ、ああ、ん」

「青伊、もうお前を離さない。お前に何を言われたって、俺の他には、誰も触れさせない」

「狩野、かの……っ！」

がくん、と大きく青伊の体が揺れて、傷だらけの彼の肌が粟立《あわだ》った。壊れたように腰を振り立てながら、青伊が果てていく。

「ああ――、狩野、……あっ、んあっ、あぁぁ……っ……！」

突き上げた彼の屹立から、白く熱い蜜《みつ》が溢れるのを、狩野は黙って見下ろした。指先に感じる彼の震えがいとおしい。屹立のくびれを親指でゆっくりと撫でてやると、青伊は背中を弓なりにして、媚態《びたい》を曝した。

「は、あ……っ、ああ――、ん……っ」

快楽で溶けた彼の瞳に、ぼやけた狩野の顔が映っている。自分がいつの間にか泣いていたことを、青伊に知られたくなくて、狩野は彼の瞼を唇で閉ざした。

「眠れ。このまま、眠ってくれ」

「……かの……」

「必ず、お前を助けるから。俺を信じて。もう苦しまないでくれ」

声を絞り出すようにしながら、狩野は囁いた。鎮静剤の効果か、青伊の痙攣は再発せずに、乱れていた呼吸も少しずつ収まっていく。それからいくらも経たないうちに、青伊は意識を手放した。

夢も見ないほど深い、眠りの底へと沈んで、少しでも癒されるといい。力のなくなった青伊の体を、ソファベッドに横たえてから、狩野は彼の拘束具をそっと外した。

「青伊。お前のことを、二度と見失わない」

青伊の手を固く握り締めて、もう離れないようにする。静かに呼吸する彼の隣で、寝顔をじっと覗き込みながら、いつかのように、狩野は思った。

このまま朝なんか、来なくてもいい。

2

「んっ、……く、……ああ……っ」

狩野が青伊と再会してから数日後。花井医院の地下の部屋には、悲鳴とも嬌声《きょうせい》ともつかない青伊の声が満ちていた。

「いや――、ひあ…っ、狩野……、やめ、んあぁ……!」

狩野の髪を、青伊の震える指が摑んで、ぎゅう、と握り締める。細い足の間に埋めた顔を、狩野は何度も上下させて、口の中の青伊の屹立を愛撫した。

薬物は想像以上に青伊の心身を蝕《むしば》んでいて、時間が経つごとに、彼は覚醒と混濁を繰り返している。禁断症状が頻繁になり、痙攣や幻覚に襲われるたび、狩野は青伊を快楽に溺れさせることで、苦痛を忘れさせた。

「……だめ……、狩野、もう、だめ、いやだ——いや」

「嫌じゃないだろう？　お前のここは、舐めてやると気持ちよさそうにしてる」

「うう…っ、やめて、くれ。どうしてお前が、こんなことを、するんだ」

愛撫に陥落している体とは裏腹に、青伊の唇が唱えるのは、狩野を拒む言葉ばかりだ。じゅぷっ、じゅぷん、と耳を塞ぎたくなるような口淫の水音をわざと立てて、狩野は青伊のその声を、いっそう大きくさせた。

「狩野……っ、ああ、ん……っ、狩野……！」

過去への退行症状が出ていない時、青伊は決まって、狩野の名を呼ぶ。それを唯一の希望だと信じて、狩野は舌の上の青伊を甘噛みし、絶頂へと導いた。

「あ——！　んああっ……！」

びくっ、びくっ、と間歇的《かんけつてき》に跳ねながら、青伊が欲望を解き放つ。熱いものが口中へと吐き出され、青苦い味が狩野の喉の奥へ広がっていく。

「ん……っ、あう……、んく」

青伊の忘我にまどろむ顔を見つめながら、いとおしく飲み下す彼の蜜。果てて大きさを失った彼を、舌と唇で清めてやってから、狩野は口淫を終えた。

「狩野……どうして……」

赤く腫れた瞼《は》の奥から、青伊の涙が、また溢れ出した。狩野の顎に垂れた白い残滓《ざんし》へと、彼は指を伸ばす。しかし、力尽きた彼は、途中でその指をぱたりと下ろした。

「俺の、ことは、捨てて、くれ」

「できない」

「ここから、出して」

「嫌だ」

「頼むから……。狩野、出してくれ。俺は、ここにいたら、いけないんだ……っ」

涙を流して、青伊はここではないどこかへ行こうとしている。憤りと、どうしようもない焦燥に煽られるまま、狩野は青伊の唇を塞いだ。

「ふ、う…っ、んん……っ、ん……っ」

舌でめちゃくちゃに口腔《こうこう》を蹂躙《じゅうりん》し、青伊がもう何の抵抗もしなくなってから、唇を解く。キスとは言えない、ただの暴力に打ち震えた彼は、泣き顔のまま瞼を閉じた。

「ごめん――」

青伊のその呟きは、いったい誰に向けられたものなのだろう。すう、と眠りに落ちていく彼に、確かめることはできない。

狩野は深い徒労感を覚えながら、部屋の奥のシャワーで口を漱《すす》いだ。睡眠中の無意識な自傷行為を防ぐために、青伊の両手に拘束具を填《は》めて、狩野は静かに部屋を出た。

「いい加減にしろよ、お前」

待ち構えていたのか、廊下に仁王立ちしていた春日が、きつい瞳で狩野を睨む。狩野は分厚いドアについたガラス窓から、青伊の様子を確認した後で、は、と溜息をついた。

「医者の説教は聞かない。俺の好きにさせろ」

「狩野。お前がやっていることは、何の治療にもならないぞ。現に彼は嫌がっているじゃないか。外傷も深刻なのに、彼に無駄な疲労を与えるな」

「無駄かどうかは、誰にも分からない。あいつの体が悦《よろこ》んでるのは確かだ」

「お前……っ！」

白衣の裾を翻して、春日が詰め寄ってくる。シャツの胸倉を摑まれた狩野は、友人の激昂を受け止めながら、無表情を決め込んだ。

「あんまり下衆《げす》な真似《まね》が過ぎると、お前の職場に通報するぞ」

「身内に逮捕される刑事か。笑えるな、それは」

「恥を曝したくなかったら、青伊くんにはこれ以上触れるな。分かったか」

痩身《そうしん》にしては強い力で、春日が、どん、と狩野をドアへと突き飛ばす。痛みに顔をしかめた狩野の目の前に、春日はグラフや表が書かれた白い紙を広げた。

「これ。彼が投与された薬物の成分だ」

「結果が出たか。——お前の見立ては？」

「つい最近、うちへ担ぎ込まれた中毒患者の検査結果とよく似ている。アンフェタミン系の禁止麻薬、『ヘヴン』だ。安い割によく効くと、若い連中の間で、半年ほど前から爆発的に流行してる」

「ヘヴン…。六本木署の組対課が、『ＭＩＳＴ』に内偵を入れて元締めを追っていたヤクだ」

「警察の方でこの表を照合してみてくれ。今日はこれから仕事だろう」

「ああ、捜査会議に出てくる。俺が戻るまで、青伊のことを、よろしく頼む」

薬物の成分表を受け取って、狩野はそれを上着のポケットへ収めた。エレベーターで一階へ上がり、花井医院のビルの外へと出る。

「眩しい——」

穴倉のような地下の部屋にいたせいで、雲の隙間から注ぐ陽光が目に痛い。新宿の繁華街の朝を、狩野は一人、駅へと向かって歩いた。


「本日で『ＭＩＳＴ』の家宅捜索から三日になる。現在のところ二名の従業員の身柄確保に成功したが、主犯格の店長、一之瀬征雄以下五名の行方は、いまだ摑めていない。捜査の進行状況は？」

「はい！　六本木及び、新宿管内に、引き続き緊急配備を敷いております！」

「有用な目撃情報も集まっています！　潜伏先の特定は時間の問題かと思われます！」

「希望的観測はいい。先に逮捕した従業員を締め上げて、『ＭＩＳＴ』の関係先を徹底的に洗い出せ！」

「はいっ！」

捜査三日目にしてついに逮捕者が出たことで、捜査本部は活気づいていた。

狩野をはじめ、全捜査員に配られた資料には、店長の一之瀬征雄以下、逮捕された二名を含む七名の顔写真が添付されている。その中に、携帯電話で撮ったと思われる青伊の写真があるのを見付けて、狩野は溜息をついた。

先日保護された『ＭＩＳＴ』のホステスたちは、自分たちを青伊が助けてくれたと言っていた。その証言を信じるなら、青伊を単純に逃亡犯に含めることに疑問が生まれる。しかし、捜査本部は容赦なく青伊を追跡対象にした。刑事の職務に忠実でいるなら、狩野も、青伊を直《ただ》ちに出頭させなければならない。

（青伊は取り調べに応じられる体じゃない。俺の手元に……少しでも長く置いておきたい）

服務規定違反は覚悟の上で、逃亡犯になってしまった青伊を、守ると決めた。刑事の倫理を逸脱しても、青伊との十二年分の空白を埋めることの方が、狩野には重要だった。

幸い、青伊に関して捜査本部が把握しているのは、不鮮明な顔写真だけだ。ホステスたちは青伊の名を知らず、今のところ、彼には『重要参考人A』という仮名がついている。狩野がこのまま口を閉ざしてさえいれば、当分青伊の素性が知られることはないだろう。

(俺の手元にいる限り、青伊は安全だ。あとは春日の治療が効いて、早くあいつの体からヘヴンが抜けてくれるといいんだが)

狩野は手元の捜査資料をめくって、禁止薬物ヘヴンの項目を探した。『MIST』の店舗から発見された微量のヘヴンの成分表と、春日に渡された成分表を比較してみると、まったく同じものだということが分かる。

(両方のヘヴンの出所が同じ——。青伊は、『MIST』のオーナーの陣内鷹通に飼われていると明言した。やはり、陣内がヘヴンの密売の大元締めなんだろうか)

その見立てが当たっているのなら、捜査本部が主犯格としている『MIST』の店長を追ったところで、トカゲの尻尾切りになることは目に見えている。陣内を逮捕しない限り、ヘヴンの流行は続き、陣内組やその上部組織の泉仁会の懐が潤うだけだ。

しかし、狩野の胸の奥で熾火《おきび》のように燻《くすぶ》り続ける怒りは、暴力団を壊滅に追い込みたい、刑事らしい思いとは違っていた。飼い主として青伊を裏社会に繋ぎ止めている、陣内鷹通という存在、それそのものが許せない。

(嫉妬、か)

くだらない、と吐き捨てて、狩野は机の上に置いてあった水のペットボトルに手を伸ばした。青伊に再会することだけが望みだったのに、その望みが叶った途端、次のもっと貪欲《どんよく》な望みが頭をもたげてくる。

(——青伊は誰にも渡さない。飼い主のところへ、戻してやる訳にはいかないんだ)

青伊と陣内の関係を探ろうとしても、捜査資料の陣内に関する記述は、極端に少なかった。判明しているのは氏名と年齢、そして東大法学部卒という存外にインテリな略歴と、五年前からマカオに在住し、莫大なカジノ利権で得た金を泉仁会に上納している点だけだった。

(五年……)

ふと、狩野はその数字が気になって、もう一度資料をめくり直し、ヘヴンのページへと戻った。この薬物が流行し始めたのは、約半年前。春日の情報とも一致する。五年も前から海外に出ている人間に、ヘヴン密売の大元締めが可能だろうか。五年と半年では、時間のズレが大き過ぎる。

(マカオから、『MIST』の店長たちを使って、遠隔的に商売をしてるということか?)

狩野は思案を巡らせてから、ペットボトルの水を飲み干した。推理を始めると、腹が空くよりも早く喉が渇く。

陣内がこの五年間、日本国内に入国したという形跡はない。逮捕状も何も出ていない以上、彼が偽造パスポート等を使って入国する必要もない。

陣内とヘヴンに、直接的な関わりを見出せなくて、狩野は苛々と頭を掻いた。分からないことだらけだ。陣内のことも、ヘヴンのことも、そして、青伊のことも。

(青伊はいつから陣内のもとにいたんだろう。あいつの口ぶりからは、少なくとも飼い主に、信頼を寄せているように思えた)

否応なく湧いてくる嫉妬に心を乱されながら、青伊の言動を反芻《はんすう》してみる。重傷を負った体で、彼は陣内のもとへ帰ろうとしていた。

『鷹通さんだけは、俺を裏切らない』

青伊と陣内の間に、どんな約束事や、信頼関係があるのかは知らない。杯を交わした舎弟よりも、もっと近い関係だと思うのは邪推だろうか。二人の間に、裏社会の仁義を超えた恋愛感情が介在している可能性がある。狩野は空のペットボトルを握ったまま、めきりとそれを潰した。

(俺が知っている、高校の時の青伊は、誰にも懐かなかった。自分を抱いた客にも、関心一つ持っていなかったのに)

青伊と陣内の、本当の繋がりを知りたい。嫉妬にせっつかれているのか、今回の事件との関連を疑う刑事の勘か、狩野には自分の心の中がよく分からなかった。

「六本木署、新宿中央署、この合同捜査に参加する全ての捜査員に告ぐ。各自情報の共有を徹底し、速やかな報告を心がけろ」

「はい！」

「なお、捜査の強化と迅速化を図るために、本日より警視庁組織犯罪対策部の特別チームが、この捜査本部に合流する」

「え…っ？」

「本庁の組対が？　何で今になって――」

会議室の捜査員たちが、俄かにざわつき始めた。所轄署が担当する事件に、本庁から管理官がやって来ることはあるが、特別チームまで編成されるのは仰々しい。

（この事件に、わざわざ本庁の奴らが出張ってくるなんて）

ぞろぞろと入室してくる特別チームの面々を見つめて、狩野は鼻白んだ。

「所轄署の諸君、今後は我々のチームが、捜査情報の全てを一元的に管理する。君たちは我々の指揮下において、捜査を遂行してください」

「それは、どういうことですか。こちらの自主的な捜査権限は認めないってことですか」

「本庁だからって横暴じゃないか！」

そうだそうだ、と会議室のあちこちから野次が飛ぶ。特別チームの班長は、顔色も変えずに、狩野を含めた捜査員たちを睥睨《へいげい》した。

「諸君、この案件は、凶悪な暴力団が企んだ複合犯罪だ。煩雑な情報の整理と統制が、事件の早期解決に繋がると、村重《むらしげ》総監も期待しておいでだ。――所轄は我々に黙って従え。会議は以上だ。解散」

警視総監の名を出されたら、捜査員たちは黙るより他になかった。

暴力団が絡んだ重大事案ではあっても、捜査員の数は十分足りているのに、所轄署と軋轢《あつれき》のある本庁が介入してくる意図が分からない。

（ヘヴンの密売と、人身売買容疑を足掛かりに、『ＭＩＳＴ』を資金源にしている泉仁会を一気に潰すつもりなんだろうか）

本庁の思惑を測りかねて、狩野は小さく頭を振った。

長い会議が終わり、捜査員たちが街へと聞き込みに出ていく。今日も靴底を磨り減らすまで歩き回ることを覚悟して、狩野も席を立った。

「――狩野、ちょっといいか」

「はい？」

さっきまで会議の進行を務めていた松木課長が、狩野を呼び止める。上着を羽織りながら、上司の席へと急ぐと、指示書を一枚渡された。

「何ですか、これは」

「お前、上から睨まれるようなことを何かしたのか」

「上？」

「本庁の監察官室が、お前を直々にご指名だ。今日の捜査は中断していいから、そっちに顔を出して来い」

不機嫌そうな課長の目が、面倒なことはするなよ、と釘《くぎ》を刺している。招聘《しょうへい》の理由が何も書かれていない指示書を訝《いぶか》しみながら、狩野は嫌な予感を覚えた。


警視庁警務部の監察官室は、警察官ならできれば立ち入りたくない場所の一つだ。そこは警察内部の犯罪や不正行為を取り締まる部署で、階級の高いエリートで固められている。その中でも、警察庁から出向しているキャリア組となると、こうして呼び出しでも受けない限り、狩野には縁のない人種だった。

「初めてお目にかかります。新宿中央署組織犯罪対策課所属、狩野明臣巡査部長です」

「君の担当監察官の清宮《せいみや》だ。よろしく」

狩野を本庁に呼び付けた相手は、清宮陸朗《りくろう》という、警視正の階級を持つ三十代半ばのキャリア監察官だった。まっすぐな黒髪と、見る者に近寄りがたい硬質な印象を与える、色白で整った顔。銀色のフレームの眼鏡が、表情の読めない彼の怜悧《れいり》な風貌によく合っている。

本庁に若くして出世を遂げた切れ者がいると、清宮の噂を狩野も耳にしたことがあった。いざ実物と対峙《たいじ》してみると、青伊と同じくらいの細身の体から発される、静謐《せいひつ》なオーラに圧倒される。

「座りなさい。楽にしていい」

「はっ。失礼いたします」

狩野は清宮に促されるまま、ソファに腰かけた。取調室のような、殺風景な場所で尋問を受けるのかと思っていたのに。面食らった狩野をテーブルの向こうから静かに見つめて、清宮はスラックスの足を組んだ。

「今日、君をここへ招いたのは、今君たちが携わっている秘密クラブ『ＭＩＳＴ』の一件についてだ」

「はい」

嫌な予感は当たった。何を尋問されても平然としていられるように、腹から力を抜いて姿勢を正す。

「狩野巡査部長、単刀直入に尋ねる。『ＭＩＳＴ』の従業員、重要参考人Ａこと矢嶋青伊は、君の知人だな？」

一瞬、心臓に鋭い針を刺された気がした。清宮が何故、捜査資料に記載されてもいない青伊の名を知っているのだろう。

平然として表情をまったく変えない清宮の、眼鏡の向こうの黒い瞳が、狩野の一挙手一投足を観察している。下手にごまかせば、冷たい光をたたえた彼の瞳に何もかも見透かされて

しまいそうで、狩野は背中に汗をかいた。

「高校一年の短い期間に、たまたま同級生だったというだけです。知人と言えるほどの関係ではありません」

「何故それを報告せずに伏せていた？　利害関係者は捜査員に加わらないルールだ」

「別に——他意はありません。矢嶋の顔写真を見ても、すぐには思い出せない程度の間柄でしたので、報告は不要と判断しました」

監察官の一存で、もしも捜査本部から外されたら困る。青伊を守るためにも、自分の手でこの事件を解決したい。狩野は冷静さを装いながら、嘘を続けた。

「矢嶋の行方は依然として摑めません。只今《ただいま》鋭意捜査中です」

「では、矢嶋青伊の直近の状況を把握してはいないんだな？」

「はい」

「彼が記録上死亡していて、既に戸籍がないこともか？」

その質問をした瞬間も、清宮は眉一つ動かさなかった。どくっ、と狩野の胸から乱れた音が響く。

「それは……初耳です」

狩野は嘘を繰り返して、舌打ちをしたい気持ちを押し殺した。

（何故だ。この男は何を知りたい。何故、青伊が死亡扱いになっていることまで、調べ上げ

ているんだ）

狩野は、警察学校を卒業して交番勤務に配属された頃から、警察官の職務上に知り得る青伊の情報を、必死で掻き集めてきた。その捜索の途中で、青伊が十八歳になった七年後に失踪宣告の手続きがされ、死亡扱いになっていることを知った。それも、違法な名義貸しや外国人との偽装結婚など、裏社会のあらゆるビジネスで戸籍や氏名を利用された挙句の顚末だった。

青伊は生きて、現実に存在しているのに。『矢嶋青伊』という一人の人間を、そこまで食い物にした者たちを、狩野は恨んだ。青伊の苦難を知らずに、のうのうと生きていた自分自身にさえ腹が立つ。

「狩野巡査部長」

「はっ、…はい」

思考に沈んでいた狩野を、清宮が冷ややかな声で呼ぶ。キャリア特有の高圧的な態度を取っている訳でもないのに、こんなにポーカーフェイスを作りづらい相手は、清宮が初めてだった。

「今後、矢嶋青伊から何らかのコンタクトがあった場合は、私に報告するように」

「……はい。ですが、あの」

「何か」

「監察官は何故、矢嶋をお探しなのですか？　まだ被疑者でもない、参考人の段階の彼に、監察官ご自身がご興味を持たれるのは、自分には少し奇異なことに思えます」

「君は鼻の利く男だな。所轄署でトップクラスの犯罪検挙率の高さは、その鼻のおかげか」

「は…、恐縮です」

「余計なことは考えなくていい。君は逃亡犯たちの捜査の過程で、矢嶋を追え。それから、これは私の連絡先だ」

「お預かり、いたします」

私用の番号だろう。携帯電話の番号が書かれた名刺をテーブルにそっと置いて、清宮はもう一度狩野を見つめた。

「狩野巡査部長、いいか。報告は必ず、私にだ。君の上司や、現場の管理官、本日付で合同捜査本部に派遣された、警視庁組対部の特別チームにも、報告は不要だ」

「え……？」

「君には矢嶋を極秘で追ってもらう。君が矢嶋の同級生であることも、たった今この部屋で私が君に下した命令も、他の者には伏せておいてかまわない」

「――」

「返事は」

「は、はい。承知いたしました」

「よろしい。本日の監察官聴取は以上で終了だ。捜査に戻りなさい」

狩野に疑問を挟む余地を与えずに、清宮は退室を命じた。釈然としないまま敬礼をして、監察官室を後にする。

（いったいどういうことだ？）

懲罰でも訓告でもなく、清宮が狩野に下したのは、警察の命令系統を無視しろという密命だった。そんなことをする清宮の意図が分からない。警察の中の警察と言われる監察官の立場の人間が、自らルールを破ってでも、青伊を探し出したいらしい。

（――何だったんだ、今日の聴取は。あの監察官は、青伊のことをどこまで知っているんだ）

何故青伊を探しているのか、清宮は手の内を明かさなかった。青伊と自分が同級生だということを、彼に知られたのは、間違いだったのかもしれない。清宮にこれ以上、青伊のことを探られるのは危険だ。

清宮から預かったばかりの名刺を、掌の中で握り締めて、狩野は胸に湧いてきた漠然とした不安を押し殺した。今すぐ青伊に会いに行って、この嫌な気分を払拭《ふっしょく》したい。自分の手元に青伊がいることを、常に確かめていないと、落ち着かない。青伊と再会する前よりも、よっぽど神経質になっている自分を、狩野は情けなく思った。

「くそ…っ」

警視庁の建物を出てから、焦燥に突き動かされるままに、花井医院へと電話をかける。最後の最後まで表情を読ませなかった、清宮のあの冷たい瞳に、今も見つめられている気がして、狩野は周囲を見回さずにはいられなかった。

一日の捜査を終えて、狩野が花井医院に戻ったのは、新宿の繁華街がネオンに染まる夜八時頃だった。風俗店がひしめく騒がしい界隈を歩く間、自分の背後ばかりが気になった。

誰かに見張られているかもしれないという猜疑心《さいぎしん》を、逃亡者なら誰でも一度は味わうのだろう。犯罪者の気分が分かったところで、昼間に監察官聴取を受けた後から続く、背中の不快な寒気は消えない。

（俺から足がついて、青伊の居所を知られる訳にはいかないからな）

監察官は警察官を捜査する特殊な職務のため、内偵や尾行に長《た》けた公安畑の刑事を部下に持っている。清宮の部下たちが見張っていないかどうか、入念に辺りを確かめてから、狩野は花井医院のビルのエントランスをくぐった。

診療時間を過ぎた院内には、受付の事務員の姿も、看護師の姿もない。しかし、この病院が真に忙しくなるのは、いつもこの時間帯からだ。繁華街にはトラブルがつきもので、酔っ払いやケンカの被害者などが、毎晩のように春日を頼ってやってくる。

「春日。いるか」

「――おい、ノックくらいしろ。患者のプライバシーを何だと思ってるんだ」

診察室のドアを開けると、中では白衣姿の春日が診察中だった。キャバクラ嬢か風俗嬢か、金色の髪を盛った若い女が、気怠そうに椅子に座っている。女はまるでネイルサロンで爪を飾ってもらう時のように、春日に向かって左手を伸ばしていた。

「あー、イケメンが来た。春日先生、この病院ってホストクラブなの？　ねえねえ、あの人指名できる？」

狩野を見ながら、女が軽薄な声でけらけら笑っている。春日は女の腕にライトを当てて、そこに彫られたタトゥーにペンでしるしをつけていた。

「ミキちゃん、あの男はダメだよ。怖ーい怖ーい刑事さんだからね」

「うっそ、刑事なの？　イケメンなのにもったいなーい」

「俺ならいつでも指名されてあげるよ。――はい、ミキちゃん、こっちに注目。このしるしから、このしるしまで、レーザーを照射してタトゥーを除去するからね」

「すっごく痛そう。ねえ先生、これちゃんと消える？　痕って、やっぱり残るよね？」

「そうだね、多少は皮膚にダメージがあるけど、術後のケアで回復できるから、心配しないで」

「うん、分かった。先生に任せる。あーあ、何でこんなバカなことしちゃったんだろ。今度の彼氏がまじめな人でさ、消さないと別れるって言うの。もうサイアク」

「元カレのイニシャルのタトゥーじゃ、仕方ないよ。小さくてよかったじゃない。入院の必要はないから、施術前は体調を整えて、三日後においで」

「はーい。ありがと春日先生。先生もまたお店に遊びに来てね」

女は服の袖でタトゥーを隠すと、短いスカートをひらひらさせながら、診察室を出て行った。

「――春日、お前は本当に、何でも屋の医者だな。美容外科もやるのか」

「頼られると放っておけないタイプなんだよ。あの子みたいな、レーザーで消える程度の機械彫りなら安いもんだ。ヤクザの組員が入れているような、背中一面の和彫りとなると、簡単には消えないからな」

「それでも頼まれたら消してやるんだろう？」

「ああ。ヤクザの中にも、本気で更生したいと思ってる奴はいる。消した方がいい過去は、この俺が消してやるよ。……彼の左手首のアゲハ蝶もな」

診察台を消毒薬で洗浄しながら、春日は呟くように言った。

「青伊くんのあれは、随分古い刺青だ。形が崩れているのは、体が成長する前に入れられたものだからだろう」

「ああ。確か、三歳の時だと言っていた。高校に通ってた頃は、毎日包帯を巻いて隠していたよ」

「そうなのか——。今日は彼に、自傷の症状が見られたんだ。アゲハの上に引っ掻き傷を作っていたから、すぐに手当てをした。あれは彼にとって、消したい過去なのかもしれない。自傷の原因としては十分考えられる」

「あんなもの、好きで入れる訳がないだろう。さっきの女のタトゥーとは違う」

「まあ、あの子も後悔してるみたいだから、うちを訪ねて来たんだよ。——狩野。青伊くんのアゲハは虐待の痕だ。彼の体には煙草の火傷や、他にも古い傷がたくさん残っている。随分、つらい生き方をしたようだな」

「……ああ」

「かわいそうに。あんなに綺麗な目をした、美人なのにな」

は、と重たい溜息をついてから、春日はステンレスの膿盆《のうぼん》に、注射器とアンプルをのせた。

青伊に使われた薬物がヘヴンと判明してから、成分を薄めたものを彼に投与して、禁断症状を少しずつ抑える治療を施している。膿盆とカルテを持って診察室を出ていく春日の後を、狩野も追った。

地下の隔離部屋では、ソファベッドに細い体を横たえて、青伊が休んでいた。彼の傍らのワゴンには、ほとんど手をつけていない食事が残っている。栄養剤の点滴はちょうど終わる頃で、鈍いペースで雫を落としていた。

「青伊くん、具合はどう？　少しは眠れたかい？」

「……いえ……」

「横になって目を閉じているだけでもかまわないからね。お昼と同じ注射を打つけど、いいかな？」

「はい――」

点滴の管を抜いて、春日は微量のヘヴンのアンプルを注射器にセットした。治療のためだと分かっていても、薬物が青伊の体内に入っていく瞬間は、心が痛んだ。

「汗をかいてるようだから、ちょっと体を拭こうか。外傷がよくなるまで、シャワーはまだ無理だしね。狩野、そっちの棚にタオルがあるだろ」

「ああ」

青伊の体を覆っているガーゼや包帯を外して、替えのものを取りに、春日は上階の診察室へと戻っていった。

青伊と二人きりになると、窓のない地下の静けさがより浮き彫りになる。狩野がそばにいることが落ち着かないのか、青伊は引っ掻き傷を作ったアゲハ蝶を指でいじりながら、ベッドの上で体を縮めていた。

「そこで待ってろ。すぐに汗を拭いてやるから」

部屋の奥の棚から、タオルを何枚か取り出して、狩野はそれを温いシャワーで濡らした。

水流の音にびくりと反応して、青伊がこっちを見つめる。

生気の乏しい彼の瞳は、高校の頃の、日に何度も体を売っていた彼の瞳に似ていた。綺麗で、眼底まで覗けそうなほど透き通っているのに、感情が見えない。

「青伊」

そっと、怖がらせないように気を付けながら、湯気の出ているタオルを青伊の頬に添える。彼の瞼が半分閉じたのは、気持ちがいいからだろうか。そうだと信じて、狩野はタオルをゆっくりと動かした。

「ん……っ」

「熱かったか？」

小さく首を振る姿があどけなくて、また退行の症状が出ているのかと思った。

治療用のヘヴンの注射をした後の青伊の反応はまちまちで、ひどく興奮する時もあれば、倦怠感《けんたいかん》で指一本動かせない時もある。今回はどうやら、後者の軽い症状らしい。タオルで顔を拭いている間、青伊の意識ははっきりとしていて、言葉もよく聞き取れた。

「青伊、そのまま座ってた方が楽か？　寝かせた方がいいか？」

「このままで、いい」

「分かった。──ほら、少し顔を上げろ。首と耳の後ろも綺麗にしよう」

従順に顔を上げて、青伊は、またじっと狩野を見つめた。瞬《まばた》きもなくそうされると、居心地が悪くて仕方ない。

「何だ。言いたいことがあるなら言え」

「……狩野は、あの先生とは、友達なのか」

「春日のことか？　ああ、まあな。顔に似合わず、気風《きっぷ》のいい男だろう。医者としての腕もいいし、非合法な治療も頼めばやってくれる」

「非合法――」

「銃撃された組員でも治療する、イカれた医者だ。……うちの組もよく世話になってる。春日とは、単なる友達という訳でもない」

何が『うちの組』だ。いったい今日は、何度嘘をつけばいいのだろう。狩野は溜息を苦笑に変えて、暴力団組員のふりを続けた。

「お前が打たれたヤクのことも、あいつはすぐに調べてくれた。警察には通報していないから、安心しろ」

「……先生に、迷惑を、かけているな」

「いいんだよ、春日のしたいようにさせておけば。下手に通報して、この病院をガサ入れでもされたら、あいつは医師免許を剝奪《はくだつ》されちまう」

「え…？」

「言ったろう、非合法な治療をしていると。銃創の患者を通報しなかっただけでも、医者は罪に問われる。お前の治療もな。春日の台詞《せりふ》を借りれば、法律を守ってたら患者は救えない、だそうだ」

青伊は豊かな睫毛を瞬《しばた》かせて、驚いたように吐息を飲み込んだ。

春日がどうして、法律を破ってまで患者を助けようとするのか、詳しい理由を聞いたことはない。ただ、無茶はしても医者の矜持《きょうじ》を持った彼には、共感している。

(俺も、刑事の立場を棚に上げて、青伊をここに匿っている)

立場も身分も、職務も、たった一人の人間を守り、救うために、どれほど重要だというのだろう。目の前にいる青伊以外に、捨てられないものなんて、あるはずがない。

「青伊。もし、お前にその気があるのなら、お前のアゲハも、春日が消してくれる」

狩野は右手を伸ばして、青伊の左手首を摑んだ。痩せて骨の浮いたそこにある、飛べないアゲハ蝶。レーザーで焼いたところで、青伊が心に負った傷は癒せないだろう。

「俺も詳しくは知らないが、春日は刺青を完全に消せる技術を持ってるんだ」

「嘘だろう…？　そんなこと、できる訳ない」

「実際にどこかの組員が、背中の虎を消して更生したことがある。手術前後の写真を、俺もこの目で確かめたから、間違いない」

「え……っ」

「何しろ金と時間のかかる、痛くてつらい手術らしいぞ。——それでも跡形もなく過去が消せる。お前もこのアゲハを消したくなったら言え。いいな？」

「……」

青伊は返事をせずに、自分の左手首に視線を落とした。狩野の掌の下で、脈動とともに、どくん、とアゲハの羽が蠢《うごめ》く。まるで青伊の体にその蝶が寄生しているようで、狩野は腹立たしい気分で手を離した。

「服を羽織ってろよ、青伊。体はあらかた拭けた。後で春日に、新しい包帯を巻いてもらおう」

「う、ん。ありが、とう」

ぎこちなく礼を言いながら、青伊は手術衣のようにゆったりとした服を、肩にかけた。サイズ違いのせいで、彼のことがますます細く見える。

「何だか、お前とまともに話をするのは、久しぶりな気がするな」

「……そう、かな」

「ここへ連れて来た時はまだ気を失っていたし、ヤクが切れてお前が錯乱してからは、話をする余裕もなかった」

「お前とする話なんて、別に」

青伊は、きゅ、と唇を噛んで、言葉を切った。部屋の壁の方へと流れた彼の視線が、狩野を拒絶している。

（青伊。お前は嫌でも、俺には、お前と話したいことが山ほどあるよ）

胸の奥に湧いてくる切ない痛みを、狩野は無言になることで打ち消した。十二年間の自分たちの空白は、いつ埋まるのだろう。先の見えない袋小路が、どんな事件にも臆したことのなかった狩野の瞳を、暗く曇らせている。

「狩野——」

沈黙を破ったのは、青伊の方だった。壁を向いたままの青白い横顔を、狩野は息をひそめるようにして見つめた。

「ここから出してくれないか。俺はいつまでも、ここに隠れていることはできない」

「駄目だ」

すげなく即答した自覚はある。もっと宥めすかして、青伊に優しくしてやりたいのに。二人きりのこの場所以外を望む彼に、自分勝手な思いを押し付けている。

「お前をどこにも行かせない。また行方不明になられると困る」

「狩野……」

「お前は警察に追われていると言っただろ。まだヤクが抜けてもいないのに、ここを出たらすぐに捕まるぞ」

「でも、俺は」

青伊はもどかしそうに首を振って、もう一度唇を噛んだ。今の青伊には、狩野の制止を振り切ってここから逃げる方法も、そんな体力もない。

青伊がここを出て、真っ先にどこへ行きたいのか、もう分かっている。飼い主のもとへと帰したくなくて、狩野は両手を伸ばすと、青伊の体を抱き寄せた。

「狩野？　やめ……っ」

乱暴をされると思ったのか、青伊は足をばたつかせて抗った。いっそこのまま、彼を組み敷いて、力任せに手に入れたい。後先も何も考えず、高校生の時と同じ凶悪さで、青伊を犯し尽くしたい。

しかし、狩野はそうできなかった。あの時の過ちが、今の青伊の苦しみに繋がっている。青伊との再会は、過去の自分の罪との再会だ。醜い欲望だけで青伊を抱いた、十六歳の自分に、狩野はけして戻りたくなかった。

「青伊、暴れるな。じっとしていないと、傷口が開く」

「……いやだ……、やめて……っ、もう、口でされるのも、手も、いやだ……っ」

「何もしない。約束するから――あんまり俺のことを、拒まないでくれ」

苦しくないようにそっと抱き締めながら、彼の髪に頬を埋める。十二年前もそうだった。狩野が触れると、青伊はひどく震える。彼を買った客には何でもさせたくせに、狩野には指一本触れられたくない素振りを見せる。

少なくとも、十二年前に青伊が失踪する直前は、二人は友達の関係に近かった。祖父母の家に青伊を泊まらせて、今のように、ケガの治療をした。やっていることは昔と同じなのに、狩野の腕の中の青伊の震えは、強くなるばかりだ。

「離してほしいんだ。もう、放っておいて。狩野、俺には、触らないで」

「うるせぇな」

ぎゅう、と抱き締める腕に力を入れると、青伊は逃げ場をなくして、体じゅうを硬くした。やるせなかった。誰よりも大切にしたい男に、触れることさえ拒まれるのは。

「俺のことが、そんなに嫌いか」

「……………」

「お前を金で買ったら、俺の好きにさせてくれるのか。今すぐここで、やらせてくれるのか」

「……………」

「答えにくいことがあると、お前はいつも黙る。そういうところは昔と変わらないんだな」

狩野の声が、狭い室内の空気を震わせる。青伊にもっと触れたくて、茶色の髪に埋めた頬で、すり、と彼を愛撫した。

「青伊――。少しでいいから、俺のことを、抱き返してくれ」

「……なん、で、そんなこと」

「言う通りにしたら、離してやる。なあ、頼むよ、青伊」

唇で髪を食《は》んで、催促をすると、青伊の震えが少し和《やわ》らいだ。おずおずと背中に触れてくる彼の指先に、淡い夢を見る。服の上から伝わってくるのは、確かな青伊の温もりだった。

「これで、いいのか――？」

「もう少し、強い方がいい」

「こうか……？」

ぎゅ、と弱々しい力で抱き締めてくる彼がいとおしい。青伊を手放すことはできないと、心から思う。たとえ本庁の監察官に、青伊を差し出せと命令されても。

「約束、だ。もう離してくれ」

「嫌だ。お前とこうしていると、嫌なことを忘れられる。……上の人間に会った後だ。疲れてるから、甘えさせろ」

「上…」

「逆らえない相手は気を遣う。それでも、服従は御免だけどな」

世界から隔絶されたこの部屋には、監察官の冷たい瞳も届かない。隠れ家で青伊を抱いて、束《つか》の間の静寂に溺れていると、そっと背中を撫でられた。

「青伊……？」

ぎこちない掌の動き。躊躇いがちな指先の震え。それでも、青伊が癒そうとしてくれていることが分かって、胸が苦しくなる。

「優しいな。お前」

「別に、そんなつもり、ない。早く離してほしいだけだ」

「——くそ。喜んで損した」

苦く微笑《ほほえ》みながら、狩野は悪態をついた。遠慮がちに、もう一度背中を撫でてくれた青伊に免じて、両腕を解いてやる。

「横になって、楽にしてろよ。服一枚じゃ寒いだろう」

「……ん……」

曖昧に返事をしただけで、動こうとしない青伊を、狩野はタオルケットでくるんだ。くしゃくしゃになった彼の髪を手櫛《てぐし》で整えていると、上目遣いの綺麗な瞳に捕らえられる。

「狩野、あの店が今、どうなっているのか、知らないか」

「あの店？　……お前がいた『ＭＩＳＴ』のことか」

こく、と頷いた青伊に、どこまで正直に話せばいいか、狩野は迷った。刑事であることを彼に黙っている限り、言葉は慎重に選ばなくてはならない。

「『ＭＩＳＴ』は今、警察が封鎖していて、立ち入り禁止になってる。従業員が二人ほど逮捕されたって聞いたな」

「二人——」

「ああ。店長はまだ逃げてるらしい。何でガサ入れをされたのか知らないが、『ＭＩＳＴ』の連中はちりぢりになったようだ」

伝聞調の言葉が、口から滑らかに出てくることに、我ながら寒気がした。捜査本部しか把握していない情報を、青伊に話すのは罪悪感を覚える。

(今更、何だ。俺にまだ職務を守る気持ちがあったのか)

狩野の心のどこかにある、刑事の矜持がブレーキをかけようとする。しかし、背中に残る青伊の手の感触が、彼と罪を共有する誘惑へと変わっていった。

「そう言えば、あの店から女が何人か、保護されたらしいぞ」

「保護、された？　警察に？」

「ああ。きっと働いてたホステスたちだろう。あの店は上玉を揃《そろ》えてるって評判だった」

「そうか……。あの子たちは、安全なところにいるんだな」

よかった、と、確かにそう呟いて、青伊はほっとしたように深い溜息をついた。

人身売買の被害に遭うところだったホステスたちは、青伊が助けてくれたと証言している。彼女たちの訴えがなかったら、青伊とこうして再会することはできなかった。

たった一人で複数の見張りに立ち向かい、ホステスを守った青伊の行動は、とても無謀に思える。青伊の体に残る、その時に受けた暴力の痕を痛ましく感じながら、狩野は注意深く尋ねた。

「お前、店の女たちとは、親しかったのか？」

何故ホステスたちを守ったのか、その理由を知りたい。無謀には違いない青伊の勇気は、いったいどこから生まれたのか。

「別に、親しくはない。あの子たちは、見張りをつけられて閉じ込められていたから、あれからどうなったのか、気になっただけだ」

「今の『ＭＩＳＴ』は無人だぞ。女たちは全員保護されたか、逃げたかしたんだろう」

「――それなら、いいんだ。よかった」

さっきと同じ呟きを、青伊が幾分はっきりとした口調で零す。尋問にならないように、狩野は慎重に会話を続けた。

「見張りとはえらく物騒じゃないか。店の女に普通はそんなことしないだろ」

「あの子たちは、海外へ送られる寸前だった」

「海外？」

「……人を、売るんだ。日本人の女を海外に売って、向こうでは逆に密入国を持ちかけて、主に東南アジアや、東欧の女を買う。『ＭＩＳＴ』はその拠点の一つだった」

ごく、と狩野は無意識に唾を飲み込んだ。青伊が淡々とした声で、人身売買の実態を打ち明ける。

人が人を物のように扱うおぞましい犯罪は、刑事になってから何度も目にしてきた。倫理も何もない、金と欲望だけが全ての人身売買に、青伊が関与していることを、狩野は信じたくなかった。

「――そんな古典的な商売、金になるのか？　リスクが大きいだろう」

嫌悪感と吐き気をこらえて、狩野は平然とした顔を作った。青伊の話を聞き漏らしてはいけないと、刑事を捨て切れない心が警鐘を鳴らしている。

「儲けは知らない。クスリ漬けにされて、日本国内で売春をさせられる女たちも、たくさんいる。海外に売られる女たちは、大井《おおい》の埠頭《ふとう》でコンテナ船に紛れ込ませて、海の上で取り引きされている」

「大井埠頭？　どこにそんなコンテナ船が……っ」

「その船に乗せられたら、もう二度と戻れない。『ＭＩＳＴ』で監禁されていた子たちも、そうなるはずだった」

「青伊…、お前はそのことを、知っていたのか？」

「知っていた。俺も似たような船に乗せられて、一度、国外に出たから」

「何、だと。青伊、その話を詳しく聞かせろ」

青伊が失踪した後のことを、少しでも知りたい。しかし、青伊は自分のことはあまり話さなかった。

「俺は別の買い手がついたけど、同じ船で売られた女たちは、日本に帰れないまま、奴隷みたいに売春ブローカーに引き渡された。だから――あの子たちを、放っておけなかった」

「え……」

「かわいそうなことをするなと、店長に盾をついたら、この通りだ」

自分の傷だらけの体へと、青伊は静かな眼差しを向けた。『ＭＩＳＴ』の店長、一之瀬征雄の顔写真を思い浮かべて、狩野は怒りを滾《たぎ》らせた。

（ふざけやがって……っ）

青伊が身を挺《てい》して守ったホステスたちは、無事に捜査本部の聴取を受けている。高い代償を払った青伊のことが、誇らしくて眩しいはずなのに、狩野の目には痛々しかった。

「馬鹿野郎。もっとうまく立ち回れよ。ヒーローでも気取っているのか。似合わないことはするな」

「俺は、そんなにかっこいいものじゃない。目の前で、人が死ぬのを見るのが、怖いだけだ」

「青伊――」

「あの子たちの一人が、見張りの隙をついて逃げようとして、失敗した。見せしめにリンチをされそうになったから、俺が身代わりをした。ただ、それだけ」

「何が、ただ、それだけだ。このお人よし」

「どうして狩野が怒るんだ……？」

「うるせぇ。瀕死のお前を見付けた俺の身にもなれ」

青伊が生きていてくれてよかったと、心から思う。

無謀な身代わりをした青伊の髪を、狩野はくしゃりと撫でた。ぴくん、と敏感に波打った彼の肩は、タオルケットに隠れて見えなかったことにする。

「今の話を聞けてよかった。お前が女の売り買いの片棒を担いでいないと分かったからな。少しだけ、安心した」

「俺は、店長たちの仲間じゃない」

「ああ。お前は『ＭＩＳＴ』の単なる従業員だったんだろう？」

「……俺は……」

ぐ、と口を噤んで、青伊は言い淀んだ。いつも表情の乏しい彼の頬が、複雑に歪《ゆが》んでいる。青伊は何か葛藤《かっとう》していた。簡単には打ち明けられない秘密でも握っているのだろうか。青伊の方から口を開くまで、狩野はそばに寄り添って、じっとその時を待った。

何分、何十分、沈黙は続いていただろう。随分と長い時間が流れた後で、静寂を破ったのは、ドアをノックした春日だった。

「――狩野、ちょっと」

「何だよ…」

気付かないうちに、体が強張《こわば》っていたらしい。春日が開けたドアの軋みとともに、狩野の肩から力が抜けていく。

「お前に電話だぞ。何度かけても携帯が繋がらないって、先方がキレてる」

「ああ、すぐ行く」

「青伊くん、包帯とガーゼを替えるのを、ちょっと待っていてくれるかな。急患があって手が離せないんだ」

「……はい。先生」

おとなしく頷いた青伊をそのままにして、狩野は部屋の外の通路へと出た。隠れ家のこの病院の、唯一の難点は、地下では携帯電話が通じないことだ。

「お前な、緊急連絡先を俺の携帯番号にするの、やめてくれないか」

「別にいいだろう？　独身寮に帰るよりも、俺はここで寝泊まりする方が多いんだし」

「こっちはいい迷惑だ。…ったく。——電話、お前のとこの課長さんだぞ。こんな時間から呼び出しか？」

「本部が立っていれば、別に珍しいことでもない。『ＭＩＳＴ』の新しい逮捕者が出たのかもしれない」

「え…っ」

エレベーターの前で足を止めて、春日は表情を曇らせた。警察の包囲網は、新宿の繁華街一帯を特に警戒している。一歩でも青伊が花井医院を出れば、たちまち警邏《けいら》中の捜査員に逮捕されてしまうだろう。

「狩野、お前、青伊くんをどうする気だ。このまま隠し切れると、本当に思っているのか？」

「ああ。隠し通すさ。いずれ適当な隠れ場所を見付けて、そっちに移す。体がもう少しよくなるまでは、ここに置いてやってほしい」

「本当に彼のことを思うなら、薬物専門の治療ができる病院に移るべきだ。その前に、警察に保護してもらった方がいいかもしれないが」

「――それはできない。俺は、自分の属する組織からはみ出した。身内を信用し切れない」

「何故だ？　彼は暴行の被害者だろう。逮捕はされないんじゃないのか」

「青伊は重要参考人だ。今日、本庁の上の方から俺に、青伊を探せと密命があった。捜査本部にも本庁の組対のチームが入り込んでいるし、この事件は、何かおかしい」

「おかしい…？」

「ああ。俺に密命を下した監察官は、青伊のことを既に調べ上げていた。所轄署の案件に対して、本庁の人間が活発に動く時は、たいがい裏がある」

「狩野。それは刑事の勘ってやつか」

「そうだ。俺の鼻が、この事件はきなくさいと言っている。今まで、自分の鼻を信じて間違ったことはないからな」

小さな違和感を見逃さないことで、犯罪を解決してきた自負は持っている。今はこの鼻を、青伊を守るために使いたい。

そう思いながら、狩野は下りてきたエレベーターに乗ろうとした。

「……刑事……？」

背後から聞こえた声に、はっとする。弾《はじ》かれたように振り返ると、通路の先に、青伊が立っていた。部屋のドアを施錠し忘れたことを、今になって気付いてももう遅い。

「お前は、警察の人間、だったのか」

「青伊…っ」

「そうか――、刑事、か。ヤクザの組員よりは、狩野、お前らしい」

「違うんだ、青伊、これは…っ」

「最初から、本当のことを、言ってほしかった。刑事だと知っていたら、さっきの話は、しなかったのに」

「青伊…っ！」

「青伊くん！」

ふらりと踵を返した青伊を、狩野は追った。通路に革靴の足音を鳴らしながら、部屋の中へ逃げようとした彼を捕まえ、一緒にドアの向こうへ倒れ込む。

「青伊くん！　狩野！」

「ドアを施錠してくれ！　春日、早く！」

「離せ……っ！　もう俺にかまうな、嘘つき……っ」

ガシャン、とドアが閉め切られると、床を指で引っ掻きながら、青伊は抵抗した。ほんのさっきまで、二人でこの部屋で、普通に言葉を交わしていたのに。

青伊を失望させた。傷付けた。簡単に見破られる嘘をついたことを、狩野は後悔した。

「どけ…っ。俺を放っておいてくれ。離せ――」

「落ち着け、青伊。すまなかった。俺は嘘をついていた。すまない」

「おかしいと、思った。お前はヤクザの匂いがしないから。嘘つき。嘘つき」

「青伊……！」

「俺を、逮捕するなら、好きにしろ。俺から、情報がほしかったんだろう？　だからさっきも、お前はへたくそな演技をしていたんだ」

「違う。『ＭＩＳＴ』の捜査をしていることは認める。だが、情報のためにお前を助けたんじゃない！」

「嘘つきと話すことなんか、何もない。お前とはもう何も話さない」

「青伊、信じてくれ。俺の話を聞け」

「刑事なら、刑事らしくしていろ。早く俺を捕まえろよ。ヤク中を一人、警察に突き出したら、お前の手柄だ」

「青伊――」

「……狩野、やっぱり、お前とは、住む世界が違うんだ。十二年も経ったけど、あの頃と同じだった。何も変わらない。お前と俺は……っ、一緒にはいられない」

「青伊！」

力任せに組み伏せてもなお、青伊は暴れた。胸を押し戻そうする青伊の手を一纏《ひとまと》めにして、狩野はもう片方の手を、ベッドのそばにあったタオルへと伸ばした。

（こんなこと、したくないのに）

舌打ちをしながら、狩野はタオルを摑んだ。さっき青伊の汗を拭いたそれで、彼の手首と、自分の手首を繋ぐ。

「何をする……っ」

「許してくれ、青伊。――俺だって、お前を拘束したくない」

腹這《はらば》いになって逃げる青伊を、狩野は背中から抱き締めた。二人を繋いだタオルの鎖が、ベッドの上で擦れ合う。

「青伊、青伊、逃げるな。嘘をついた俺が悪い。何度でも謝るから、話を聞いてくれ」

「……離、せ。これ、外して……っ」

「外さない。こんなものに頼ってでも、俺はお前を離したくない」

「狩野――どうして、どうして、お前は」

「青伊。俺は、お前を探し出すために、刑事になったんだ」

青伊の体が、電気を浴びたように、びくっ、と震える。狩野は拘束した方の青伊の手を握り締めて、背中を向けたまま振り返ってはくれない彼に、真実を告げた。

「――十二年前、行方不明になったお前に、もう一度会いたかった。会って、俺がしたことを謝りたかった。お前が失踪したのは、俺が、お前のことを抱いたからだろう？　今でも覚えてる。お前は、泣いて嫌がっていたのにな。俺は、どうしてもお前が欲しくて、無理矢理ひどいことをした。……ごめん。青伊、ごめんな」

「狩野……っ、昔の話なんか、してどうなる」

「お前に謝りたかったんだ。自分がしたことを、俺が、後悔してるって、お前に知ってもらいたかった」

は、と青伊が息を詰めた気配がした。彼には彼の十二年間があったように、狩野には狩野の十二年間がある。二人が再会する、奇跡のような偶然を信じて、長い時間を一人で生きてきたのだ。

「ずっと、お前を探してた。あの街の、そこらじゅうを探して、でも、お前はいなくて、もしかしたら、死んだのかもしれないと、諦《あきら》めかけてた」

「そのまま、諦めてくれたら、よかったのに」

「冗談じゃない。お前がいなくなったずっと後に、地元でチンピラになった同級生の奴に、お前が——お前が、ある組の組長に、買われていったと聞いた。あいつらだ。お前の母親と、母親の愛人だった男が、手引きをしたと」

「……っ」

震えを強くした青伊を、狩野は必死で抱き締めた。冷たい汗をかき始めた彼のうなじに、自分の体温を分け与えるように、熱い唇を押し当てる。

「でも…、俺がそれを知った時は、お前はもうどこかに転売されていた。俺もヤクザになって、裏の社会でお前を探すか、ヤクザを取り締まる方に回って、情報を集めるか、お前に会える方法は、どちらかしかなかった」

「……それで、刑事を選んだって言うのか……？」

「そうだ。警察には全国の暴力団のデータが集まる。裏社会の動向も把握できる。最初の交番勤務から、俺の目的は、街の治安を守ることじゃない。任用試験に受かって、組対の刑事に配属が決まった時、俺は嬉しかったよ。これでお前に会える――そう思った」

ずっと、ずっと、探していた。事件が起こるたび、捜査資料を見るたび、青伊の名前はないかと、青伊の顔写真はないかと、期待と落胆を繰り返していた。

「お前は、馬鹿だ」

「……青伊……」

「馬鹿だ。勝手に消えた俺を探したって、お前に、いいことなんかないのに。俺は、探してほしくなかったのに。……馬鹿だ。お前は馬鹿だ」

青伊の声は、だんだんと掠れて、小さくなった。言葉にならなくなった声の代わりに、嗚《お》咽《えつ》が聞こえ出す。

「どうして、狩野、どうして……っ」

「青伊、泣いてるのか――?」

「お前は、まっとうな奴なのに。俺のせいで、刑事になったなんて。俺のせいで、お前の生き方を、狂わせた」

「青伊。刑事になったから、お前にもう一度会えたんだ。俺は、後悔はしてない」

「嘘だ…っ、お前は、嘘つきだから、信じない」

「――いいよ、信じなくても。俺だって、お前が俺のために泣いてるなんて、信じられないから」

「馬鹿野郎……っ!」

縮めた背中を震わせながら、青伊は泣き続けた。一滴の涙も拭わずに、泣き続けた。止まらない嗚咽は、十二年分の二人の空白を埋めて、時間を過去へと巻き戻す。タオルを結んでいない方の手を、乱れた鼓動を繰り返す青伊の左胸に置いて、狩野は囁いた。

「あそこから、やり直さないか、青伊」

「……やり……直す……」

「お前の秘密を知った、あの時から。アパートの押し入れの中で、母親の罵声《ばせい》を聞きながら、お前の耳を塞いだ。覚えてるだろ」

「うん――」

「あの時、俺は生まれて初めて、人を守りたいと思った。あれから何も、変わってない。俺はお前を守りたい」

「狩野……」

「あの時、お前が俺に、一緒にいてくれて嬉しいって、言ったんだ。あの言葉は、お前がくれた真実だ。俺が刑事になっていても、いなくても、あの言葉があったから、俺は今、お前と一緒にいるんだよ」

ひくっ、としゃくり上げる青伊を、精一杯の腕の力で抱き締める。好きだ。好きだ。青伊が好きだ。好きだ――。

溢れそうな想いを吐息に変えて、狩野はただ青伊を抱いた。この温もりを、二度と離さない。青伊を奪おうとする者は、誰であろうと許さない。

「青伊、お前の母親はどうしてる」

「……」

「あの女がまだ、お前を責めるのなら、俺はいつでもお前の耳を塞いでやるから」

そっと唇を動かして、狩野は青伊の耳朶《みみたぶ》を食んだ。すると、青伊は小さく息を飲み込んで、ん、と掠れた声を出した。

「母さん、は、もう、俺のことが、分からない」

「え……?」

「言葉も、話せなくなって、入院している。海が見える、静かなホスピス――聖和園《せいわえん》というところだ」

心を病み、理不尽な理由で青伊を虐待していた、彼の母親。十二年経っても消えない怒りに、狩野はどうしようもなく胸を揺さぶられながら、一度見たきりの青伊の母親の顔を、記憶の底から掘り出していた。

3

後輩の運転する覆面パトカーが、海に面した高台にある、聖和園の敷地へと入っていく。そこは終末期の患者を診《み》るホスピスと、老人介護施設を併設した医療施設だった。

駐車場で車を降りると、間近の海から吹き上げてくる潮風に、髪を乱される。聖和園の白い建物と、海の青と、敷地を囲む樹木の緑のコントラストが、公園のような美しい景観を作り出していた。

「狩野《かの》先輩、こんなのどかな施設に、本当に『MIST』の関係者が潜んでるんですか？」

同じ合同捜査本部に属している、六本木署勤務の後輩の藤枝《ふじえだ》が、刑事にしては険のない瞳《ひとみ》で辺りを見回している。

本当は一人でここを訪ねたかったが、捜査に単独行動はご法度《はっと》で、休みが取れるほど時間の余裕もない。今回の捜査本部は、新宿中央署と六本木署の区別なくチームの編成がされ、狩野は常に藤枝と同行している。聖和園の門をくぐりながら、狩野は先輩面をして、藤枝に差し障りのない情報を教えた。

「ここの出資者の一つに、泉仁会《せんじんかい》のフロント企業が名を連ねている。この広大な用地を買収する際にも、連中が便宜を図ったようだ」

「本当ですか？　この短期間によく調べましたね」

「直接の係わりは薄いかもしれないが、『ＭＩＳＴ』の逃亡犯が立ち回る可能性のある場所は、一つでも潰《つぶ》しておきたいからな。あの本庁のチームに、これ以上偉そうな顔をされるのは嫌だろう」

「はいっ。さすが先輩。あいつらに所轄署の意地を見せてやりましょう」

「その意気だ」

ぽん、と藤枝の背中を叩《たた》いて、狩野は足を速めた。

ここに来る前、聖和園の組織図や設立の経緯を調べた際に、フロント企業の存在が見つかった。今や介護や医療の分野にも、暴力団は利権という金脈をはびこらせている。

聖和園の本館のエントランスをくぐると、狭い雑居ビルにある花井《はない》医院とは違う、明るく開放的なドーム型のロビーが目を惹《ひ》く。贅沢《ぜいたく》な設備の造りを見ると、どうやらここは、富裕層向けの施設らしい。

「いらっしゃいませ。どなたかとご面会でしょうか？」

受付にいた女性職員が、狩野と藤枝に愛想よく微笑《ほほえ》んだ。見るからに健康そうな男二人を見て、患者ではないと思ったのだろう。

「失礼します。我々はこういう者です」

狩野が警察手帳を見せると、職員は少し驚いた顔をした。善良な一般市民は、たいてい同じような反応をする。暴力団が一枚噛《か》んでいる施設でも、普通に働いているスタッフは、その事実を知らないことも多いのだ。

「こちらの施設の出資者に、東国《とうごく》建設という会社があると思うのですが」

「え、ええ、はい」

「我々は、その会社の関係者について調べています。お手数ですが、この施設の管理者と従業員の名簿、入院者記録と、念のため面会者の名簿があれば見せていただけますか」

「は…はいっ、すぐに用意いたします」

職員が慌てた様子で、受付の奥の部屋へと入っていく。少しの間待っていると、分厚いファイルや綴《と》じた書類の束を抱えて、職員が戻ってきた。

「あの、こちらなんですけど――」

「ありがとうございます。拝見します」

「よろしければ、ロビーの応接ブースを使ってください。お茶をお持ちしますから」

「あ、おかまいなくっ。先輩、俺《おれ》が運びますよ」

よいしょ、と職員から大荷物を受け取って、藤枝は先に応接ブースへと歩いていった。彼の姿が遠くなったのを確かめてから、狩野はここへ来た本当の目的を遂行した。

「すみません、もう一つお尋ねしたいことが。――こちらに、矢嶋奈緒子《やしまなおこ》という女性が入院していますね？」

「矢嶋さん…、あ、はいっ。いらっしゃいますよ」

「面会を申し込みたいんですが、可能ですか」

「今ちょうど、息子さんがいらっしゃっていて、二人でお庭の方を散歩してらっしゃいます」

「息子さん――？」

「ええ。矢嶋さんを大切になさっている、とても立派な息子さんですよ。実業家の方だそうで、入院費の他に、当施設に多大な寄付をしていただいているんです」

矢嶋奈緒子の息子は青伊だけだ。青伊の身分を騙《かた》る誰《だれ》かが、すぐ近くにいる。ざわっ、と嫌な胸騒ぎがした。

「どうもありがとうございました。……藤枝…っ、そっちのファイルのチェックは、お前に任せる！」

「え？　ちょっ、先輩？　一人でどこに行くんですか」

「付近を見て回ってくる。お前はここにいろ」

狩野は職員に礼をすると、ロビーからエントランスへと駆け戻って、建物の裏手へと回った。

高台のよく手入れをされた芝生《しばふ》の庭からは、白波の打ち寄せる海が見下ろせる。せっかくの美しい景色なのに、今日は風が強いからか、散歩をしている人はいなかった。たった一組の、コートを着た長身の男と、車椅子《くるまいす》に体を預けた女の他は。

「矢嶋奈緒子――」

全速力で駆けてきたせいで、狩野の呼吸は乱れていた。青伊の母親は、十二年前に見た時よりも、随分白髪《しらが》が増えていた。海の方を向いたまま、狩野の声には何の反応もせずに、じっと動かずにいる。

(この女のせいで、青伊は)

ぎり、と奥歯を噛《か》み締めて、狩野は怒鳴りつけたい衝動をこらえた。今まで生きてきて、本気で憎いと思った人間は、この母親と、愛人のヤクザだけだ。青伊を苦しめ続けた女の隣で、息子を騙る男が、車椅子の向きをゆっくりと変える。

「母に、何か?」

海を背中にして、車椅子の後ろに立った男のコートが、漆黒の鴉《からす》の翼のように翻《ひるがえ》った。

「何が母だ……っ」

その男は、青伊とは似ても似つかない、裏社会の闇《やみ》を塗り固めた王者の貫禄を有している。狩野をも凌《しの》ぐ長身と、正視に躊躇《ためら》うほど鋭い眼光。濡《ぬ》れたように艶《つや》めく黒髪の下にある、悪

しき種類の人間にはふさわしくない、端整な顔。

確かに、実業家だと言われれば、誰でも納得してしまうだろう。狩野も、捜査資料に目を通していなければ、受付の職員の言うことを鵜呑《うの》みにしたに違いない。

「陣内《じんない》組の、陣内鷹通《たかみち》だな」

「……………」

「指定暴力団泉仁会若頭補佐、秘密クラブ『MIST』オーナー、陣内鷹通組長。マカオにいるはずのお前が、何故ここにいる。答えろ」

「――虚勢を張るな。人にものを尋ねる時は、先に名乗るのが礼儀だ」

「くそ…っ。俺は新宿中央署、組織犯罪対策課の狩野だ。お前に聞きたいことがある」

「生憎《あいにく》だが、今は忙しい。入院患者との面会を、警察に咎《とが》められる謂《い》われはない」

母親の膝《ひざ》掛《か》けの上には、陣内の見舞いの品だろう、蘭の花束が置かれていた。骨の浮いた、おぼつかない母親の手が、綺麗《きれい》なその花弁を、毟《むし》っては口に運び、飲み込んでは、また毟る。

「……いけない。花は部屋に飾るものだ。口寂しいなら、食事を摂《と》ろう」

「う…、う……」

「蘭が気に入ったのか？　以前贈ったバラは、棘《とげ》で指を痛めてかわいそうなことをした」

風で乱れた母親の白髪を、陣内の指が優しげに梳《す》く。陣内が入院費を払い、この施設に多額の寄付までしているのは、青伊の母親だからだろう。陣内と青伊の関係は、予想以上に密接なのかもしれない。

(青伊《あおい》…、お前は、この男に母親を託したのか。ひどい仕打ちをされても、お前は母親を恨まずに、一人で面倒をみようとしていたのに。そんなにお前は、陣内を信頼しているのか)

どうしようもない嫉妬《しっと》がまた、狩野の心を暗く覆っていく。

まるでその苦悩を嘲笑《あざわら》うかのように、焦点の定まらない母親の瞳が、うろうろと中空を彷徨《さまよ》う。そして発条《ぜんまい》が切れたように、かくん、と小首を傾《かし》げて、静止した。

「……っ」

薄紅を引いた唇から、唾液《だえき》の糸が垂れてくる。病んだ心を完全に蝕《むしば》まれ、廃人同然になった母親を見ても、狩野の胸は痛まなかった。絶望的な哀れさだけが、海風と混じって虚しく狩野へと吹き付けている。

「彼女は見ての通り、人の手がなければ、生きることもままならない。同情してやってくれ」

「断る。その女は、実の子供を虐待した報いを受けただけだ。同情なんかしてやるものか」

「呆《あき》れた男だ。警察の人間が、弱者を切り捨てるのか？」

「本当の弱者は、虐待に抵抗する意思も奪われた子供の方だ。お前のような暴力団員が、偽善者を気取って弱者を語るな。虫唾《むしず》が走る」

「偽善者。——なるほど。俺もそれは気に入らない」

低い声でそう言いながら、陣内がスーツの上着の内側へと手を差し入れる。は、と身構えた狩野よりも早く、彼は黒い何かを取り出した。

「陣内…っ！」

「動くな」

ガチリ。母親の頭の上に、銃口が突き付けられる。拳銃《けんじゅう》を隠し持っていた陣内は、刑事の狩野の目の前で、安全装置を外した。

「狩野、と言ったか。お前の名には、聞き覚えがある」

「何――」

「俺の拾った猫が、寝物語に告げた名だ。今の今まで忘れていたが、お前のことだな」

かっ、と狩野の頭に血が上った。拾った猫とは、青伊のことに他ならない。くだらない挑発だと分かっていても、青伊と陣内の親密さを見せ付けられたようで、胸が苦しい。

「その猫が、俺の前から姿を消した。心当たりはないか」

「お前の質問に答える義理はない」

「これでもか？」

母親の頭に、ぐ、と陣内が銃口を押し当てる。引き金にかけられた彼の指先を見ても、狩野の正義感は奮い立たなかった。

――撃て。そのまま、撃ってくれ。

刑事の目の前で拳銃を構える陣内は、常軌を逸している。しかし、引き金を早く引いてほしいと願う狩野は、人としての道から、大きく踏み外していた。

「銃刀法違反だ。陣内鷹通。お前を現行犯逮捕する」

刑事の決まり文句を棒読みして、狩野はただ待っていた。陣内の銃口が火を噴《ふ》くのを。早く弾丸が、青伊の悪夢の源を殺してくれるのを。

独りよがりな感情が、狩野を容易《たやす》く犯罪へと誘《いざな》う。エゴイストは自分の手を汚さずに、犯罪に塗《まみ》れているはずの人間の手を借りて、身勝手な憎しみを晴らそうとした。

「――やめておこう」

ふ、と唇の端に笑みを浮かべて、陣内は引き金から指を離した。銃口を芝生の地面へと向けて、ゆっくりとこちらへ歩いてくる。

「お前を脅すまでもない。猫の居所は、こちらで探す」

エゴイストと化していた狩野の瞳が、失望に揺れた。もう少しで、憎い女を抹殺できたのに。

「何故《なぜ》、撃たない。その女の脳みそを吹っ飛ばしてやったら、猫は血の匂《にお》いを嗅《か》ぎつけて、お前のもとへ帰ってくるんじゃないのか」

「本当に、そう思うのか？」

海風が、狩野と陣内の間を冷たく吹き抜ける。擦れ違いざま、黒いコートの裾《すそ》が狩野の視界を舞った一瞬に、ひゅっ、と宙を切り裂く音がした。

「あぅ…っ！」

こめかみに衝撃が走り、割れるような痛みとともに、狩野の体が崩れ落ちていく。芝生に膝をついた狩野を、銃尻《じゅうじり》で殴《なぐ》った陣内は、黒々とした瞳で見下ろしていた。

「刑事のために、人殺しをしてやる気はない」

「陣、内、てめぇ……っ」

「偽善者は嫌いなんだろう？　――一年Ｄ組の編入生、狩野明匡《あきまさ》君」

「ど…して、それを。待て…っ、陣内！」

不敵な笑みだけを残して、陣内が去っていく。狩野はこめかみを手で押さえながら、声の限りで叫んだ。

「陣内――！　青伊を…っ、あいつをヤク漬けにしたのはお前か！」

芝生に足を取られて、狩野はそこから動けなかった。こめかみから広がった痛みが、狩野の全身を苛《さいな》んでいて、陣内の背中を追い駆けることができなかった。

「答えろ、陣内！　お前に青伊は渡さない！　あいつのことは、この俺が守ってやる！」

すい、と手を振るように拳銃を持ち上げて、陣内はそれを、上着の奥へと戻した。後ろを振り返らないまま、だんだんと小さくなっていく彼の背中に、狩野は歯噛みした。

痛みの引かないこめかみに、滑《ぬめ》った温かい血が滲《にじ》んでいる。陣内が拳銃を撃っていたら、今頃血を流していたのは、青伊の母親の方だった。

「ちくしょう――」

あんなに母親の死を望んだのに、代償に傷ついたのが自分でよかった、と、心のどこかで安堵《あんど》している。最後の最後で、人の道に舞い戻った、刑事であることを思い出した自分がいる。

陣内に救われた。助けられてしまった。青伊の飼い主に屈した狩野は、弱い声で吠《ほ》えつくだけの、ただの負け犬に過ぎなかった。

「――狩野、どうしたんだ、その傷は」

痣《あざ》になったこめかみの傷を見るなり、青伊は驚いた顔をしてそう言った。傷よりもずっと、心の方が抉《えぐ》られていたが、狩野は何でもない、とだけ答えた。

聖和園を出て、捜査本部には藤枝だけを帰らせ、狩野は花井医院に立ち寄った。早く青伊の顔を見たかった。今、彼のそばにいるのは陣内じゃない、自分だと確かめておきたかった。

「青伊、俺より、お前の具合はどうだ」

「今は少し、落ち着いている。さっき、お粥《かゆ》を食べることができたんだ。うまく飲み込めなくて、スプーンに、何杯かだけど」

「……そうか。栄養剤の点滴よりはいい。少しずつ体がよくなってるんだな」

青伊が座っているソファベッドに、狩野は力尽きたように、どさっ、と体を投げ出した。頬を埋めた敷布団代わりの毛布から、仄《ほの》かに青伊の匂いがして、恋しい気持ちが濃くなる。

「狩野…？」

「五分でいい。横にならせてくれ」

そばに青伊がいる安心感で、ソファに沈んだ体が弛緩《しかん》していく。急激な眠気に襲われながら、まだ痺《しび》れたように痛むこめかみに、ひた、と何かが触れるのを感じた。

「──熱い」

小さな声でそう呟《つぶや》いたのは、青伊だった。青紫の痣の周りを、彼は冷えた指先で触れて、熱を吸い取ろうとしている。

（青伊。俺に触れても、お前の指が、震えていない）

小さなその変化が嬉《うれ》しくて、狩野は眠ったふりをした。すると、青伊の指が一度離れて、その代わりに、柔らかい布が痣を覆う。

（ガーゼか。……お前が手当てをしてくれるなんて）

瞼《まぶた》を深く閉ざして、狩野は束の間の安楽を貪《むさぼ》った。このまま本当に眠ってしまえたら、どんなに幸せだろう。

ずっと昔に、青伊と二人で、これと似た出来事があった気がする。確か、場所は高校の校舎の屋上だった。上級生と殴り合いをした後だったか、今日のように狩野は痣を作っていて、青伊は、ハンカチを手にしていた。しかし、記憶を辿《たど》る前に、瞼の裏に陣内の不敵な笑みが浮かんできて、は、と狩野は瞳を開けた。

「起こして、しまったか？」

「……いや。ありがとう。もういい」

陣内の残像を消したくて、ぶるっ、と頭を振ったら、眩暈《めまい》がした。

「狩野、先生に診てもらった方がいい。顔色が悪い」

「お前の方が青白い頬をして、何言ってる。もう出ないといけない時間だ。夜にまた、お前の様子を見に来るから」

重たい体を起こして、狩野はソファベッドから立ち上がった。ネクタイを結び直していると、背中に青伊の視線を感じる。

「狩野――、警察に、行くんだろう」

ノットに指をかけたまま、狩野は振り返らずに答えた。

「ああ。この近くの新宿中央署が、俺の職場だ。今は六本木署の捜査本部に通ってる」

「……俺を、逮捕、しないのか」

「しない。お前は『ＭＩＳＴ』の一件には関わっていないんだろう。罪を犯していない奴《やつ》を、逮捕する理由はない」

「でも……」

「お前はここにいろ。……いや、いてくれ。お願いだ」

青伊を守りたいのか、閉じ込めておきたいだけなのか、こめかみがずきずき疼《うず》いて、頭が働かない。捜査を終えてまたここに帰ってきた時に、青伊がいてくれたらそれでいい。

（くそ。何でこんなに、不安なんだ）

陣内の毒気にあてられて、自分の芯《しん》が、弱くなっている気がする。こんな情けない姿を、青伊に見せるのは嫌だ。

ばつが悪くて、狩野は逃げるようにドアの方へと歩き出した。こめかみの痛みで鈍くなった耳に、自分の声が、ひどく掠《かす》れて聞こえる。

「陣内鷹通がお前を探している。絶対にここから出るな」

「……あの人に、会ったのか」

「ああ。最悪のタイミングでな」

「もしかして、お前のその痣は、鷹通さんがやったのか？」

ずきっ、とまた、こめかみが疼いた。役に立たない耳なのに、鷹通さん、という呼び名だけが、やけに鮮明に響く。

たったそれだけで嫉妬を煽《あお》る青伊が、憎くて、切なくて、いとおしい。

「青伊。――陣内は、底の見えない男だった。何を考えているのか分からない、恐ろしい奴だと、感じた」

「それは、あの人の立場がそう思わせるんだろう。いずれは泉仁会のトップに立って、裏の社会を、牛耳る人だから」

「あの男のことを、随分褒めるんだな」

「褒めたつもりはない――」

「お前は、陣内の恋人なのか」

「え……？」

「寝物語に、俺の話をしたんだろう？　高校の時の、バカな不良だった話もしてやったのか。陣内は、俺のことを知っていたぞ」

あ…、と青伊は、叱《しか》られる前の子供のように、目線を逸《そ》らした。両手で服の裾を握り締めて、唇を噛んだり、小さく首を振ったり、落ち着きのないことを繰り返している。

「一度、だけ、鷹通さんにお前のことを話した」

「……一度だけ？」

「うん――。狩野と、こうして会う少し前、鷹通さんと、新宿に来たことがある。その時、偶然、お前を見た」

「何…っ？」

「車の中から、遠目だったけど、お前だとすぐに分かった。隣には春日《かすが》先生がいて、二人で食事にでも行くような雰囲気で、お前は楽しそうにしていた」

「嘘《うそ》だろ――。お前がそんなに、俺の近くにいたなんて……っ」

何年も探していたのに、どうして気付かなかったのだろう。同じ街に、この新宿に、青伊はいたのに。

「どうして声をかけなかったんだ。十二年ぶりに俺を見て、お前は何も感じなかったのか」

「狩野は、俺のことを忘れているだろうと、思った、から」

「馬鹿《ばか》野郎。忘れる訳ないだろうが…っ！」

「……自分から消えておいて、お前に話しかけることは、できない。車窓越しに、見ているだけで、いいと思った。そうしたら、鷹通さんが、お前を指差して『あいつは誰だ』って…」

「それで、俺のことを話したのか？」

「高一の時に、編入してきた、同級生だと教えた。俺があんまり、じっと見ていたから、お前に興味を持ったんだと思う」

「……くそ…っ、陣内の野郎。何が寝物語だ。人のことを虚仮《こけ》にしやがって」

陣内はわざと挑発的なことを言って、こちらの反応を楽しんだんだろう。最初から、狩野は陣内の掌《てのひら》の上で遊ばれていたのだ。

「今日は無様な真似《まね》をした。今度陣内に会ったら、必ず逮捕してやる」

「あの人を、捕まえるのか？　陣内組の部下や、泉仁会が黙っていない」

「知るか。叩けばいくらでも埃《ほこり》が出るだろう。『ＭＩＳＴ』の一件だって、陣内が裏で店長たちを操ってるに決まってる」

「それは——違う。あの人は、犯罪の尻尾《しっぽ》を摑《つか》ませるようなヘマはしない」

いつになく、確信に満ちた口調で、青伊はそう言った。少しの間、じっと何かを考えてから、彼はもう一度口を開く。

「オーナーの鷹通さんの知らないことが、『ＭＩＳＴ』では行われていた。あの人は、それを調べるために、日本に帰国したんだ」

「『ＭＩＳＴ』を、調べる？」

「……これ以上は言えない」

「青伊」

狩野は伸ばした両手を、青伊の肩に置いた。青伊をまっすぐに見つめながら、震えさせないように、そっと揺さぶる。

「何故俺に、今の話をした。俺は、お前からあいつの情報をもらおうなんて思ってないぞ」

「狩野のことを、あの人に話したから、あの人のことを、お前に話した」

「平等に、って、ことかよ」

「——鷹通さんのことを、信じても信じなくても、どちらでもいい。仕事に、戻るんだろう。俺の話は、おしまい」

狩野の両手から逃れて、青伊は背中を向けた。それきり貝のように口を閉ざしてしまう。

(何故陣内が、自分の店を調べる必要があるんだ。どのみち、この情報だけでは、陣内の疑いが晴れる訳でもない)

沈黙の立ち込めた室内に、狩野は深い溜息《ためいき》を零《こぼ》した。どんなに小さな情報でも、青伊がくれたものだ。無駄にはしたくない。

「捜査本部に戻って、もう一度陣内と『ＭＩＳＴ』の関係を洗い直す。お前は体を治すことだけ考えろ」

「………」

「今の話は、他の捜査員には黙っておく。それじゃあ青伊、行ってくるから」

重たいドアを開けて、狩野は一人で部屋を後にした。蝶番《ちょうつがい》の軋《きし》む音にまぎれて、青伊の小さな声がする。

「……行ってらっしゃい」

は、と狩野が振り返った時には、青伊はもう、ドアの向こうだった。ガラス窓から見えた彼の背中は、微動だにしていない。

「気のせいか」

狩野は踵《きびす》を返して、静かな通路を歩き出した。自分が奏でる革靴の足音のせいで、甘い空耳はもう、聞こえなくなった。

4

「だから俺は、ただの従業員だっつってんだろう！　女なんか売ってねぇし、ヘヴンも流してねぇよ！」

合同捜査本部が立ち上がってから、十日ほどが経《た》った。『MIST』の逃亡犯たちの足取りは摑めず、事件は膠着《こうちゃく》したままだ。

「主犯格の店長の一之瀬《いちのせ》はどこにいる。素直に吐いた方が身のためだぞ」

「知らねぇよ！　あいつ、真っ先に逃げやがったんだ。金庫の中、空っぽにして」

「何？」

「俺、見たんだ。警察が踏み込んでくる前、店のレジや、金庫を全部開けて、店長が中身を荒らしてたのを。あいつ、盗んだ金で今頃どっかへ高飛びしてるよ！」

マジックミラー越しに、狩野は隣室の取調室の様子を見ながら、腕を組んだ。可視化されているとは言え、直接自分が事情聴取できないことがもどかしい。

「…くそっ。狩野先輩、何で俺たちが、こっちへ追い出されなきゃいけないんですか」

「かっかするな、藤枝。本庁の刑事の取り調べを見学するいい機会じゃないか」

「俺たちのやり方と、別に変わらないと思いますけど――」

藤枝が苛《いら》ついている気持ちは分かる。本庁の特別チームが派遣されてきてからというもの、所轄署の捜査員たちは、逮捕者の尋問から外された。情報の一元化が大義名分らしいが、こうまであからさまに差別されると、捜査員の士気に係わる。

「あいつらに、おいしいところだけを持って行かれるのは、癪《しゃく》だな」

「ですよね、先輩」

「――狩野。口は災いの元だぞ」

「課長」

「松木《まつき》課長、お疲れ様ですっ」

「藤枝くんもここだったか。ちょうどよかった」

ドアから顔を覗《のぞ》かせた上司は、狩野と藤枝を部屋の外へと促した。

「押収品の分析班から、最新の報告が上がったぞ。『ＭＩＳＴ』には重要証拠になりそうなものが、何も残っていないことが判明した」

「え…っ？」

「課長。押収品には、店のデータが入っているはずの、パソコンがあったと思うんですが」

「ああ。そちらも調べたところ、データは完全に消されていた。分析班が科捜研の専門家を呼んで復元を試みていたんだが、無駄骨だったようだ」

「そんな……」

「やられたよ。せめて帳簿や売り上げのデータが残っていれば、金の流れを追って捜査を進められるんだが、これではどん詰まりだ」

「逃亡中の一之瀬たちが、逮捕を恐れて消去したんでしょうか」

「そう思って間違いないだろう。データが我々警察に渡れば、一之瀬たちは身内や上部組織から吊《つる》し上げをくらう。彼らを追跡しているのは、我々だけではないはずだ」

「暴力団側に先を越される訳にはいきませんよ。奴らはいったい、どこにいるんだ…っ」

藤枝が悔しそうな顔をしながら、息巻いている。逃亡犯の一人を匿《かくま》っている事実を、正義感の強い後輩に秘密にしていることを、狩野は改めて申し訳なく思った。

（すまない、藤枝。お前にもあいつのことは話せない）

既に仲間を裏切っている狩野にできることは、早く残りの逃亡犯を逮捕することだけだ。

一之瀬たちが店のデータを消去した可能性は高い。しかし、それだけで話が終わるとも思えない。彼らが外部に、データを持ち出したとは考えられないだろうか。

（その場合、一之瀬たちは真っ先に、オーナーの陣内にデータを渡すはずだ。陣内がこの一件の黒幕なら、なおさら）

頭の中で、至極当然の推理を進めながら、狩野は、ふと青伊の言葉を思い出した。

『鷹通さんの知らないことが、「ＭＩＳＴ」では行われていた。あの人は、それを調べるために、日本に帰国したんだ』

青伊がくれた情報を信じれば、この一件に陣内は絡んでいないことになる。信じるも信じないも勝手だ、と青伊は言っていたが、信じたくないのが本音だ。

（……あいつが、飼い主の陣内を助けたくて、俺に嘘をついたのかもしれない）

できることなら、青伊を疑いたくはなかった。青伊に対する特別な感情が、冷静でなければならない刑事の推理に影を差す。客観的なものさしが欲しくて、狩野は課長に尋ねた。

「課長、パソコンから、データがコピーされた痕跡《こんせき》はありませんでしたか？」

「あ…ああ、ちょっと待ってくれ。その点についても分析班の指摘が」

「――何をこそこそ話しているんだ」

報告書をめくっていた手を、課長は止めた。通路の向こうから、本庁の特別チームの班長たちが歩いてくる。

「松木課長。全《すべ》ての報告はまずこちらへ上げるよう、捜査会議でお願いしたはずですが？」

「いや、これはその……」

「捜査本部の纏《まと》め役とはいえ、あなたも我々の命令には従っていただきますよ」

課長の手元から報告書を乱暴に奪って、班長たちは取調室へと入っていった。

「何ですか、あれ。あまりに無礼じゃないですかっ」

「いいんだ、藤枝くん。本庁の方針には逆らえん。我々は我々のできる捜査をしよう。――狩野、さっきの話の続きだが」

「はい」

「お前の見立て通りだ。『ＭＩＳＴ』のパソコンから、データのコピーを取られた痕跡があると、分析班は指摘していたよ。さっきの報告書を確認させてもらえるように、本庁の連中に掛け合ってみよう」

「すみません、お願いします」

本庁の人間にないがしろにされても、文句も言わずに受け流している課長には頭が下がる。狩野は上司に敬服しながら、閉ざされた取調室のドアを睨《にら》みつけた。


捜査の途中経過を報告書に纏めて、狩野がまた地取りの捜査に出掛ける時刻になったのは、もう日付を跨《また》ぐ頃だった。

昼夜もなく聞き込みで疲れ果てて、会議室のパイプ椅子で仮眠をとっている捜査員たちの中に、本庁の人間はいない。よく気のつく藤枝が、差し入れのパンやドリンク剤をテーブルに置いて、会議室を出て行く狩野の後ろをついてくる。

「本庁の連中、とっくに帰ったみたいですね」

「……ああ」

「特別チームか何か知らないですけど、俺たちの報告書にケチをつけるだけで、あいつら何もしてないじゃないですか。そんなことで逃亡犯が捕まえられると思ってるんですかね」

藤枝の漏らした悪態は、本庁のチームの下に置かれた、所轄署の刑事たちの総意だった。捜査会議でも頭ごなしに命令されるばかりで、みんなフラストレーションが溜《た》まっている。不満が爆発する前に逃亡犯を捕まえなければ、本庁側と衝突が起こりかねない雰囲気が漂っていた。

「先輩、地取りの前に、何か食べに行きませんか？　俺腹へっちゃって」

「悪い、あまり食欲がないんだ。——これで腹いっぱいにしてこいよ」

「えっ、いいんですか？　ありがとうございますっ！」

財布から抜いた五千円札を渡してやると、藤枝は嬉しそうに笑って礼を言った。

「その代わり、お前がメシを食ってる間、俺を一人にしてくれ。課長には内緒でな」

「……あー、アレっすね、女でしょ。先輩いつ彼女作ったんですか。紹介してくださいよー」

「お前の推理はハズレだ。馬鹿」

後輩に詮索《せんさく》される前に、彼の頭を小突いて、署の前で別れる。手近なタクシーを捕まえ、狩野は運転手に、花井医院のある新宿の区役所通りを告げた。

いっときも、青伊の顔を見ずにはいられない。その気持ちだけで走らせるタクシーは、赤信号で停まるたびに狩野を苛つかせた。たいして遠くない六本木から新宿までの距離が、今日はやけに長い。

（疲れた。本当は青伊のそばで、ぐっすり眠りたい）

狭くて古い独身寮よりも、花井医院の方が数段居心地がいい。青伊さえいれば、そこは狩野には天国に違いなかった。

区役所通りに差し掛かったところでタクシーを降り、クラブやバー御用達のフルーツ店で、青伊に土産のリンゴを買う。摩《す》り下ろしたものなら食べやすいだろうと、繁華街のけばけばしい夜にしては爽《さわ》やかな果物の香りを嗅ぎながら、狩野は通い慣れた通りを歩いた。

（尾行も待ち伏せも、いないか）

巣の場所を隠したがる野良犬のように、今夜も花井医院の周囲に目を配る。背後に視線は感じない。気になるとしたら、以前から接触が悪かった医院の看板が、仄白い明かりを点滅させているくらいだろうか。

五秒ほどの間隔で点《つ》いたり消えたりするそれを眺めながら、狩野はいつものように雑居ビルのエントランスをくぐった。

「――珍しいな。今日は早じまいか」

二十四時間いつでも患者の出入りがある、待合室の明かりが消えている。患者を不安にさせないように、春日は自分が出かけている時も、煌々《こうこう》と電気をつけていくのに。

「……………」

リンゴの入ったビニール袋を、音を立てないようにしながら、狩野は床に置いた。新宿の治安の悪さを考えて、医院の受付に常備してある、防犯用の警棒を急いで掴む。

伸縮式のそれを、手元で伸ばして、狩野は一瞬で気配を消した。待合室のドアノブに左手をかけ、しんと静まり返った室内の空気を感じ取ってから、ゆっくりとそれを回す。

キィ…。ドアが開くと同時に、狩野の足元を、室内から広がってきた影が覆った。全身の神経を研ぎ澄まして、何の音もしない室内へと、一歩踏み込む。

「伏せろ――――！」

聞こえてきたのは青伊の声だった。狩野の耳がそれに反応した瞬間、ごうっ、と顔の前に風圧を感じる。

「狩野！」

頬骨から鼻へ、強烈な一撃をくらった。拳《こぶし》か、鈍器か、何かで殴られた狩野は、待合室の床へと倒れ込んだ。

「ぐ…、は…っ…！」

痛みと衝撃で、頭の芯が朦朧《もうろう》とする。倒れながらも、咄嗟《とっさ》に両手で構えた警棒を、何者かが奪い取った。

抗《あらが》う力を失ったまま、上着を剝ぎ取られ、床に押さえ付けられる。狩野がかろうじて上げた目線の先に、上着から警察手帳を探し当てた男がいた。

「狩野明匡。――てめぇ、刑事か」

手帳の内側の写真を睨み、憎々しい一言とともに、狩野の顔へと痰《たん》を吐き捨てる。汚穢《おわい》にしか感じない男のそれを、すぐに拭《ぬぐ》いたいのに、狩野の両手は相手が持っていた手錠に拘束されて、動かせなかった。

「どうだ。サツが手錠を塡《は》められた気分は」

「……くっ……」

「どうだって聞いてんだよ！」

暗闇の中、腹を蹴り上げられて悶絶《もんぜつ》する。まだ痣が残ったままの狩野のこめかみを、硬い靴の底が容赦なく踏んだ。

「うう…っ！」

痛みと苦しみに喘《あえ》ぎながら、狩野は聴覚と嗅覚を頼りに敵を把握した。

(左右に二。背後に一。正面に――二。青伊を強奪し、全員拳銃所持)

拳銃を持っている人間が、逃亡犯の数と同じ五名だったことに、狩野は歯噛みした。

(先手を取られた。どうしてここが……っ)

どくっ、と心臓から嫌な音が聞こえる。頬や鼻から生温かいものが流れ落ちて、真っ暗な床へと吸い込まれていった。

「狩野……！」

自分が流した血の匂いの向こうから、青伊のくぐもった声がする。彼の方へと近付こうと、狩野は床を這《は》いずった。

「……あお、い……」

「おい、イモムシ野郎、動くんじゃねぇよ」

「何者だ…っ。顔を見せろ――！」

「ハッ。しぶてぇな、刑事って奴はよ」

「っ！」

蹴《け》り上げた靴の先があばらにめり込み、狩野は息ができなくなった。骨の軋む音と引き換えに、ジジ、と天井の蛍光灯が点灯する。

薄目しか開けていられなくなった狩野の瞳に、青白いその明かりは眩《まぶ》しかった。緑の観葉植物や、長椅子が並んだ待合室の風景の中に、黒ずくめの男たちがいる。

「一之瀬、征雄《ゆきお》、と、『ＭＩＳＴ』の逃亡犯どもか」

もう見飽きるほど顔写真を見た『ＭＩＳＴ』の店長が、正面の長椅子に座っていた。拳銃を弄《もてあそ》ぶ一之瀬のそばで、両手を頭の後ろに組んで跪《ひざまず》かされている青伊がいる。ひどく殴られたのか、唇の端に痣を作った彼の姿に、狩野は戦慄《せんりつ》した。

「ごめ、ん、狩野」

「青伊……っ！」

「やっぱり、俺は、ここにいては、いけなかった」

「――黙ってろ、この淫売」

一之瀬の手下が、青伊の髪を鷲摑《わしづか》んで、声も出なくなるほど彼をのけ反らせた。

「青伊！　そいつを離せ……！」

「刑事さんがああ言ってるぞ。おい矢嶋、どうする？」

「……」

「たいした奴だぜ、お前は。まさか刑事まで誑《たら》し込むとはなぁ。地下室で監禁とは恐れ入る。あいつにたっぷりかわいがってもらったのか、ええ？」

医療用の薄いローブの紐《ひも》が解かれ、青伊のガーゼを貼った上半身が露《あら》わになる。一之瀬は乱暴にそれを剝《は》がすと、まだ治っていない胸の傷痕に、銃口を埋め込んだ。

「やめろ――！」

ぐちゃっ、と濡《ぬ》れた音を立てながら、冷たい金属が肉を搔《か》き回す。激烈な痛みに襲われているはずなのに、青伊は中空を見上げたまま、叫び声一つ上げなかった。

「澄ましたツラしやがって。お前はうちの店に雇った時からそうだった。何を考えてるか分からねぇ、痛めつけても泣きもしねぇ、人形みてぇに薄気味悪い野郎だ」

一之瀬は粘つくような声でそう言いながら、青伊の胸をさらに深く銃口で抉った。溢《あふ》れ出した赤い血が、痩《や》せた鳩尾《みぞおち》を伝い、腹から下へと幾筋にもなって連なっていく。

「青伊！」

ふい、と青伊は小さく首を振った。狩野を制止するように、瞳だけをこちらへ向けて、黙って血を流し続けている。

自分の体は痛みも何も感じないと、青伊が十二年前に言っていたことを、狩野は遠く思い出した。

（そんなはず、ないんだ。俺は知ってる。お前は平気なふりをしているだけだ）

ぐちっ、ずちゅっ、と、室内に残酷な音が響いた。凶行に耐えられなかったのは狩野の方だった。

「一之瀬、もうやめろ……っ」

後ろ手に拘束されたまま、狩野は青伊を助けようともがいた。しかし、左右にいた一之瀬の手下たちに組み伏せられて、無様に床へと頰をつく。

「てめぇはそこでおとなしくしてろ。用が済んだら、仲良く心中させてやるからよ」

「くそ――！」

警棒を奪われ、両手の自由を封じられた狩野に、反撃する力はなかった。無力なその姿をせせら笑いながら、一之瀬が青伊の耳元で呟く。

「矢嶋。お前に返してもらいたいものがある」

「……………」

「『MIST』から持ち出したブツを渡せ」

「……あんたに渡すものは、何もない」

「ふざけんな、淫売《いんばい》。お前がうちの店を、こそこそ嗅ぎ回っていたのは知ってんだぞ」

「俺はただの従業員だ」

「あァ？」

「俺は、何も知らない。彼の拘束を解いて、ここから出て行ってくれ」

「シラを切る気か。――お前、まさかもう、そこの刑事にブツを渡しちまったんじゃねぇだろうな！」

銃口を青伊の胸から引き抜いて、一之瀬はそれを、狩野へと向けた。狩野の背後でも、ジャキッ、と拳銃の安全装置を外す音がする。その時、初めて、無表情だった青伊が頬を歪《ゆが》ませた。

「矢嶋。奴を殺されたくなかったら、盗んだブツを渡せ」

「……一之瀬店長。彼は、無関係だ」

「淫売の言うことなんぞ信じられるか。奴はお前のイロなんだろう？」

「刑事と寝る趣味はない――」

「いい加減にしねぇか。シラを切り通すつもりなら、お前のこの体に聞いてやる…っ」

一之瀬は青伊を無理矢理立たせると、狩野の方へと向かって蹴り飛ばした。手を伸ばせば触れられるほどの距離に、半裸の青伊が倒れ込む。

「青伊！」

手錠を引き千切ろうと、力の限りで抗った狩野の手首に、裂傷ができた。裂けた自分の皮膚より、目の前で四つん這いにされた青伊の方が痛ましい。

「よせ……っ、そいつに手を出すな……！」

青伊は床に伏せて、抵抗らしい抵抗をしなかった。胸の傷から流れる血は止まらず、ぽたぽたと赤い雫《しずく》を落としている。凄惨《せいさん》なそれにかまうことなく、一之瀬は青伊の腰を掴み、下着を引き下ろした。

「馴《な》らす必要はねぇだろう。うちの客や従業員を、何人も銜《くわ》え込みやがって」

青伊の後ろで、一之瀬がスラックスの前を寛げながら粗野に笑う。服の袖で両腕を縛られ、尻を高く上げさせられた格好で、青伊は狩野に呟いた。

「見る、な」

「っ…！」

「目を、閉じて、いろ」

青伊を想い、狩野は咄嗟に瞳を伏せた。

しかし、そうはさせまいと、狩野の前髪を引き掴んで、手下の一人が顔を上げさせる。

「矢嶋、お前のイロに見せてやれ。淫売らしく、いい声で啼《な》けよ」

興奮し切っていた一之瀬の屹立《きつりつ》が、下着を剝がれた青伊の尻の狭間《はざま》に押し当てられる。狩野の眼前で、グロテスクな杭のようなそれが躊躇なく青伊を貫いた。

「――――ッ！」

両目から、血の涙が溢れ出しそうだった。いっそ、それで視界が見えなくなってくれるならいいと思った。青伊が凌辱《りょうじょく》されていく。助けることもできず、止めることもできずに、彼の体が律動に揺さぶられている。

「オラオラ、腰を振れ。泣いて喚《わめ》け。お前はこれが欲しかったんだろう？」

「……………」

「正直にブツを差し出せば、もっとハメてやってもいいんだぜ…っ！」

正視できない光景の中、青伊は黙って凌辱を受け入れていた。悲鳴も上げない、泣きもしない、床の一点を見つめるだけの、人形のような彼。青伊の瞳が色を失くしていくごとに、狩野は自分の体が焼け爛《ただ》れる思いがした。

「やめろ、一之瀬――――！」

青伊の髪を握り締め、被虐の肢体《したい》を狩野に見せ付けながら、一之瀬がいっそう大きく腰を蠢《うごめ》かす。抽送の水音が狩野の耳を苛んでも、青伊は無反応なままだった。一人だけ息を乱していた一之瀬が、苛ついた目つきで青伊を見下ろしている。

「くそ…っ、マグロになってんじゃねぇ。ブツはどこだ！　何とか言えよ、矢嶋ァ！」

「……」

「強情な野郎め。いつまでも黙ってられると思うな。――おい」

一之瀬が顎《あご》をしゃくると、手下の一人が進み出てきて、青伊のそばに膝《ひざ》をついた。その手下が注射器とアンプルを持っていることに気付いて、狩野は息を呑《の》んだ。

「それは――」

注射器の中が、アンプルから吸い出した透明な液体で満たされていく。その時初めて、青伊の瞳が揺れた。

「淫売にくれてやるのはもったいねぇ極上もんだ。ようく味わえよ」

「……や……っ」

青伊の首筋を、つ、と汗が滴《したた》っていく。冷たい雫を追い駆けるようにして、無機質な注射器の針が翳《かざ》された。髪を振り乱して抵抗を始めた青伊を、手下たちが押さえつける。

「まさか、ヘヴンか…っ。一之瀬、やはりお前たちがそのヤクを流していたんだな！」

「ああ、そうさ。ヘヴンは即効性の高いセックスドラッグ。『ＭＩＳＴ』の客たちから火がついて、瞬く間に街じゅうに流行した。おかげで桁違《けたちが》いの儲けになったぜ？」

「……ふざけるな……。何が儲けだ、人を食い物にしやがって……っ」

「ヤクと女は金になる。てめぇらサツが保護した女どもも、ヤク漬けにして売り飛ばすはずだった。それを、この馬鹿が格好つけやがって、身代わりに自分に打てと言い出したのさ」

「何だと——!?」

青伊にヘヴンを打ったのは、彼の飼い主の陣内ではなかった。保護されたホステスたちのことを、青伊がとても気にかけていた意味がやっと分かる。しかし、彼女たちを守った代償は、あまりに大きかった。

「こいつはもうとっくにヘヴン中毒だ。俺がそうした。残念だったな、クソ刑事」

注射器の針が、青伊の首の付け根に深く刺された。彼の禁断症状は少しずつ快方へ向かっていたのに。治療を無にするヘヴンの毒が、悪意とともに青伊の体内を侵食していく。

「……う…、う、……あァ……っ」

「青伊!」

凌辱にさえ耐えていた彼が、体を震わせて苦しみ出した。瞳孔《どうこう》が開き切り、息を乱して、汗ばんだ頬を床に擦り付けている。手下が放り投げた注射器が、遠いどこかで砕けて散った。

「夜は長ぇんだ。俺たちを楽しませろ」

欲望に塗れた囁きとともに、一之瀬が律動を再開する。のた打ち回って抗う青伊は、さっきまでの人形ではなかった。

「や……、いや——! いや、だ……っ」

一之瀬が腰を突き上げるたび、壊れたように青伊の体が跳ねる。

ぐちゃぐちゃに体内を捏《こ》ね回されながら、拒絶の声を上げていた青伊の唇は、次第に半開きのまま閉じられなくなっていった。

「ひ…っ、あ、あぁ……！」

「青伊……青伊！」

「…は…っ、はぁ……、あ――、んあぁ……っ」

青伊の腰が、彼の意思とは無関係に揺れた。一之瀬の屹立を誘い込むように、尻の窄《すぼ》まりがひくつき、勝手に淫《みだ》らな水音を立て始める。

「ハハッ！　もう効いてきた。すげえ…っ、こいつのナカ、呑み込まれる――」

「やめてくれ！」

ゴリ、と後頭部に銃口の硬さを感じながら、狩野は叫んだ。

「たまんねぇな…っ、お前、嬉しそうに絡み付いてんじゃねぇよ」

粘膜をめくり上げるめちゃくちゃな犯し方で、一之瀬は青伊を玩弄《がんろう》した。見物している手下たちが、自分の順番は今か今かと舌なめずりをしている。バンッ、バンッ、と尻の奥を穿《うが》たれるたび、青伊の短い吐息が漏れる。ヘヴンの効果が大きくなるに従って、その吐息に明らかな悦楽がこもった。

「ふっ、んん…っ、んっ！　ああ……っ！」

「……ゲス野郎が……！」

「刑事さんが羨《うらや》ましそうに見てるぜ？　ええ？」

「あぅ、んっ、…うう、う……っ、はあっ、あっ、あっ」

「こいつも仲間に入れてやるか？　女みてぇなお前のここに、デカいのをぶち込んでもらうか？」

四つん這いのまま、ぶるっ、と青伊は全身を震わせた。一之瀬の下卑《げび》た笑みが深くなる。

「へ、へへっ、この淫乱が。そんなに締め付けんな――。刑事さんにもサービスしてやれよ。どうせ俺の一本じゃ足りねぇんだろ？」

一之瀬の合図とともに、手下に取り押さえられていた狩野は、力尽くで立たされた。近くにあった長椅子へと引き据えられ、血と汗が滲んだこめかみに、銃口を突きつけられる。

「そら、こいつを殺されたくなきゃ、しゃぶってやれ」

一瞬、狩野は自分の耳を疑った。ヘヴンに侵され、動物のように腰を振っていた青伊が、狩野の方を見上げる。青伊の口角から溢れた涎《よだれ》が、この間見た、彼の母親の姿を思い出させた。

「…かの……」

淫らに蕩《とろ》けた彼の瞳に、拳銃で脅された自分の姿が映り込んでいる。こんなにそばにいるのに、彼を救えない自分が情けなかった。

「青伊――、…うぐっ、んんっ！」

やめろ、と叫ぼうとした口に、後ろから猿轡《さるぐつわ》を噛まされる。声を失い、暴れる足の間に、青伊が奴隷のように跪く。

「かの。……かの」

「んぐっ、んーっ、うう…っ！」

かちゃかちゃと、唇と歯でバックルを引っ掻きながら、青伊は狩野のベルトを緩めた。舌の先でスラックスの奥を探られて、思わず全身が総毛立つ。顔を背けることさえ許されずに、こめかみにめり込む銃口を、狩野は呪《のろ》った。

「早く咥《くわ》えろ。この刑事が死んでもいいのか？」

今この瞬間も、ずちゅっ、ぐちゅっと、青伊を犯す水音が、絶え間なく鳴り響いていた。誰か、どうかこの耳を塞いでほしい。心の中で哀願した狩野を、足の間から青伊は見上げた。

「ごめん。おまえを、まきこんだ」

「……っ？」

「こうなる、のが、こわかった。ず、と、まえ、から、こわかった」

「むぐ…っ、うぅーっ」

「まもる、から。——おれが。かの、は、しなせない」

消え入るような声で囁いてから、青伊は濡れた唇で、狩野の下着の奥を掻き分けた。萎《な》えていた中心をひといきに咥えて、スラックスの外へと引き摺《ず》り出す。

（どうして）

頭の中を白くしながら、狩野は、自身が青伊の唇に呑まれるさまを見下ろした。口腔で生き物のように動く彼の舌と、熱く圧迫してくる頰の裏。じゅぷん、と強く吸われて気が遠くなる。

「ハハッ！　びびってあれが縮こまってら。刑事がざまァねぇな！」

悪辣《あくらつ》な嘲笑《ちょうしょう》の中、狩野はおもちゃのように顔を殴られ、猿轡の奥で血を吐いた。

青伊をさんざん弄んでいた一之瀬が、彼の体の奥から怒張した雄を引き抜いて、尻の上に薄汚い精液を撒き散らす。青伊は貪婪《どんらん》に腰をくねらせ、次の屹立を誘った。

「ああ……っ。いや……、ぬいたら、いや。――もっと、いれて、おおきいの、もっと」

「完全にヘヴンが回ったか。お望み通りにしてやるよ」

輪姦《りんかん》の番を待っていた一之瀬の手下が、先を争いながら、獣のように猛《たけ》ったそれを、再び青伊の中に突き入れた。

「ひぃ……っ！」

細い悲鳴が、狩野を心の底から憤らせる。青伊を助ける方法を探して、懸命に暴れていると、足の間から見上げる彼と視線が合った。

ほんの一瞬、狩野に焦点を合わせたその瞳は、濁ってはいなかった。ヘヴンに蝕まれているはずなのに、青伊は僅《わず》かに首を振って、暴れるな、と合図をしているように見える。

（青伊、お前――？）

は、と狩野が動きを止めると、青伊はそれきり瞳を閉じて、再び快楽を貪る姿を曝《さら》した。

「はあっ、んっ、ああ…っ、んぅっ、あ、んっ、んんっ、おっきい、あああ…っ」

「くあ…っ、何だこいつ――、やべ…っ、締まる……っ！」

「も、と、……もっとして……、ひどく、して。きもち、いい、いいよう……っ」

「おい、口がお留守《るす》だぜ。刑事さんを放って、自分だけ気持ちよくなってんじゃねぇよ」

「……ごめ、ん、なさい」

ぴちゃぴちゃと、猫がミルクを飲むように狩野の中心を舐《な》め上げてから、青伊はそれをもう一度頬張った。

「んん…っ、――うう、うぐっ、んっ」

「こいつをいかせたら、ヘヴンをまた打ってやる。お前にご褒美だ」

「ほ、ほし、い、なんでも、するから……、うって。もっときもちよくして……っ。んむっ、んっ、は、ふ、……んく、んうっ」

淫売そのものの、媚《こ》びた声で啼いてから、青伊は口淫を続けた。ねっとりと絡み付く青伊の舌の柔らかさが地獄なら、オスを誘い尻を振り立てる姿を目の当たりにするのも、地獄だった。地獄と地獄に体と心を引き裂かれながら、狩野は目の奥を熱くした。

（……青伊、同じだ……あの時と……）

打ちひしがれた脳裏に、十二年前の、無力感に襲われた光景が蘇《よみがえ》ってくる。あれは青伊が

行方《ゆくえ》不明になった日だ。母親の愛人だった男に、青伊は自分からキスをねだっていた。制服の体を男に擦り寄せて誘惑していた。媚《こび》を売っているように見えた、あの時の青伊のそばには、男に叩き伏せられて血を流していた自分がいた。

（お前、あの時、俺を助けようとしたのか。俺を守るために、あのヤクザに……っ）

青伊の意図を知らずに、キスに逆上して、狩野は男を半殺しの目に遭わせた。ヤクザを痛めつけておいて、ただで済むはずがない。青伊は狩野が報復されないように、男と母親を連れて、その日のうちに行方を晦《くら》ましたのだ。

何故、こんな大事なことに、今まで気付けなかったのだろう。十二年前のあの時、青伊の盾になったつもりで、本当に守られていたのは狩野の方だった。

今もまた、青伊は自分が傷付くことも厭《いと》わずに、一之瀬たちへ体を投げ出している。救いの手一つ伸ばせない、青伊の名すら呼べない狩野のために、懸命に舌を動かしている。

（馬鹿野郎。どうしてあの日、一言も俺に、言ってくれなかったんだ）

狩野は慟哭《どうこく》した。猿轡に声を奪われたまま、誰よりもいとおしい青伊を思って泣いた。血と混じって流れ落ちる、自分の涙の後を追うようにして、上半身を屈《かが》める。足の間で揺れている青伊の髪に、自分の前髪の先を触れさせて、狩野は許しを乞《こ》うた。

（すまなかった。もういい。もうやめろ、青伊）

今すぐ撃たれてもかまわない。こめかみを弾丸が貫き、脳漿《のうしょう》が飛び散っても、お前が助かるならいい。醜《みにく》い死にざまを曝して、一之瀬たちが嘲笑している間に、お前が逃げる時間を作れるならそれでいい。

「かの——」

青伊が不意に顔を上げて、涙に濡れた狩野の頬へと、自分の頬を擦り寄せてくる。

(青伊)

互いに両腕を拘束された、傷付いた野良犬と野良猫が、ぎこちなく温もりを確かめ合う。

しかしその触れ合いは、一瞬の出来事で終わった。一之瀬が青伊の髪を鷲摑み、狩野から引き離したと同時に、手下たちの持つ拳銃が二人に狙《ねら》いを定めた。

「何を雰囲気出してんだ、お前ら」

「ひ、あ……っ」

「ううーっ!」

青伊、青伊、と叫ぶ声が、ただの呻《うめ》きに変わって、狩野の足元に落ちていく。膝立ちになった青伊の腿の内側に、男たちの凌辱の残滓が白く滴った。

「もう、しない、の? ごほうび、まだ——?」

「その前に、こっちの用を済ませろ。お前が『MIST』から盗んだブツはどこだ」

「……わからない。しら、ない」

「てめぇ!」

一之瀬の怒号が室内に響き渡る。真夜中に繰り広げられた凶行が、突然、一発の銃声によって幕切れした。

「ッ！」

どこかから放たれた銃弾が、天井の蛍光灯を砕き、それとともに暗闇が訪れる。待合室のドアが外から蹴破られるのを、狩野は視界が途切れる寸前に見た。

室内に雪崩《なだ》れ込んでくるたくさんの人影と、床を踏み鳴らす足音。投げ込まれた催涙《さいるい》ガスの煙が、狩野の鼻と目を刺激する。

「警察だ！　『ＭＩＳＴ』の逃亡犯だな、全員武器を捨てて跪け！」

「くそっ！」

いくつかの銃声が聞こえた後、ガシャン、と窓ガラスの割れる音がして、一之瀬と数人の手下が逃走を図った。

「逃げたぞ、追え！」

「出入り口を塞《ふさ》げ！　残りを取り押さえろ！」

逃げ遅れた者は制圧され、ガスがもうもうと立ち込める中、マスクをつけた急襲班の隊員によって捕縛されていく。

（青伊……っ）

狩野は真っ暗な床を這いずりながら、青伊を探した。しかし、武装した隊員に体を抱えられ、待合室から退避させられて、青伊のところまで辿り着けなかった。

「狩野！　大丈夫か⁉」

ビルの外にいた春日が、運び出された狩野へと駆け寄ってくる。隊員に猿轡と手錠を外させた狩野は、激しく咳《せ》き込みながら、待合室へ戻ろうともがいた。

「狩野…っ！　駄目だ、お前は重傷だ。動くな」

「な、か、に、まだ、青伊、が」

「――無理だよ。彼はもう、お前の手を離れてしまった」

春日の沈痛な呟きが、狩野の耳を震わせた。

急襲班に誘導されて、たくさんの捜査員たちがビルから出てくる。藤枝や、狩野が毎日捜査本部で顔を合わせている同僚が、手錠をかけた逃亡犯たちを連行していく。

（一之瀬がいない）

霞《かす》んだ両目を凝らしても、凶行を続けたあの男の姿はなかった。

通りに停まっていた警察車両まで続く、捜査員の列の中に、担架に乗せられた青伊がいる。奇妙なほど静かで、無言のまま進むその列を、狩野も声もなく見つめた。

「狩野、すまない。お前たちを助けるためには、警察に通報するしかなかった。俺が外出した隙《すき》に、奴らは院内を占拠して、青伊くんを――」

白衣の裾を両手で握り締めて、春日は唇を噛み締めた。捜査員とともに青伊を乗せた救急車が、通りの向こうへと去っていく。

「青伊」

彼を追おうと、駆け出そうとした狩野の前に、上司が立ちはだかった。静かな、それでいて憤怒《ふんぬ》をたたえた顔で、彼は狩野をねめつけている。

「一之瀬他、二名を取り逃してしまった。非常に残念だ」

「……松木課長」

主犯を含めて、複数の容疑者を逮捕できなかったのは、警察側の大失態だ。その責任の多くは狩野にある。

「担架の男は、このまま本部に連行する。お前は警察官としての義務を怠った。どういうことか分かっているな」

「はい――」

「本件の重要参考人を隠匿《いんとく》したことを、説明してもらわなければならん。狩野巡査部長、我々に同行しろ」

上司の手が、容疑者を連行する時のように、狩野のスラックスのベルトを掴む。警察車両の赤いランプが点滅する中、狩野は傷付いた体を夜気に曝して歩いた。自分の進む先が、誰にも許されない荊《いばら》の道だということは、もうとっくに知っていた。

5

「重要参考人Aこと、矢嶋青伊について、お前の知っていることを全て話せ」

狩野が入院措置を受けた警察病院の一室に、松木課長の低い声が響いた。ベッドの周りを囲んだ捜査員たちは、そこに横たわる狩野に、冷ややかな視線を浴びせている。

「……何度も言いました。矢嶋は自分の編入先の高校で、一ヶ月ほど同じクラスになった同級生です。友人のような関係でしたが、彼が失踪《しっそう》したことで、長い間関係は断たれていました」

花井医院を占拠した『MIST』の逃亡犯たちを、警察が急襲してから、二日が経っていた。五名の逃亡犯のうち、二名は逮捕されたが、一之瀬征雄と残りの二名は、捜査をかいくぐってまた行方を晦ましている。

自由の身だったら、このベッドを飛び出して、青伊を貶《おとし》めた一之瀬たちを追跡しに行くのに。常に見張りの警官を置かれて、病室の出入り口を固められている狩野に、そうすることは不可能だった。

「『MIST』から逃亡した矢嶋を、いつ、どこで発見した」

「――――」

「何を黙っている。答えろ」

「矢嶋は逃亡犯ではありません。今回の事件の被害者です。本来なら、参考人と呼ぶのもふさわしくない」

「お前の見解を聞いているんじゃない。お前が矢嶋を匿っていたことについて、事実を述べろと言っているんだ」

「……彼は一之瀬征雄容疑者らに暴行を受け、高校在籍時の居住地で発見した時は、瀕死《ひんし》の状態でした。課長。人命救助が罪になるのなら、自分を逮捕してください」

「いい加減にしないか。人命救助は、矢嶋を出頭させなかった理由にはならない。お前の浅はかな行動のせいで、捜査本部全体の信用を損ねたんだぞ。少しは身内のことも考えろ」

「そうですよ、先輩！　俺…っ、警察学校の時から先輩のことを尊敬してたのに。何で俺たちを裏切るようなことをしたんですか！」

ベッドのすぐ脇《わき》に立っていた藤枝が、半泣きの顔で怒鳴った。

かわいい後輩を傷付けても、上司や同僚たちから針のむしろの扱いをされても、青伊を匿っていたことを後悔はしない。

「藤枝。十二年前に失踪した彼を、探し出すことが、俺が刑事になった目的だ。目的を達成した後のことは、想像したこともなかった」

「先輩――、何ですかそれは。やめてくださいよ。俺たちをこれ以上失望させないでください！」

「……悪かったとは思う。だが、自分のしたことを後悔はしていない。刑事でいたかったら、お前は、俺のようにはなるな」

「先輩……っ！」

両目に涙を浮かべている藤枝から、上司へと視線を戻して、狩野はゆっくりと体を起こした。

「課長。矢嶋は一之瀬にヘヴンを投与されて、衰弱しているはずです。治療は受けているんでしょうか」

左腕に繋《つな》がっていた点滴の管が、狩野の動きに合わせて揺れている。体じゅうに外傷を負い、倦《う》んだ熱に包まれていても、頭の中にあるのは青伊のことだけだった。

「立場を弁《わきま》えろ、狩野。今のお前に、重要参考人の情報は流せん」

「っ…」

「とは言え、その情報自体、我々はほとんど把握していない」

「どういう、ことですか」

「矢嶋の身柄は、例の特別チームが本庁に持ち帰った。漏れ聞いた話では、矢嶋はカンモクしているようだが」

「彼が完全黙秘を――」

「奴はいったい、何者なんだ。我々の手の届かないところで、本庁のチームは何を探っている？」

「…………」

「お前と矢嶋が、一之瀬たちに監禁されている間、気付いたことはなかったか。矢嶋は『MIST』の一件の何を握っているんだ」

「先輩！　俺たちに確かな情報をください！　ここにいる全員に、悪いと思ってるなら、口を閉ざさないでください！」

「――すまない。藤枝。俺が話せることは何もない」

「どうしてですか、先輩。俺たちは矢嶋青伊の経歴を洗い直しました。あんな…っ、あんな、体を売って裏社会を生きてきた人間を、どうして庇《かば》うんですか」

「彼は犯罪の被害者だ。望んで体を売った訳でも、好きで裏社会に落ちた訳でもない」

「矢嶋は偽装結婚や名義貸しを繰り返し、虚偽の失踪宣告を受けて保険金まで下りているんですよ⁉　『矢嶋青伊』という人間は存在しないんです。死亡扱いになった、亡霊のような奴のために、先輩は刑事人生を棒に振るつもりですか！」

「藤枝！」

点滴の針を引き抜いて、狩野は激昂《げっこう》するまま、それを床へと投げ付けた。

「それ以上言うな。お前に彼の何が分かる」

はじめから、刑事の職務と青伊を乗せた狩野の天秤《てんびん》は、青伊の方に傾いている。青伊が抱えてきた闇を、結果だけで判断して罵倒《ばとう》してほしくない。

「彼は生きて、現実に存在している。保護されるべき人間だ」

「先輩、目を覚ましてください」

「目を覚ますのはお前の方だ、藤枝。こんなところで油を売ってる暇があったら、『ＭＩＳＴ』で監禁されていたホステスたちに、裏を取れ」

「裏――？」

「矢嶋の顔写真を見せて証言を取って来い。彼女らを助けるために、矢嶋は自ら身代わりになって一之瀬たちに暴行された。過去の経歴がどうでも、書類上死亡していても、彼が『ＭＩＳＴ』の人身売買を止めようとしたことは事実だ。俺たち刑事に必要なのは、目の前のこの事実だけじゃないのか！」

藤枝のシャツの胸倉を摑んで、狩野は叫ぶように言った。同僚たちの制止する手が、まだ生傷のある狩野の腕に食い込んでくる。

すると、コンコン、とドアをノックする音がして、一触即発の張り詰めた空気が揺らいだ。

「服務規定違反を犯しておいて、随分偉そうな言い草だな」

ドアを開けて入ってきたのは、本庁の特別チームの刑事たちだった。青伊を取り調べているはずなのに、何をしに来たのだろう。狩野は思わずベッドの上で身構えた。

「それほどの講釈が垂れられるのなら、体の方は癒えただろう。狩野巡査部長、今から本庁へ来てもらう。矢嶋の件で出頭命令だ」

「……はい」

「待ってくれないか。狩野は今、我々が事情を聞いている最中だ。まだ彼が矢嶋を隠匿していた理由すら聞き出せていない」

「理由なら既にこちらで把握している」

本庁の刑事はそう言うと、驚いて顔を見合わせている課長たちに、一台の携帯電話を見せた。透明な袋に入れられていたそれは、花井医院で逮捕した『ＭＩＳＴ』の逃亡犯が持っていた証拠品だった。

『青伊！　そいつを離せ……！』

『刑事さんがああ言ってるぞ。おい矢嶋、どうする？』

『……』

『たいした奴だぜ、お前は。まさか刑事まで誑し込むとはなぁ。地下室で監禁とは恐れ入る。あいつにたっぷりかわいがってもらったのか、ええ？』

花井医院での凶行の一場面が、動画として携帯電話に残されていた。後で脅迫のネタにできるとでも思ったのか、あの場にいた一之瀬の部下の一人が撮影していたのだ。

『矢嶋。奴を殺されたくなかったら、盗んだブツを渡せ』

今もなお逃亡している一之瀬の声が、病室の中に重たく響く。動画が続く先に起こる青伊の苦難を、誰の目にも触れさせたくない。携帯電話を奪おうとした狩野の手を、本庁の刑事が無情に払った。

『……一之瀬店長。彼は、無関係だ』

『淫売の言うことなんぞ信じられるか。奴はお前のイロなんだろう？』

『刑事と寝る趣味はない――』

『いい加減にしねぇか。シラを切り通すつもりなら、お前のこの体に聞いてやる…っ』

『青伊！　よせ……っ、そいつに手を出すな……！』

見るに堪えない動画が、課長や同僚たちの目の前で白日のもとに曝される。セカンドレイプの苦しみを背負い、狩野は掌に爪《つめ》の痕が残るほど強く両手を握り締めて、青伊の輪姦と自分の慟哭が記録された動画から、顔を背けた。

「す…、すまないが、もう止めてくれないか。むごい動画だ。気分が悪くなる」

「松木課長。これはあなたの子飼いの部下を襲った悲劇だ。こんな凶悪犯に狙われると分かっていれば、刑事の職務を忘れて矢嶋を隠匿したくもなるだろう。狩野巡査部長にとって、どうやら彼は、何にも代えがたい存在のようだ」

たっぷりと含みを持たせた言い方をして、本庁の刑事は狩野の方を見た。その蔑《さげす》み切った目。暴かなくてもいい狩野の青伊への感情を暴いた、ホモフォビアの傲慢な笑み。狩野の背筋に、寒気が走った。

（この刑事と、一之瀬たちには、何の違いもない、やっていることは同じだ）

煮え滾《たぎ》る感情を押し殺し、心を冷たい氷で覆って、狩野は無表情を作り続けた。自分は何をされても、何を言われてもいい。青伊がこれ以上傷付かないでいられる方法を、狩野は心の中で模索した。

「松木課長、あなたに部下を尋問させるのは心苦しい。狩野巡査部長はこちらで預かろう」

「しかし――」

「課長。俺はかまいません。出頭命令に応じます」

納得していない課長を横目にしながら、狩野はベッドを下りた。

本庁には青伊がいる。傷付いた体で、一人で心細い思いをしているかもしれない。少しでも彼の近くへ行きたくて、狩野は入院する前に着ていたスーツに着替え、本庁の刑事たちとともに病室を後にした。

「狩野先輩！　さっき言い過ぎたことは謝ります……！　先輩は今も刑事だと、信じてもいいんですよね！」

廊下まで追い駆けてきた藤枝が、痛む体を庇《かば》いながら歩く狩野を、哀切な声で呼んだ。後輩を振り返る権利すらない気がして、黙ってエレベーターで一階に下り、狩野は駐車場に停まっていたパトカーに乗り込んだ。

出頭命令に応じた狩野は、警視庁本庁ではなく、管轄の留置施設へと連行された。そこには様々な犯罪で逮捕勾留《こうりゅう》された被疑者たちがいて、独居房のような狭い一室に、青伊も入れられていた。

「どういうことですか、これは――」

鉄格子の向こうで、青伊が手足を縮めるようにして倒れている。彼のそばには毛布の一枚もなく、着ているものは、花井医院から担架で運び出された時のままだ。

「今すぐ出してやってください。彼は参考人のはずです。これではまるで被疑者扱いだ」

「つい今しがた、彼にも逮捕状が出た。彼は『ＭＩＳＴ』の一件の共犯として、今後我々が徹底的に聴取する」

「そんな…っ。彼をまず、適切な医療施設へ送ってください。お願いします」

勾留中でも、医療行為は認められているはずなのに、何故だか本庁の刑事は首を振った。

「我々も上に掛け合ったが、許可が下りなかった。何せ彼は、死んだことになっている亡霊だ。亡霊をどうやって治療するんだ？」

「くそ――」

ふ、と嫌な笑みを浮かべてから、その刑事が拳で鉄格子を叩いた。

「矢嶋青伊、起きろ。お前に面会だ」

冷たく硬いコンクリートの床の上で、青伊が身じろぎをする。ひどく乱れた呼吸音と、定まらない瞳の焦点。青伊にヘヴンの禁断症状が出ていることは明らかだった。

(快方に向かっていたのに。またふりだしに戻ってしまった)

狩野は悔しさでぎりぎりと奥歯を噛み締めながら、青伊と目線が同じになるように、鉄格子の前に跪いた。

「青伊。俺だ。分かるか?」

狩野のことをうまく認識できないのか、青伊は不安そうに首を振って、汚れた服の胸元を握り締める。彼の体が小刻みに震えていることに気付いて、狩野は自分の上着を脱いだ。

「すみません、これを、彼に」

「許可できない」

「だったら、俺をこの中に入れてください」

「それも認められない」

亡霊には最低限の人権すらない、と、暗に釘《くぎ》を刺された気がした。狩野は仕方なく、上着を床に置いて、青伊を呼んだ。

「動けるか、青伊。こっちへ来るんだ。お前の顔を、近くで見たい」

「……」

「青伊、俺だよ、狩野だ。怖くない。何もしないから――こっちへおいで」

鉄格子の隙間から手を伸ばした狩野に、ひゅう、と下衆《げす》な口笛が浴びせられる。

「涙の対面だ」

「彼氏が来てくれたぞ、メス猫」

本庁の刑事たちの、低俗な冷やかしの声が、狩野の耳に突き刺さる。今ここにいる彼らは全員、あの証拠品の動画を見たのだろう。むごいと顔をしかめ、衝撃を受けていた松木課長に比べて、彼らは冷酷だった。

刑事たちの嘲笑が響く中、青伊が這うようにして鉄格子へと近付いてくる。狩野が懸命に伸ばした指の先に、やっと、青伊の手が触れた。警戒させないように優しく撫で返すと、混濁した瞳を瞬《しばたた》かせて、彼は狩野を見上げた。

――ごめん。

青伊の唇が、確かにそう動く。禁断症状で異常に発汗した手に、狩野の手を包んで、彼はもう一度、ごめん、と声を出さずに言った。

(青伊。俺のことが分かるのか。どうして謝るんだ。俺はお前を助けられなかったのに)

自分の温もりを分け与えるように、ぎゅう、と狩野は青伊の手を握り返した。冷え切った彼の肌に、痩せ細った指先に、涙が出そうになる。

「刑事とチンピラの不適切な関係か――。マスコミが飛びつきそうなネタだな」

「何とでも言えばいい。自分は、恥じ入るようなことはしていません」

「男どうしの純愛だとでも言いたいのか？　愚かな君に同情を禁じ得ないが、花井医院で撮影された動画には、気になる点が一つある。矢嶋が『ＭＩＳＴ』から重要な何かを持ち出したという、可能性だ」

確かに、あの監禁中に、一之瀬はしきりに青伊を脅していた。『ＭＩＳＴ』から盗んだものを返せ、どこにあるんだ、と、執拗《しつよう》なほど何度も声を荒げていた。

「狩野巡査部長、矢嶋を尋問しろ。彼に、何を持ち出したのか吐かせるんだ」

氷のような声で放たれた命令を、狩野は無言で受け止めた。尋問なんかしたくない。鉄格子から出して、もっと暖かい場所で、早く青伊を休ませてやりたい。

「うう……っ……」

「青伊？　……青伊！」

青伊は急に手を離して、自分の頭をぐしゃぐしゃに撫《な》で回し、床に突っ伏した。彼の体じゅうがひどく痙攣《けいれん》し始め、見る間に容体が悪くなっていく。

「医者を呼んでください。先にヘヴンの治療をしてやってください！」

「くだらない要求をする前に、刑事の職務を遂行しろ」

狩野の叫びを、本庁の刑事たちは笑いながら一蹴した。狩野は唾棄《だき》しながら、精一杯の力で青伊を自分のそばへと手繰《たぐ》り寄せ、震えている彼の耳元に囁《ささや》いた。

「青伊。よく聞け。お前が知っている『ＭＩＳＴ』の情報を、全部話すんだ。お前はあのクラブで行われていた犯罪を知っていた。その証拠になるものを、持っているんじゃないか？」

ぶるぶるっ、と青伊は首を振った。両手で自分の体を抱き締めて、二の腕を激しく掻き毟っている。

「青伊、お願いだ。お前を助けるためだ。正直に全てを話せば、当局はきっとお前を悪いようにはしない。お前は楽になっていい。苦しまなくていいんだ」

しかし、青伊は頑《かたく》なだった。紫色になった唇を噛み締めて、重傷化した禁断症状に耐え続けている。

（こんなに苦しんでまで、お前は口を閉ざしたいのか。お前が『ＭＩＳＴ』から持ち出したものは、それほど重要なものなのか――）

違う。青伊が何も語らないのは、自分が語ることで、不利益になる人間がいるからだ。青伊はその人間を守るために、虫の息で口を閉ざしている。

（あの男の、ためだ。陣内鷹通を守るために、お前は）

青伊が『ＭＩＳＴ』から持ち出したものは、オーナーの陣内鷹通の犯罪の証拠に他ならない。狩野は薄れかけていた記憶の中から、青伊が言った、一つの言葉を思い出した。

（そうだ…。陣内に渡すものがあると、お前は言っていた。『ＭＩＳＴ』からそれを持ち出

したお前は、俺に発見されてからもずっと――ずっと、あの男のもとに帰りたがっていた）

狩野の心の奥底に、いつかの敗北感が蘇ってくる。陣内鷹通は、青伊の飼い主。青伊が唯一、信頼をしている男だ。

「青伊……」

汗と埃で汚れた青伊の髪に、狩野は指を梳き入れた。

勝てない。自分では、陣内に勝てない。どれほど青伊を想っても、青伊の心の中にいるのは、自分ではない男なのだ。

それならどうして――。狩野は、敗北感に心を炙《あぶ》られながら、疑問を一つ口にした。

「『ＭＩＳＴ』がガサ入れされた時、お前は何故、飼い主のもとへ逃げなかった。どうして、昔住んでいたあのアパートに逃げたんだ」

狩野があのアパートを捜索したのは、直感としか言えない。あそこに行けば、青伊に会える気がした。そしてそれは、本当に叶《かな》った。

まっすぐに陣内のところへ逃げていれば、青伊はこんな風に苦しまずに済んだ。警察に追われることもなく、一之瀬たちから辱《はずかし》められることもなかった。

「……青伊、お前が捜査に協力してくれたら、自由の身にしてもらえるように、上に相談しよう。お前の好きなところへ帰してやる。どこへでも、行きたいところへ行っていい」

不意に、青伊の痙攣が小さくなった。今の言葉を聞き返すように、彼は見開いた赤い瞳で、じっと狩野を見つめている。

「言ってみろ。青伊。俺がちゃんと、そこへ送り届けてやるから」

敗北者の狩野にできることは、青伊の望みを叶えてやることしかなかった。身を切るような嫉妬より、青伊を自分だけのものにしたい身勝手な独占欲より、大事なことがある。

子供の頃から誰かに飼われて、心も体も奪われ続けてきた青伊に、自分くらいは、自由を与えてやりたかった。

「俺のことを信じてくれ」

「かの……」

自分の名を呼ぶ青伊へと、狩野は優しい微笑みを浮かべて頷《うなず》いた。

束《つか》の間の再会だったとしても、これで二度と青伊と会えなくなるのだとしても、もういい。

鉄格子のこちら側へ出て、陣内のところへ帰りたいなら、帰るといい。

「お前はどこへ行きたい。教えてくれよ、青伊」

「――行きたいところなんて、ない」

「青伊」

「おれ、には、高一の……夏のほかは、何もない」

「お前……」

「今でも、夢に見る。お前と、であって、わかれた。あの夏が、忘れ、られない」

あの夏。高校一年の、うだるように暑く、短い夏が、狩野の脳裏を掠めていった。アパートの押し入れで青伊の耳を塞ぎ、彼を強く抱き締めた時から、ずっと、ずっと愛している。

「馬鹿野郎。あんな――くそ暑い夏がいいのか。俺と同じじゃないか。あの夏に、お前を見失ってから、俺はずっと、お前を探してたんだから」

狩野、ともう一度、青伊は名前を呼んだ。

彼の見開いたままの瞳から、感極まったように涙が溢れ落ちる。驚く狩野へと、その涙を拭いもせずに、青伊は両手を伸ばしてきた。

「あお、い」

思いの外《ほか》強い力に引き寄せられて、狩野は視界に大写しになった青伊の顔に、意識を奪われた。――唇に、柔らかい何かが触れている。鉄格子を越えて、青伊が狩野の服を摑み、キスをしている。

絶句した刑事たちの前で、狩野もまた、思考停止に陥っていた。青伊が触れた唇と、口腔へと潜り込んでくる彼の舌だけが、ただ熱い。

「な…っ、何の真似だ、貴様らは！」

「やめないか…っ！　離れろ！　狩野巡査部長！」

たくさんの怒号が、静寂していた留置場の一室に響き渡る。我に返った刑事たちに引き剝がされる寸前、狩野の舌の上に、小さく硬い異物が乗せられた。

いったい何が起きたのか分からない。まるで思いの丈をぶつけるように、狩野に濃密に舌を絡めて、青伊が吐息する。

(青伊……っ⁉)

あっという間のキスを解いた青伊が、鉄格子の遠く向こうへと後ずさりしていった。最後の力を振り絞ったのか、彼は、こく、と狩野へと頷いて、また元のように床に蹲る。

(青伊、お前)

キスの余韻が残る舌から、漣《さざなみ》のような震えが広がっていく。狩野は羽交い絞めにされながら、青伊が口移しで寄越したものを、誰にも気づかれないように頬の奥へとしまい込んだ。

「狩野巡査部長、君に尋問を任せたのは失敗だったようだ」

「——申し訳ありません」

「まったく…、なんて無様な。面会は終わりだ。始末書の一枚でも書いてもらうぞ」

「はい。……その前に、手洗いに行かせてください。顔を濯《すす》ぎたい」

「早く済ませてくれよ。こっちはお前たちの爛《ただ》れた行為に付き合ってなどいられないんだ」

青伊の前から追い立てられ、狩野は厳しい監視を受けながら、留置場の外の通路を歩かされた。その途中にあったトイレの、窓のない個室に身を寄せて、やっと一人きりになる。

(青伊、あそこから出してやれなくてすまない。お前が俺に託したものは、絶対に無駄にはしないから)

口の中から掌の上へ、慎重に取り出したのは、薬のカプセルに似た物体だった。青伊はこれを、きっと歯の奥に仕込んでいたのだろう。緊張した指でカプセルを開いてみる。

（何だこれは）

精密機械の一部のような、極小のチップを見つめて、狩野は唇を震わせた。

（こんな小さなもののために、お前は、命を懸けて『ＭＩＳＴ』から逃げたというのか）

青伊が守り通すはずだった、秘密の全て。彼はそれを、陣内鷹通にではなく、狩野に預けた。いったい何故？　このチップは何だ？　青伊の行動には重大な真意があるはずなのに、キスの名残《なごり》が狩野の体じゅうをまだ熱くしていて、うまく考えが纏まらない。

（青伊。初めてお前からしてくれたキスが、こんな形になるとは、思わなかったよ）

託されたチップを、掌の中に握り締めて、狩野はしばらく立ち尽くした。青伊にとっては、秘密を守る手段に過ぎなかったのだとしても、彼の唇の柔らかさを思い出して、眩暈を抑えることができなかった。

その日の夜、本庁で長い事情聴取を受けた狩野は、久しぶりに独身寮の自分の部屋へ帰った。飾り気のないドアを開けるなり、室内の荒れ果てた光景に言葉を失う。

（ここにも捜査の手が入ったのか）

青伊との関係を探るために、あるいは二人の共犯の可能性を見付けるために、部屋じゅうを調べたのだろう。

家探しをされた犯罪者の気分を味わいながら、家具の抽斗《ひきだし》という抽斗を開けられ、中身をぶち撒けられた床の上を歩く。片付ける気分にはとてもなれず、狩野はタオルと着替えの服だけを拾い上げて、バスルームへ逃げ込んだ。

捜査員たちが、隠し撮りのカメラや盗聴器を室内に仕掛けているかもしれない。同僚だった人間を疑い、そして彼らに疑われる現実に、狩野は疲労感を覚えて溜息をついた。

（天秤は片方しか選べないんだ。青伊の他に、俺の選択肢は最初からなかった）

狩野は上着の内ポケットに手を入れて、ハンカチに包んでいたチップを取り出した。何かのメモリーのようだが、市販品でない改造物らしく、このままの状態では携帯電話やパソコンには繋げられない。

鑑識や科捜研に、この手のハイテク機器に詳しい知り合いがいない訳でもない。しかし、彼らに調査を依頼すれば、たちどころにチップを押収されてしまうだろう。

（せっかく青伊が託してくれたものなのに。中身を確かめることもできないなんて）

もどかしさを覚えながら、狩野はバスルームの低い天井を仰いで、瞳を閉じた。

自分の乏しい知識ではチップを解析することはできない。刑事という立場にしがみ付いていたいなら、迷わずこれを、捜査本部に提出すべきだ。

（青伊）

物音一つしない、まるで世界が死に絶えたような静かな夜更け。この夜の下で、鉄格子の向こうに囚《とら》われたままの青伊のことを、狩野は想った。

彼はこれから立件されて、裁判を受けることになるかもしれない。もし罪に問われれば、長く刑務所に入ることになるかもしれない。

（また、お前と引き離されるのか。俺の前から、いなくなってしまうのか）

青伊が自由を得た後でなら、二度と会えなくなっても、それでいいと諦められるのに。彼を救いたいと願うだけで、空回りをしてばかりの自分は、いったいどうすればいい。

（いっそ、陣内鷹通を探し出して、こいつを渡そうか——）

そこまで考えて、あまりのプライドの無さに、狩野は後悔した。

青伊はこのチップを託して、狩野に采配《さいはい》を任せたのだ。お前の思う通りに使ってくれ、と、必死なキスで寄越してきたのだ。

「すまない。青伊。俺はまだ刑事なんだ。刑事の考え方でしか、立ち回れない」

チップを上着の内ポケットに戻して、それごと心臓を包み込むように、掌で強く押さえる。刑事としての最後のプライドで、頭に浮かんでいた陣内の顔を、狩野は無理矢理どこかへ追いやった。

バスルームの鏡に、蹴られた痕や、殴られた痕が残る体を曝して、熱いシャワーを浴びる。それから、足の踏み場もないほど荒らされた部屋で、狩野は眠れない夜を過ごした。

体は疲れ切っているのに、星のない夜空を見上げる瞳が、何時間経っても冴《さ》えている。青伊に毛布は与えられただろうか。少しは眠れているだろうか。彼のことばかり考えながら、空が白んでくるまで、狩野はベッドで息をひそめていた。

長く重苦しい夜が明けた、翌日の朝。食事代わりのインスタントコーヒーを飲んでいる最中に、部屋の電話が鳴った。本庁の監察官室へ出向くようにと、松木課長からの連絡だった。

『体の具合はどうだ。昨日は警察病院には戻らなかったんだろう』

「はい。傷口の方は、なんとか」

『本日付で監察官からお前に、処分が下されるはずだ。――力になれなくて、すまんな』

「課長。俺の首一つで、捜査本部の体面が保てるなら、それで十分です。迷惑をかけました」

『狩野…。お前の潔さが恨めしいぞ。優秀な刑事を失うのは痛手だ。この馬鹿者が』

「申し訳ありません。処分が確定したら、こちらから連絡します」

そっと受話器を置いて、狩野はマグカップの残りのコーヒーを飲み干した。

服務規定違反の上に、青伊を隠匿していた罪で、厳しい処分は免れないだろう。刑事になりたての頃から目をかけてくれた、懐の深い上司に心の中で謝罪しながら、狩野はスーツの上着を羽織った。

部屋を出て、エレベーターが完備されていない独身寮の階段を降りると、建物の出入り口に迎えの係官が二人立っていた。

(俺は、逃げも隠れもしないのに)

係官に両脇を固められ、黒塗りの車に乗せられた狩野は、処分の待つ警視庁本庁へと移送された。

本庁の監察官室は、独特の威圧感と緊張感が漂っていて、何度呼び出されても慣れるということはない。担当の清宮陸朗《せいみやりくろう》監察官のデスクの前に立ち、狩野は無表情で敬礼をした。

「清宮監察官。このたびは監察官のご期待に副《そ》えず、大変申し訳ありませんでした」

「報告書は読ませてもらった。とんだ失態を演じたようだな」

銀縁の眼鏡のレンズの奥から、清宮の静謐《せいひつ》な瞳を向けられる。十日ほど前、青伊を探せと密命を下した彼は、狩野の隠匿行為を把握した後も意外なほど冷静だった。

「ご叱責《しっせき》は覚悟の上です」

「君が私の命令に従わないことは、想定の範囲内だ」

「え…」

静かなままの清宮の瞳の意味を、狩野は量りかねた。心の中を読ませない彼に、じり、と胸の奥が焦《じ》れる。

「私は君の人事権に対して、直接裁定を下せる立場にある。申し開きがあるなら聞こう」

「……いえ。どんな処分でも甘んじて受ける所存です」

「殊勝な態度だな」

「その代わり、矢嶋青伊の逮捕状を取り下げてください。お願いします」

「君の懲戒処分と、被疑者の逮捕状が、等価だとでも思っているのか？　身の程を知れ」

「…っ」

すげなくそう言うと、清宮は腕時計で時刻を確かめて、椅子から立ち上がった。

「ついて来なさい。今日の監察官聴取は別室で行う」

「はい」

清宮とともに監察官室を出ると、狩野を本庁まで移送した二人の係官が、しんがりのように後ろをついてくる。清宮は無言で取調室が並ぶフロアへと下りると、係官をドアの外に立たせて、狩野を中へと促した。

「これは……」

壁の一角を大きく切り取ったマジックミラーの向こうに、青伊の姿を見付けて、狩野は思わず駆け寄った。所轄署と同じ造りの取調室。その隣室に置かれたパイプ椅子に、清宮がゆっくりと腰かけた。

「矢嶋青伊を、現在聴取しているところだ。君も見たいだろう」

青伊の取り調べを何故見せるのか、清宮の意図が分からない。清宮に探るような瞳を向けてから、狩野は青伊に視線を戻した。簡素な机の前で項垂れている彼。昨日と同じようにその瞳には力がなく、まだヘヴンの禁断症状が続いていることが分かる。

「青伊……！」

姿が見えているのに、触れられないもどかしさは、マジックミラーも鉄格子も同じだった。青伊を聴取しているのは、昨日留置場で彼を貶めていた本庁の刑事たちだ。その中の一人が、青伊の髪を乱暴に摑み、彼を机に叩き付ける。

『いい加減に吐いたらどうだ！』

『……』

『お前は自ら禁止薬物へヴンに手を出し、それを欲しさに「ＭＩＳＴ」で人身売買に加担していた！　そうだな⁉』

『お前は犯罪を隠蔽《いんぺい》するために、「ＭＩＳＴ」から証拠を持ち出したんだ』

『隠した証拠の在《あ》り処《か》を吐け！　黙っていたらもっと痛い目に遭うぞ！』

ガン、ガン、と何度も青伊の額を机に打ち付けるさまは、暴力に他ならない。狩野はマジックミラーを爪で引っ掻くようにして、凄惨な取調室の光景に吠《ほ》えた。

「明らかに違法な聴取だ！　今すぐ止《や》めさせてください！」

「この程度は所轄署の君たちも経験済みだろう」

「監察官！　彼らは曖昧《あいまい》な容疑で矢嶋を取り調べています。矢嶋に犯罪行為をした確固たる証拠はないんです。あの刑事たちを、暴行の現行犯で自分に逮捕させてください。刑事の不正を取り締まるのが監察官の仕事じゃないんですか！」

「――刑事の立場を忘れ、矢嶋青伊を隠匿していた君に、私に命令する権利があるのか？」

鋭い刃《やいば》のような清宮の言葉が、狩野に二の句を継げなくさせた。清宮もまた、青伊を人間扱いしない下衆たちと同類なのだろうか。監察官という高潔な職務を、狩野は信用できなくなりそうだった。

今この瞬間も、本庁の刑事たちは青伊の自供を取ろうと、ぐったりした彼の顔に煙草《たばこ》の火を近付け、脅迫している。怒りをぶつける場所を探して、狩野は固く握り締めた拳を、自分の腿《もも》に打ち付けた。

「君がおとなしく矢嶋を出頭させていれば、私のもとで、穏便な聴取ができたものを。君の判断ミスだ。厳しい処分は免れないぞ」

「俺のことは、どうだっていい…っ。刑事でなくなったら、隣の部屋に殴り込んで、あいつを助けられますから」

「それもまた、冷静な判断とは言えないな」

す、と痩身《そうしん》の足を優雅に組み替えて、清宮は狩野を見上げた。

「狩野巡査部長。懲戒免職か、刑事罰に問われて裁判で争うか、どちらかを選べ」

「っ…」

ついに清宮から処分が下される。彼が提示した選択肢のどちらを選んでも、狩野は刑事に戻ることはできない。懲戒免職は所謂《いわゆる》クビだ。警察組織の一員でいることすらできなくなる。

（何を迷うことがある。青伊を探して、もう一度会うために必要だった、刑事の職だ。もう目的は果たされている）

狩野は清宮の前で姿勢を正し、今日二度目の敬礼をした。

「懲戒免職を選びます。裁判で争う気はありません」

「賢明な選択だ。では、このまま沈黙して警察を去るか、私の役に立ってから去るか、今一度選べ」

「監察官の、役に――？」

「君は矢嶋青伊から、今回の一件の証拠を預かっているだろう。それを提出しなさい」

ざわっ、と狩野の背中が総毛立った。そんな馬鹿な。清宮が青伊から託されたチップのことを知っているはずがない。カマをかけるつもりだと瞬時に判断して、狩野は冷静なふりをした。

「何のことでしょうか。証拠なんて、自分は預かっていません」

「下手な嘘はつかなくていい。矢嶋青伊が『ＭＩＳＴ』から持ち出したものの中に、私にとって極めて重要なものがある」

氷のようだった清宮の瞳が、ほんの僅かに熱を帯びたのを、狩野は見逃さなかった。彼はカマをかけていたんじゃない。刑事の本能が、話の核心に近付いたことを告げている。清宮が、こうして青伊の聴取の場にやって来たのも、きっとここに理由がある。

「監察官に、お尋ねします。重要なものとは何ですか。監察官は自分に密命まで下して、いったい何をお探しだったんですか」

「顧客リストだ」

「……え…？」

「『ＭＩＳＴ』の薬物と人身売買の顧客に、警察上層部の人間が含まれている恐れがある。私は誰よりも先に、その証拠を突き止めなければならない」

「そんな、馬鹿な――」

あり得ない。狩野は狼狽《うろた》えながら、じっとりと汗をかき始めた頬を拭った。

警察の中に、薬物に汚染され、人身売買に手を染めた顧客がいるなんて、俄《にわ》かには信じられない話だ。しかし、清宮の顔は真剣そのもので、嘘や冗談を言っているとも思えない。

「上層部は監察官と同じ、キャリアばかりじゃないですか。警察の人間が犯罪だなんて」

「警察の人間が皆聖人君子なら、監察官など不要だ。現に君の目の前で、不正な取り調べが行われている」

「しかし…っ」

「狩野巡査部長。私と同じものを、隣室の刑事たちは探している。君の鼻は鈍くなったのか？

彼らのしていることが、異常だとは思わないのか？」

狩野は、はっとして、もう一度マジックミラーの向こうを見やった。

今回の一件は、所轄署で捜査本部が立ち上がった後で、強引に本庁の特別チームが介入してきた。情報を一本化すると言って、所轄署の刑事たちが集めた情報を吸い上げ、逆に捜査をやりにくくしていた。それがもし、わざと企《たくら》んでいたものだとしたら、本庁に対して疑惑が生まれる。

「……まさか、俺たち所轄が上層部の犯罪に気付く前に、あなたは本庁の刑事たちを使って、奴らに証拠を押収させようとしたんですか？」

ふつふつと、煮え滾ってきた怒りが、狩野の腹の奥に渦を巻いていた。馬鹿にするにも程がある。これは本庁の傲慢《ごうまん》だ。所轄署の刑事たちへの侮辱《ぶじょく》だ。

「今までの、奴らの捜査方針がおかしかったのも、それなら納得がいく。青伊を執拗に尋問しているのも、あなたの命令ですか！」

憤った狩野は、清宮へと詰め寄った。しかし、彼の涼しげな眼差しは、怯《ひる》むどころかいっそう澄んで、そして静かだった。

「私は先程、誰よりも先に証拠を突き止める、と言った。今聴取中の彼らは、私の命令系統にはない」

「何――」

「彼らは私とは別の者の指揮で動いている。彼らに『ＭＩＳＴ』の顧客リストが渡れば、警察内部の犯罪者に揉《も》み消されるだけだ」

狩野は組織内の腐敗に愕然《がくぜん》として、マジックミラーに両手の拳をついた。

けして正義感を振り翳して生きてきた訳じゃない。しかし、警察は犯罪を取り締まる側の砦《とりで》だと信じて疑わなかった。その砦が内側から、それも上層部から腐っていたなんて。

『どこに隠した！　さっさと証拠を渡せ、矢嶋！』

『お前は死んだことになっている亡霊だ。今ここでお前の体を切り刻んで調べても、俺たちが罪に問われることはないんだぞ？』

せせら笑いながら、刑事の一人が青伊を立たせ、痩せこけた頰を殴る。壁へとよろけた彼の胸倉を摑み、他の一人が、硬い膝を腹に向かって突き上げた。

「青伊……っ」

自分が同じことをされる方がずっと楽だ。青伊の痛みが乗り移って、狩野の全身が罅割《ひびわ》れたように痛む。

「やめろ…っ、もう、やめてくれよ――。頼むから、青伊を自由にしてやってくれ」

激しく咳き込んだ青伊は、床に蹲って胃液を吐いた。きっと彼は食事さえ与えられていない。衰弱し切った青伊の瞳が、震える瞼の奥へと隠されていく。

「あいつは、何の証拠も持ってない。殴ったって、何も出てこない……っ」

証拠は狩野自身が持っている。今、上着の内ポケットに入っているチップがそれだ。鼓動するだけで痛む心臓を抱えて、狩野はマジックミラーの向こうを睨《にら》みつけた。

「君と矢嶋が単なる同級生でないことは、もう調べがついている。狩野巡査部長、矢嶋から預かったものを渡せ」

「俺は——俺はこれでもまだ、刑事だ。あなたが犯罪者側の人間じゃないと、俺にどうやって証明するんです」

「私の手の内は見せた。君には、信用しろと言うしかない」

「それでは無理です。あなたには、信用に足る材料がない」

警察の腐敗を知った以上、信じられるものは何もない。不正を糺《ただ》す監察官とは言え、清宮もキャリアで、警察上層部の人間だ。眼鏡で感情を隠した、冷たいその瞳の奥で、犯罪を隠蔽しようと企んでいるかもしれない。

すると、頑なな狩野の反論に、不本意だが、と前置きをして、清宮は立ち上がった。

「矢嶋青伊を助けよう。君が私に従えば、彼の命を保証する。私の権限を以って、約束する」

「命……だと？」

「勘違いするな。私が求めているのは犯罪の証拠だ。矢嶋の命を助けたところで、私にメリットはない。これはひとえに、君のためだ」

「清宮監察官」

「彼の命に価値などない。狩野巡査部長。矢嶋青伊が生きていることにメリットがあるのは、君だけだ」

「てめぇ……！」

狩野は反射的に清宮へと摑みかかった。

青伊のことを、無価値だなんて言わせない。彼がどんな思いで生きてきたか、何も知らない人間に言われたくない。

「ふざけるな。誰に保証されなくても、あいつの命はあいつのものだ」

「手を離せ、狩野。冷静になるんだ」

「うるさい――。監察官、あなたが保証するのは、命じゃない。あいつの自由だ。今すぐ青伊を釈放しろ！」

「君はまだ分からないのか？　監察官の立場の私が、矢嶋を助けると言った意味が。君がもしこのことを口外すれば、私は職を辞することになるんだぞ」

「それなら何故こんな、取り引きみたいな真似をする……っ」

「取り引きをしてでも、私は警察内部の犯罪を許す訳にはいかないからだ」

清宮の瞳が、狩野をまっすぐに貫く。氷だと思っていた彼の双眸《そうぼう》の奥に、熱く燃え立つものを見た。それは警察内部の犯罪者への、清宮の揺るぎない怒りに違いない。彼は犯罪者側の人間ではないと、狩野はやっと気付いた。

「君の正義が、矢嶋を守ることなら、私の正義は、職務に忠誠を誓うことだ。互いの正義を貫くためにのみ、我々は利害が一致する」

「俺とあなたの、正義」

「取り引きに応じると誓え。君にとって、最も大事なものは何だ。私は既に、譲れないものを君に提示した。後は君次第だ」

「俺の大事なものは、あいつに決まってるだろう！」

狩野は清宮から手を離し、震える指で上着の内ポケットを探った。爪の先に触れたチップが、自分の体温で熱くなっている。迷いを振り払うようにして、青伊から託されたそれを、狩野は傍《かたわ》らの机の上に置いた。

「頼む、監察官。早く……っ、早くあいつを、助けてくれ。あの狂った取り調べを止めさせてくれ……！」

硬い床に膝をつき、土下座をして清宮に懇願する。

取り引きに応じた自分は、みじめで醜悪だった。命を懸けて、たった一人でチップを守り通そうとした、青伊こそが強く美しい。だからこそ、彼をこれ以上苦しめる訳にはいかなかった。

「頭を上げなさい。そのような態度は好ましくない」

眼鏡の奥から狩野を見つめた後で、清宮はハンカチを取り出すと、それにチップを包《くる》んだ。

「取り引きは完了していない。——すぐにこのチップの解析に入る。君も来るんだ」

「監察官……っ」

「最後まで刑事の職務を果たせ。まだ君を、隣の取調室へ行かせる訳にはいかない」

狩野は床に額を擦《こす》り付けて、しばらくの間、土下座をしたまま動けなかった。清宮は携帯電話でどこかに連絡を取り、ドアの外にいた係官に、狩野を立たせるよう促した。

二人の係官に引き据えられながら、狭い部屋を後にする。ドアの前でマジックミラーの方を振り返ると、殴られて気を失った青伊が、取調室の隅に蹲っていた。

(もう少しだ。青伊、もう少しだけ、待っていろ)

必ずお前を助けると、心の中で叫びながら、狩野は清宮とともに監察官室へと戻った。そこには白衣を着た科学者のような数人が待機していて、モニターやパソコンなどを設置している最中だった。

「清宮さん、お疲れ様です」

「急な呼び出しで申し訳ない」

「いえ。ちょうど別の案件で、こちらに出向いていたところでした」

「早速だが、君たち科警研の力を借りたい。このチップの中身を調べてくれ」

科警研——科学警察研究所は、警察庁に属する研究機関だ。あらゆる犯罪を科学的に実験、検証する組織で、たくさんの専門分野に部署が分かれている。

清宮が招聘《しょうへい》したのは、精密機械工学やサイバーインフラに詳しい調査官たちだった。警視庁の刑事部に属する組織に、似たような科学捜査研究所（科捜研）があるが、わざわざ警察庁の科警研を呼んだのは、清宮が警察庁からの出向組だからという理由だけではないだろう。

（『ＭＩＳＴ』の顧客リストに載っているのは、警視庁の人間なのか。だから、刑事部の科捜研は信用できないということか）

白衣の調査官たちが忙しそうに作業するのを、狩野は両手を握り締めて見つめた。

自分に技術があったら、あるいは、清宮ほど人を動かせる力や地位があったら、青伊をあんなに追い詰めずに済んだ。彼一人守ることもできないくせに、いっぱしの刑事のつもりでいた自分が、情けなくて恥ずかしい。

「清宮さん、このチップは、特殊な記憶媒体のようです。過去にこれと似たものを使用して企業のパソコン内のデータを盗み、海外へ流出させた産業スパイの事案がありました」

「その時と同じ方法で検証を試みます」

チップを何かの機械の中に埋め込んで、調査官はパソコンのキーボードを叩いた。すると、モニターに狩野にはまったく意味の分からない、文字化けした記号の羅列が出てくる。

「これは？」

「暗号化されたプログラムです。当然ですが、簡単に中を見られないように、仕掛けがされていますね」

調査官がまたキーボードを叩く。よどみないそのタイピングの音は、随分長く続いた。

何もできずに、ただ待っているだけの時間はつらい。監察官室に重たい空気が立ち込めた頃、やっと調査官は指を止めた。

「暗号の解除に成功しました」

狩野が食い入るようにモニターを見つめると、文字化けしていた記号が、まるで滝が流れるように上から順にアルファベットに変わっていく。

「何か出てきた――」

「これは……パスワードの入力窓だ」

マウスを操っていた調査官が、モニターの中の四角い入力窓に、ポインタを合わせた。

「ご覧の通り、この先はプロテクトされています」

「狩野巡査部長、矢嶋からパスワードは聞いていないのか？」

「……はい。彼はチップを自分に預けただけで、他には何も」

パスワードを伝える余裕は、あの時の青伊にはなかった。思わず表情を曇らせた狩野のそばで、調査官たちも困惑した顔をしている。

「失敗をしたな。今からでは矢嶋にパスワードを聞き出せない。我々の動きを捜査員たちに察知されてしまう」

「いったい、どうしたら…っ」

「とにかく心当たりのある事柄を入力してみろ。矢嶋の生活歴を知っているのは君だけだ」

「はい」

狩野は調査官と入れ替わりにキーボードに触れて、思いつく限りの単語を入力した。

青伊の名前、母親や、亡くなった双子の妹の名前、誕生日、年齢、『ＭＩＳＴ』の店名に電話番号。どれも空振りだった。複雑な思いを抱《いだ》きながら、陣内鷹通の名前を入力してみても、データは開かない。

（何か…っ、何かないのか。青伊がパスワードに使いそうな、大事なことは）

青伊と過ごした日々は、狩野が刑事として過ごした日々よりもずっと短い。再会するまで、青伊がどこで、どんな風に暮らしていたのか、詳しいことは何も分からない。

（俺が知っているのは、高一の時の、あの青伊だ――）

祖父母の家の近所にあった、掃き溜めのように荒れ果てた男子校。編入したその日に、廊下で擦れ違った青伊は、はっとするほど綺麗な顔をして、右手に自分を売って得た三千円を握り締めていた。

青伊と少しずつ言葉を交わすようになってから、校舎の用具室で、二人でよく授業をさぼったことを覚えている。初めて青伊が微笑むのを見た時は、心が躍った。綺麗な人形の、生きている証《あかし》のようで、もっと彼が笑っている顔を見たいと思った。

青伊に出会い、そして見失った、永遠に忘れられない日々。梅雨《つゆ》が明けたばかりの、うだるように蒸し暑かった夏。十二年前のあの夏に、青伊を想う気持ちを置き去りにして、彼のいない時間を一人で過ごしてきた。

（青伊——。お前は、あの夏が忘れられないと言った。俺も、同じだ）

青伊が逮捕された、こんな非常時でさえ、彼の心の中にあの日々が残っているのだと思うと、胸が熱くなる。

（俺たちには、あの夏しかない。あの日に戻って、最初から、お前とやり直したい）

キーボードに置いたままだった狩野の指先が、無意識に動く。青伊と廊下で擦れ違った、夏の始まり。あの高校に狩野が編入した日付が、モニターの四角い入力窓を埋めていく。

「あ…っ」

エンターキーを押した狩野の後ろで、調査官が短い声を上げた。モニターに、アルファベットだらけの新しい画面が現れている。

「動きました！　い、今のパスワードは有効です！」

「え…っ⁉」

「しかし、プロテクトは二重に仕掛けられているようです。新しい入力窓がここに——」

「狩野、続けなさい。パスワードはもう一つ必要だ」

「は、はいっ」

嘘だ。まさか。どくん、どくん、と鼓動を響かせ、狩野は指先を震わせながら、頭に浮かんだもう一つの日付を入力した。

青伊が突然行方不明になった、二人の短い夏の終わり。彼と会えなくなった、どうしようもない喪失感とともに、心に深く傷を負った日。狩野はそれを入力して、祈るような思いでエンターキーを押した。

「開いた――！」

調査官の呟きを聞いて、狩野はモニターを見ないまま席を立った。

チップの中身には、もう興味がなくなった。そこに何が入っていようと、大事なことは、別にある。

（青伊のパスワードが、俺たちが一緒に過ごした、あの一ヶ月だったなんて）

体の奥から何かが込み上げてきて、口元を手で覆っていなければ、叫び出してしまいそうだった。

（青伊――。俺はお前に、憎まれていると、ずっと思っていた。俺がひどいことをしたから、俺を嫌って、お前は突然いなくなったんだと思っていた）

青伊がけっして明かさなかった、彼の本当の気持ちが、パスワードに溢れている。嫌いな人間に出会った日など、普通は覚えていない。憎んでいる人間と別れた日も、忘れるのが当然だろう。

（青伊。俺を自惚《うぬぼ》れさせるな。俺の思い違いでないのなら、お前は、俺のことを）

あのパスワードは、二人以外の、誰にも解けない。十二年前の短い夏の日々を、もう一度思い出して、狩野は震えた。

「――野。狩野。狩野巡査部長」

名前を呼ばれて、狩野ははっとした。モニターの前でチップの中身を確認していた清宮が、プリントアウトしたデータを見せる。

「君のお手柄だ。やはり顧客リストは、このチップの中にあった」

「え…っ」

「『ＭＩＳＴ』が提供した薬物や人身売買の記録も、顧客が払った多額の金品のやりとりも、これで一目瞭然《りょうぜん》だ」

表向き会員制高級クラブの『ＭＩＳＴ』は、顧客を正規の身分証を使って、全て実名で登録している。顧客の弱みを握っておくためか、違法な取り引きの履歴は詳細に残されていた。

「こんなにたくさんの顧客が、『ＭＩＳＴ』を介して犯罪行為をしていたなんて」

「これが全てではないだろう。このリストにあるのは、常連や、上得意の類《たぐい》か。……残念ながら、私が探していた人物らの名も、ここに羅列されている」

清宮が指差した先を、狩野は目で追った。リストの中に、警視総監に次ぐ階級にあたる、警視監がいたことに息を呑む。他にも部長クラスの人間や、複数の警察関係者が『ＭＩＳＴ』

の顧客だったことが判明した。

（青伊。お前は望まなかったかもしれないが、お前のおかげで、犯罪が暴かれた）

チップの中身は、顧客リストだけではなかった。解析を進めていた調査官たちが、『ＭＩＳＴ』の過去五年間分の売上を記した帳簿と、それとは数字の桁が違う、犯罪で稼いだ裏帳簿を発見した。青伊がたった一人で守ったチップは、『ＭＩＳＴ』を丸裸にしたのだ。

（一之瀬たちが、花井医院を占拠してまで、このチップを取り返そうとしたのも当然だ。『ＭＩＳＴ』のバックにいる泉仁会まで潰しかねない、決定的な証拠になる）

花井医院から逃亡した一之瀬とその手下は、まだ逮捕されていない。しかし、逃亡犯の身柄を拘束する以上に、青伊が守ったチップには意味がある。狩野は胸を震わせながら、青伊、と心の中で彼の名を呼んだ。

「狩野巡査部長。このチップは、証拠品として私が預かる。異論はないな？」

「――――はい」

「私の職務に協力してくれたことを感謝する。君の処分は、君の上司を通じて正式に通達しよう」

「承知しました」

狩野は上着のポケットから、警察手帳を取り出した。懲戒免職になる人間に、それは不要だ。刑事の証を清宮へと預けて、狩野はきっと最後になる敬礼をした。

「監察官。もう、よろしいでしょうか」

心は既に、監察官室のドアの外へと向かっている。早く、早くここを出たい。狩野が行きたい場所は、たった一つしかなかった。

「処分の差し止めを求めないことを、後悔しないのなら、行きなさい」

「――そんなこと考えもしませんでした」

「迷いのない顔だ。君が守りたい正義に免じて、矢嶋青伊の聴取の中止を命じよう。取調室の刑事たちを撤収させるように、組対部の部長に話を通しておく」

「ありがとうございます！　失礼します！」

狩野は革靴の踵を返して、監察官室を飛び出した。青伊。青伊。いとおしいその名前を口中で呼びながら、彼が囚われている取調室へと駆け戻る。

「青伊……！」

チップと引き換えに求めた、青伊の自由。それを叶えるために、狩野は息を乱して取調室のドアを蹴破った。

「取り調べは中止だ！　今すぐそいつを解放しろ！」

室内にいた本庁の刑事たちを掻き分け、狩野は、死んだように机に突っ伏している青伊を抱き締めた。

刑事たちの怒号と罵声が、嵐となって狩野の耳を圧する。清宮の要請で駆け付けた組対部の部長が、騒ぎを収めようと恫喝《どうかつ》した。しかし、両腕の中に包んだ青伊の鼓動と息遣いだけが、狩野が守るべき全てだった。

6

懸案中だった仕事の引き継ぎと、デスク周りの片付けを終えて、狩野が新宿中央署を出たのは、もう夕方になろうという時間帯だった。この日を境に警察の人間でなくなった狩野を、たった一人、松木課長だけが見送ってくれた。

「他のみんなは、まだ捜査本部に詰めている。寂しい見送りですまんな」

「いえ。クビになった人間には十分です。お世話になりました」

「『MIST』のヤマが全部終わったら、どこかで飲もう。連絡先を変えるなよ」

「――はい。失礼します」

狩野は敬礼ではなく、深くお辞儀をして、駐車場に停めていた自分の車に乗り込んだ。

清宮監察官と取り引きし、チップと引き換えに青伊の取り調べをやめさせてから、もう十日ほどが経っている。その間に、狩野には諭旨免職処分が下された。懲戒免職と同じクビでも、再就職の支障にはならず、退職金も支払われる、一段階軽い処分だ。

「俺は懲戒免職でもかまわなかったのに」

西日の射す新宿の街を、車で疾駆しながら、狩野はそう一人ごちた。諭旨免職になったのは、退職金を得た分、今回の『MIST』の一件について余計なことはしゃべるなという、清宮監察官の圧力だろう。顧客リストに載っていた警察内部の犯罪者たちは、今後は彼によって裁かれるはずだ。

薬物と人身売買という、暴力団絡みの犯罪の温床《おんしょう》になっていた『MIST』は、先日ついに閉店に追い込まれた。大きな資金源の一つを失った、バックについていた泉仁会や、オーナーの陣内鷹通にも、今後捜査が行われることになる。

警察手帳を返上した狩野は、捜査の本丸に刑事としてはもう乗り込めない。今後のことは、松木課長や、同僚たちに任せて、刑事から善良な一般市民になるための努力をしなくてはならなかった。

（まだ、『MIST』の事件の全てが解決した訳じゃない。逃亡中の一之瀬征雄を追って、捜査本部は今も動いている）

それでも、青伊がこの一件から解放されたことが、狩野は嬉しかった。『MIST』で保護されたホステスたちの証言で、青伊が事件に直接関与していないことが証明された。彼は処分保留で釈放され、薬物中毒と外傷の治療で警察病院に入院していたが、今日ようやく退院できることになった。

「引き継ぎやら、独身寮の部屋の片付けやらで、あまり病院に行けなかった。やっと青伊の顔をまともに見られる――」

衰弱が激しく、集中治療を受けていた青伊とは、ＩＣＵのガラス越しにしか会えなかった。しかし、彼が無事に退院すれば、ずっと一緒にいられる。

青伊をもうどこにも行かせたくなくて、彼の意思も確かめないうちに、新しいマンションを契約した。引っ越したばかりで荷物はちらかっているが、彼を閉じ込めておける部屋の鍵《かぎ》があればそれでいい。独身寮から移したのは必要最小限の着替えと荷物だけだ。二人で住むのだから、家具は青伊の好みも聞いて、新しいものを買い揃《そろ》えたかった。

（きっと、お前も喜んでくれる。俺は青伊を飼ったりしない。今度こそ、大事にする）

青伊が今日退院したら、まっすぐにマンションへ連れて行こう。いや、その前に釈放祝いの食事に誘うべきだろうか。体に優しいものを食べさせて、彼の健康を取り戻してやりたい。自分のそばにいれば、もう何の心配もいらないんだ、と、青伊を安心させてやりたい。

狩野は逸《はや》る思いと、甘く疼く鼓動に急《せ》かされながら、ハンドルを繰った。警察病院は新宿中央署から少し離れた中野にある。途中で軽い渋滞に遭ったせいで、目的地に着いた頃には、西日はだいぶ橙《だいだい》色になっていた。

警察病院の前のロータリーに駐車して、腕時計の時刻を何度も確かめながら待っていると、正面玄関の自動ドアから、やっと青伊が姿を見せた。ゆっくりとした歩き方だが、足元はおぼついていない。身元引受人になってくれた春日が、青伊の背中に手を添えながら、隣を歩いている。

「青伊」

名前を呼ぶと、ロータリーを見回した青伊が、狩野に気付いて瞳を見開いた。そのまま立ち尽くしてしまった彼の姿が、どこかあどけなくて、訳もなく切なくなる。

狩野は青伊の前へとゆっくり歩み寄って、微笑みかけた。遠慮をしたのか、青伊のそばにいた春日が、ロータリー内にある喫煙スペースのベンチへと離れていく。

「お前が退院するの、待ってた。迎えに来たよ」

「狩野――」

「気分が悪くないか？　どこか、痛いところや苦しいところはないか？」

「……どこも、つらくない。さっきまで、検査をたくさんしていたから、少し頭が、ぼうっとするだけ」

「前に見舞いに来た時よりは、顔色がよくなってる。目のクマが取れたら、もっといいな」

「うん……」

まともに会話をするのは久しぶりで、もっと気の利いた言葉をかけたいのに、うまく口が回らない。青伊も同じ気持ちなのか、彼の方から話しかけてはこなかった。

「退院祝いの花でも買ってくればよかった。気が利かなくてごめん」

「何も、いらない。外に出られただけで、嬉しいから」

「外？」

「風…とか、外の空気、ちゃんと吸ったの、久しぶりだから。気持ちいい」

病院の建物が橙色に染まり、青伊の細い髪にも、柔らかな陽がきらきらと反射している。

窓のない地下室や、鉄格子の留置場や、取調室、それらのどれも、自由になった青伊には似合わない。陽《ひ》の下《もと》に出られた彼を、狩野は眩しく思った。

「これからは、好きなだけいい空気が吸えるさ。お前は釈放されたんだ。どこにでも遠慮なく行ける」

「……どこにでも……」

「ああ。そのために、俺は、お前が持っていたチップを上の人間に渡した。勝手なことをして、すまなかった」

「何故、謝るんだ。あれはお前に託したものだ。お前がいいと思って、警察に渡したんなら、それでいい」

「青伊……。ありがとう。俺の選択は間違っていなかったと、信じてるよ」

間違っているはずがない。こうして、何の壁も障害もなく、青伊と言葉を交わすことができる。指を伸ばせば、触れることもできる。

否応《いやおう》なく高鳴る鼓動にせっつかれながら、狩野は長身を少し屈めて、青伊の顔を覗き込んだ。

「青伊。退院したばっかりで、身を寄せるとこ、ないだろ。俺のところに来いよ」

「え…？」

「この間、独身寮を出て引っ越したんだ。少し広めのマンションを借りた」

引っ越した理由は、口に出さなかった。警察を退職したことを青伊が知ったら、自分のせいだ、と、彼が気に病むような気がして。

「青伊。新しいマンションに、お前の部屋を用意したよ」

「狩野……」

「俺と一緒に暮らそう。お前に、そばにいてほしい」

は、と青伊が息を吞んだのが分かる。狩野の胸は痛いほど鳴り響いていて、体の裏側の背中にまで、振動が伝わっていた。

「お前が行方不明になった十二年の間、どこに住んでいたのかは知らないけど、荷物があったら、運ぶよ。ないんなら、服とか、必要なものを買い揃えないとな」

「あ…、あの……俺は」

「お前、携帯電話も持ってないようだし、近いうちに契約しに行こう。他にも欲しいものがあったら言ってくれ」

「狩野、待…っ」

「断るなよ。青伊、頼むから」

揺れている青伊の瞳をまっすぐに見つめて、命令とも懇願ともつかない言葉を囁く。彼の肩が震えていることは、気付かなかったふりをした。

「お前を手放したくない。もう二度と、こうやって話せなくなるのは嫌だ。お前も同じだろう。違うのか？」

「狩野、それは——」

わざと答えにくい聞き方をして、服の上から、青伊の胸に手を置く。先に彼の鼓動を確かめた自分は、意気地なしで、ずるい。どくん、どくん、と早鳴りしているそれに後押しをされて、十二年前からずっと変わらない想いを告げた。

「お前が好きだ」

どくっ、と、大きく跳ねた青伊の鼓動を、掌が感じ取る。饒舌《じょうぜつ》な心臓に比べて、彼の顔は、まるで眉《まゆ》一つ動かしたら泣き出してしまいそうなほど、緊張して張り詰めていた。

「俺は高一の時から、ずっとお前が好きだ」

返事が欲しいとは思っていない。十二年間の空白が、今すぐ埋められるとも思っていない。ただ、自分の気持ちを伝えずにはいられなかった。お前のそばには、俺がいると、青伊に孤独ではないことを伝えたかった。

「前に一度、告白して、ふられたのにな。諦《あきら》め悪くて、ごめんな」

「狩野」

ひく、と青伊が喉を喘がせる。見る間に彼の瞳に溜まっていく涙に、真剣な顔をした自分が映っている。

「……狩野、俺、は、駄目だ。俺なんか、好きに、なるな」

声を絞り出して、青伊は言った。十二年前と同じ、彼の拒絶の囁きに胸を突かれる。

「お前と一緒には、暮らせない。俺は、お前のそばにいちゃいけない」

「青伊、どうして…」

「俺のせいで、お前は、『MIST』の店長たちにひどい目に遭った。もう、迷惑をかけるのは、嫌だ」

「迷惑なんかじゃない。あれはお前を守り切れなかった、俺の失態だ。お前のせいじゃない」

「俺のせいだよ…っ。お前は、俺のそばにいたら、いけない。二度とあんな思いをしてほしくない。俺たちは、もう会わない方がいい」

「青伊。お前はまた、そうやって俺から逃げるのか。それでお前は、俺を守ったつもりでいるのか」

「何を、言ってるんだ。俺はそんなつもり、ない」

「もう分かってるんだよ、青伊。十二年前、お前が突然姿を消したのは、俺を守るためだったんだろう?」

「狩野――」

「俺は、お前の母親の愛人だったヤクザを、半殺しにした。お前はあの男に報復させないように、自分を売って、俺の盾になったんだ」

青伊の瞳が、狼狽えたように激しく瞬《まばた》きをしている。その姿は狩野の言葉を肯定していた。

「あのヤクザに、自分はどうなってもいいから、俺を殺さないでくれって、頼んだんだろう。お前は、俺の命と引き換えに、金や物みたいにヤクザに売られて、裏社会に落ちた。そこから先は、俺には想像することもつらい」

「……昔の、ことだよ。もう忘れた」

「嘘をつくな」

「本当だ…っ。全部、忘れた。あの街で客を取れなくなったから、引っ越しただけ。お前のためじゃない」

「青伊。俺は、馬鹿だから、どうしようもない馬鹿だから、俺のことを嫌って、お前がいなくなったんだと思ってた。でも――違う。お前はいつも、必死だった。十二年前も、この間、『MIST』の奴らに脅された時も、必死になって、俺を守ってくれた」

「狩野……っ、こんな話、もう、やめよう。昔のことは、忘れたって、言っただろ」

「いいや、忘れてない。お前は、俺と過ごした高一の夏が忘れられないと言ったじゃないか。お前がどんなに隠したって、自分から俺を遠ざけようとしたって、あのチップのパスワードが、お前の気持ちを教えてくれた」

びくん、と怯えたように震える彼がいとおしい。臆病《おくびょう》で、嘘つきで、そのくせ誰よりも真正直な男。いとおしくて仕方ない青伊を、どうして諦められる。

「もう認めろ。青伊。お前は俺のことが好きだろう？」

「……か……の……」

青伊の瞳から、涙が一筋落ちていく。拭ってやることを躊躇うほど、綺麗な泣き顔をして、青伊は叫んだ。

「好きじゃない…！　俺は、お前のことなんか、好きじゃない――」

堰《せき》を切ったように泣く青伊は、まるきり小さな子供に見える。

抱き締めたくて伸ばした狩野の両手を、青伊は反射的に振り払った。

「俺に構うな。お願いだから、嫌ってくれ。狩野、俺のことはもう放っておいてくれ」

「嫌だ。俺はお前のことが好きなんだ。ずっとお前と一緒にいたいんだよ」

「俺は、お前に好きになってもらう資格なんかない……っ」

涙を流し続ける青伊の頭上に、夕闇が近付いてくる。抱き締めることも、触れることもできずに、ただ立ち竦《すく》む狩野の前で、青伊は唇を震わせた。

「そんなこと――許されない。俺は、お前みたいな、上等な人間じゃない。俺は、俺は、人殺しだから」

「青伊……？」

「双子の妹を、俺は殺した。俺は生まれた時から、犯罪者なんだ。母さんを苦しめ続けた、許されない人殺しなんだ」

夕闇が、まるで母親の呪縛《じゅばく》のように、青伊の体じゅうを覆い尽くした。青伊は妹を殺していない。悲しい双子の死産の片割れだっただけだ。それなのに、母親が青伊の心に植え付けた罪悪感が、今この瞬間も彼を苦しめている。

（そう、だったのか。青伊の自由を奪い、苦しめていたのは、お前自身だったんだ）

どうすれば、青伊の心を自由にしてやれるのだろう。何をすれば、青伊は自分を許せるのだろう。

答えのない、重たい問いを繰り返す狩野に、病院のロータリーを渡る冷たい風が吹き付ける。

「狩野、刑事なら、俺を、逮捕してくれ」

「青伊――」

「あの鉄格子の中へ、戻してくれ。手錠をかけて、俺をあそこへ、閉じ込めてほしい」

「青伊。お前は、犯罪者じゃない。お前は誰も殺していない」

「お前が刑事だと知った時、罰が、当たったんだと思った。狩野。お前は俺を捕まえるために、神様が刑事にしたんだ。きっと、そうだ」

「違うよ……。青伊、俺はもう……っ」

刑事じゃない。そう告げた声が、キキィッ、というタイヤの軋む音に掻き消された。

「危ない！　避《よ》けろ！」

ロータリーの離れたベンチに座っていた春日が、二人の方へと向かって叫んだ。突然、タイヤの音がエンジン音に変わり、狩野と青伊を引き裂くようにして、一台のバイクが突っ込んでくる。

「ッ！」

ぶつかる――。頭の中が真っ白になりかけた瞬間、狩野は青伊に突き飛ばされて、アスファルトの地面へと倒れ込んだ。

「青伊…っ⁉」

猛スピードでバイクが過ぎ去ったその時、青伊の姿が、狩野の視界から消えた。バイクを追うようにして、大きな黒い車が狩野の目の前に立ちはだかる。

開いていた車のウィンドウには、いくつかの銃口が見えた。サイレンサー付きのそれから放たれた銃弾が、狩野の足元のアスファルトを白煙を上げて削っていく。車の向こう側でも、鈍い銃声がした。

「青伊！　春日！」

あっという間の出来事だった。車から降りてきた数人が、青伊に向かって発砲しながら襲いかかる。ベンチから駆け寄ろうとする春日を銃弾で威嚇《いかく》し、暴漢たちは青伊だけを車の中へと押し込んだ。

「待て——！」

狩野の叫びも空《むな》しく、車は再び走り出した。閉まりかけたウィンドウの奥に、よく知った男の横顔が見える。『ＭＩＳＴ』の店長、一之瀬征雄だ。

「ふざけるな…っ！　あの野郎！」

狩野は自分の車に乗り込んで、急いでエンジンをかけた。ロータリーの出口を見ていた春日が、車の走って行った先を指差す。

「狩野！　あいつらは道路を新宿方面に曲がった！」

「春日、撃たれていないか⁉　大丈夫か！」

「俺は平気だ！　通報をしておくから！　早く青伊くんを追え！」

狩野は力強く頷くと、思い切りアクセルを踏んだ。

騒ぎに気付いた病院の関係者たちが、慌てた様子でロータリーへと出てくる。狩野はそれを横目に、病院の敷地を離れて黒い車を追った。

「油断した——。一之瀬はあのチップを青伊がまだ持っていると思い込んでる。あいつは、青伊の居所を見付けるために、きっと俺を張っていたんだ」

春日の病院を占拠された時、一之瀬は執拗《しつよう》に青伊のことを責め立てていた。青伊が逮捕された後も、一之瀬はどこかに身を潜めて付け狙っていたのだ。

狩野は幹線道路の先を走る車を追いながら、ナンバープレートを目視した。しかし、テープのようなもので目隠しをされて、ナンバーが分からない。もし分かったとしても、警察無線ですぐに緊急配備を敷くことは不可能だった。

（くそ…っ。この車には、無線もサイレンもない）

警察車両を示すサイレンがあれば、道路を走る他の車を脇へ避けることができるのに。一之瀬の仲間のバイクが、狩野の車の前に割って入って、追跡を撹乱《かくらん》しようとする。警察を辞めたことの歯痒《はがゆ》さが、今更のように狩野を焦らせて、背中に冷たい汗をかかせた。

夕闇から夜へと変わっていくフロントガラスの向こうで、青伊を乗せた車が、赤信号の交差点を突っ切っていく。横断歩道を渡っていた通行人が、信号無視に驚いて足を止めた。

「く…っ！」

狩野が急ブレーキをかけた隙に、交差点を過ぎた黒い車は、そのまま走り去った。仲間のバイクもまた、狩野に捨て台詞《ぜりふ》を吐くように轟音を響かせ、街のどこかへと消えていく。

「一之瀬――！　青伊を返せ！」

やっと、青伊は釈放されたのに、何故彼を連れ去る必要がある。再び車を走らせながら、油断した自分を悔やんで、狩野は歯噛みした。

もう二度と青伊を見失わないと、誓ったはずだった。どんなにエンジンを吹かせても、どこをどう走っても、青伊を拉致《らち》した黒い車が見付からない。

（どこへ行った。一之瀬はあいつを、どうする気だ）

二度も青伊を襲い、銃撃してまで彼を連れ去ったのは、一之瀬にも後がないことを示していた。一之瀬はきっと、暴行よりもむごいことを、青伊にしようとしている。

死という、最悪の事態を想定してしまう、刑事の冷徹さが抜けない自分が嫌だった。しかし、その冷徹さに今は賭《か》けてみるしかなかった。

（一之瀬が青伊を殺す気なら、確実にそうできる場所を選ぶはず…。『ＭＩＳＴ』の店舗や、一之瀬たちのヤサは既に捜査本部が押さえている。まだ本部に発見されていない、どこかに、奴らは向かっているはずだ）

記憶している限りの捜査資料を、頭の中から呼び起こして、狩野は、はっと気付いた。一之瀬たちが、人身売買の拠点に使っているドックが、大井埠頭《ふとう》にある。それを狩野に教えてくれたのは、青伊だった。

「海だ――。あいつを船に乗せるか、沈めるのか、どっちだろうが、許さない――！」

狩野は強くハンドルを握り締め、最も近い首都高速への入り口を目指した。青伊を拉致した車が、大井埠頭に向かっている確証はない。それでも狩野は、ブレーキをかける訳にはいかなかった。

つるべ落としの夜が訪れた大井埠頭は、観光地化した賑《にぎ》やかな一画を除けば、コンテナ船を着けたドックと、貨物倉庫が林立する静かな港だ。日曜の今夜は新たに入港する船も少なく、荷役用の巨大なクレーンは沈黙し、どこか寂寞《せきばく》とした海風に曝されている。

港湾作業員の一人もいない、眠りに着いたような休日の埠頭で、そのドックだけは、稼働中だった。貨物室のハッチを開けた船が、積み込まれる予定のコンテナを待って、喫水線に波を受けている。

ドッグの中には、不穏な人影があった。光量を減らした明かりに浮かび上がるのは、黒ずくめの服を着た、数人の男たちのシルエットだ。作業員なら身に着けているはずのヘルメットや、安全靴はない。ものものしく拳銃を携えた彼らは、海風で錆《さ》びついた鉄板の床に跪く、もう一つの黒いシルエットを見下ろしている。

「手間をかけさせせんじゃねぇよ。お前、自分が何をしたか分かってんだろうな」

「………」

「サツに俺たちを売りやがって。おかげで『MIST』は潰された。俺たちの面子《メンツ》はどうしてくれんだ、ええ？」

「――一之瀬店長。あんたたちの、面子を潰す気はなかった。俺は、俺の役目を果たそうとしただけだ」

「フカしてんじゃねぇぞ、クソ野郎が！」

口汚く罵《ののし》る声と、銃の撃鉄に触れる音が、ドック内に響く。静かだった埠頭は、俄かに緊張が漲《みなぎ》り、海風に煽られて危機の空気が立ち込めた。

「選べ。今すぐここで頭を吹き飛ばされるか、湾に沈められるか。どのみちお前は死ぬ運命だ」

「店長の好きにしたらいい。気が済むまで、嬲《なぶ》り殺しにしてくれてかまわない」

「ハッ、覚悟はできてるようだな！」

「――その代わり、跡が残らないように殺してくれ。完全に俺を、消し去ってくれ」

「お望み通りにしてやるよ。粉々になって死にやがれ！」

跪いていた人影が、神にでも祈るように、夜空を仰ぐ。命乞いをしない彼の瞳は、星をたたえた澄んだ色をしていた。

海風が舞わせた前髪を掻き分け、月光を浴びた銃口が、すべらかな彼の額へと添えられる。死を恐れない瞳を瞼の奥にしまい込んで、彼は呼吸を止めた。

「やめろ……っ！」

貨物レーンの隙間から、満潮の波が打ち寄せるドックの突端へと、長身の影が躍り出る。居合わせた誰も、物陰に目撃者が潜んでいたことを知らなかった。今にも弾丸を放とうとしていた銃が、制止するその声に一瞬、怯んだ。

「誰だ！」

「一之瀬、そいつを撃つなら、俺を撃て！」

惑った銃口が、倉庫群を背中にして立つ男へと向けられる。はあっ、はあっ、と息を切らした狩野は、埠頭を駆けずり回って流した汗を、荒っぽく手の甲で拭った。

「間に、合った。青伊」

青伊が生きていてくれたことに、狩野は気が遠くなるほど安堵した。この埠頭に捜索を絞ったのは、賭けでしかなかった。刑事の鼻がまだ利いていた幸運に感謝する。

「何だてめぇは！」

銃口と怒声を向けられても、狩野は怯まなかった。無抵抗のしるしに、狩野は汗を拭った手を上げて、やっと探し当てた青伊へと向かい、ゆっくりと歩を進めた。

「……狩野……っ、どうして」

「お前のことを、そう簡単に諦められるか。どこまでも追い駆けて、必ず見付け出す」

「いけない——。こっちへ、来るな。お前まで撃たれてしまう…っ！」

「あの刑事か…っ、ちくしょう、動くな！」

一之瀬が青伊の首に片腕を回し、こめかみへと銃を突き付ける。狩野は両手を頭の後ろに組んで、まっすぐに一之瀬を見返した。

「銃を下ろせ、一之瀬。ここはじきに捜査本部が嗅ぎ付ける。これ以上罪を重ねるな」

「うるせぇ！　こいつだけは、俺の手で殺してやる。こいつは『ＭＩＳＴ』の情報を盗み、お前らサツに売りつけた張本人だ。一人だけのうのうと釈放されやがって！」

「青伊はお前たちの犯罪に加担していない。釈放されて当然だろう」

「馬鹿が余計なことをしなきゃ、『ＭＩＳＴ』はシノギのでかいドル箱だったのによ！　こいつのせいで、ヤクのルートも、何もかも全部パアだ。こいつをぶち殺さねぇと、俺がオーナーに殺される！　これは落とし前だ！」

「馬鹿な…。たかがヤクザどうしの落とし前のために、お前は人を殺すのか」

「ああ、そうだ。これが俺たちの世界のルールだ！」

青伊に殺意を向ける、あまりに理不尽な裏社会のルールに、狩野は戦慄した。罪を犯していない青伊が、何故命を狙われなければならない。彼の自由を阻もうとする者を、狩野は許せなかった。

「動くなよ、てめぇら。ルールを破った者には、制裁が必要だ…っ」

「よせ、一之瀬！」

「狩野——」

一之瀬に拘束されたまま、青伊は狩野を呼んだ。海風にまぎれた彼の声は、細く掠れて、耳を澄ましていなければ聞こえない。

「これで、いいんだ。俺は自分の役目を果たせなかった。ここで制裁を受ける」

「青伊……っ、何だ、役目って。お前は俺を信じて、あのチップを託してくれた。そうじゃないのか」

「狩野。お前は何も知らなくていい」

「青伊！」

歯痒い叫びが、狩野の喉を裂かんばかりに迸《ほとばし》る。

ドックを照らす明かりが、左右に揺れる青伊の顔を、逆光で見えなくさせた。死が間近に迫っても、自分を拒み続ける彼に、狩野は焦れた。

「一つだけ、頼まれてくれ。――俺は死んだって、母さんに、伝えて。もう母さんを苦しめないって、今まで、生きていてごめんって、伝えてほしい」

「どうしてだ、青伊。こんな時にまで、母親のことなんか考えるな！　自分のことだけ考えろよ！」

「子供の頃から、ずっと、母さんに許してほしいと思っていたんだ。人殺しにふさわしい死に場所を探してた」

「青伊、お前は誰も殺してない…！」

「邪魔をしないでくれ、狩野。死んだら妹に、謝りに行く。お前は生きて、俺のことはもう、忘れてくれ」

「いい加減にしろ、この死にたがり。お前を一人で、いかせてたまるか――」

狩野は両手を下ろし、雄々しく夜空へ向かって吠えた。

「一之瀬！　そいつを殺すなら、俺も一緒に連れていけ！」

「狩野……っ？」

「は…っ、ハハッ！　本気でこの淫売と心中がしたいのか」

「ああ。惚《ほ》れた奴と蜂《はち》の巣にされるなら、本望だ」

「駄目だ、狩野！　逃げろ！」

「哀れな野郎だ。おい、チャカを捨ててこっちへ来い。最期の情けをかけてやる。淫売と命乞いでもして見せろ」

「――俺は丸腰だ。銃も手錠も、持ってねぇよ」

青伊を救うためには、どんな武器も無意味だ。刑事の肩書も、警察手帳も、青伊をただ想うことの他に、罪悪感の檻《おり》に囚われた彼を救う術《すべ》などありはしない。

一之瀬の手下たちが、狩野の体を服の上から検《あらた》めて、銃を携行していないことを確かめる。本当に丸腰だと分かると、手下たちは容赦をせずに、狩野を蹴り倒した。

「く…っ」

満潮の波飛沫《なみしぶき》が降りかかる地面を転がされ、青伊のもとへと、ようやく辿《たど》り着く。海まで一メートルもない鉄板の上で、服を赤茶けた錆で汚して這いつくばる狩野の姿は、この上もなく無様だった。

「刑事がまさか、チャカも持たずに追い駆けてくるとはな。いい道連れができたじゃねぇか」

「狩野！」

一之瀬の腕を振り解き、青伊が両手を伸ばしてくる。どんなに無様な姿でも、彼のその手を握り返すためにここへ辿り着いた。青伊の夜気に曝された左手首のアゲハ蝶を、狩野は力の限りで摑んで、彼を抱き寄せた。

「捕まえた……っ。お前は本当に、苦労をかけさせやがって……」

もう二度と拒まれたくなくて、細い髪に指を梳き入れ、青伊の顔を胸に埋めさせる。それでもまだ、いやいやをするように首を振る彼が、どうしようもなくいとおしい。

「どうして——どうして逃げてくれないんだ、狩野」

「お前が逃げないからだ、馬鹿野郎」

青伊を抱き締めたまま、海風で冷え切った彼の肩に、狩野は脱いだ自分の上着を着せ掛けた。

「お優しいことだな。てめぇらはもうすぐあの世へ行くのに」

「ほざいてろ。……一之瀬、お前にはさんざん邪魔をされたんだ。最期にキスくらいさせろよ」

「ハハッ。早く済ませてくれよ、汚《きたね》ぇホモ野郎」

一之瀬を睨みつけながら、銃口の痕が残る青伊のこめかみに、熱い唇を押し当てる。シャツの背中を握り締める青伊の手。震える指。きっとこれきりになるキスを、世界が終わるその瞬間まで続けたかった。抱き締め合う二人を嘲笑しながら、一之瀬たちが銃を構えて取り囲む。

「青伊、そのまま聞け」

青伊にしか聞こえない声で、狩野は囁いた。いくつ銃口を向けられても、もう逃げ場はなくても、青伊の命だけは諦めたくない。

「俺が撃たれたら、お前は後ろの海へ飛び込め」

「え…っ？」

「俺が盾になる。——コンテナ船の船底を潜って、岸壁伝いにこのドックから逃げろ」

いいな、と青伊の髪を握り締め、念を押す。反論は聞かないまま、狩野は青伊を自分の背中へとかばった。

「もう気は済んだかよ？」

「ああ。十分だ」

「狩野……！　よせ、狩野！」

「二人揃って頭をぶち抜いてやる——」

「逃げてくれ……！　俺なんかどうなってもかまわない。お願いだから、お前だけは生きろ……！」

背中を何度も拳で叩いて、青伊が、生きろ、逃げろ、と繰り返す。

薄いシャツの布越しに、額をくっつけてくる彼の温《ぬく》もりを感じた。その温もりが、秒間もなく涙へと変わっていくのを、狩野は幸福に思った。

「青伊。俺が死ぬのが、そんなに怖いか」

「――怖い――。嫌だ。お前がいなくなるなんて、嫌だ…っ」

シャツを握った彼の両手に、強い力がこもる。体じゅうで狩野にしがみ付いて、青伊は言った。

「お前が好きなんだ。死なないで。お前だけは、生きて」

「青伊――」

「狩野、俺は、お前のことだけ、ずっと好きだった」

死の間際で、狩野は夢のような甘い眩暈に包まれた。

欲しくてたまらなかった青伊の心が、十二年間の空白を飛び越えて、やっと狩野の心に寄り添う。どうしようもない胸の鼓動で、もう何も見えない。聞こえない。

シャツの背中はいつしか、青伊の涙で染まっていた。彼が流した、どの一滴のためにでも、何度でも死ねる。狩野はそう思った。

「俺も、ずっとお前が好きだったよ。青伊、俺の命を、お前にやる」

「狩野……、狩野……っ」

「今ならまっすぐ天国に行けそうだ。殺《や》れよ、一之瀬。けして狙いを外すな」

「狩野――！」

「てめぇに言われなくてもそうしてやるさ！」

狩野の眉間《みけん》に照準を合わせた銃口が、夜の埠頭に静寂をもたらす。

時間も、波も、海風も、何もかも動きを止めた。世界が停止したその刹那《せつな》、一発の弾丸が放たれた。

「アウッ……！」

一之瀬の呻きとともに、彼の手元から銃が弾《はじ》け飛ぶ。いったい何が起こったのか、狩野はすぐには分からなかった。

どこかから続けざまに二発、三発と銃弾が撃ち込まれ、一之瀬も、彼の手下たちも、あっという間に制圧される。狩野は自分の足元へ転がってきた銃を、咄嗟に海へと蹴り落とした。

「く、そ…っ、サツか――！」

流血した右手を押さえながら、一之瀬が獣のような眼差《まなざ》しで辺りを見回している。青伊を背中にかばったままの狩野の視界に、海風に舞い上がる黒いコートが映った。

「そこまでだ、一之瀬」

聞き覚えのある声だった。低音のその響きだけで人を圧する、独特の声。シャツを握り締めていた青伊の手が、はっとしたように震え出す。

「鷹通、さん」

青伊が飼い主の名を呟くのを、狩野は遠く聞いた。いつかのように、陣内鷹通のコートの裾が、闇そのものの黒さで翻る。彼の後ろには、きっと陣内組の部下だろう、一之瀬たちを撃ったスナイパースーツの一団が控えていた。

「オーナー、何故俺たちを……っ？」

信じられない、とでも言いたげに、一之瀬は弱々しい声で呟く。彼を見下ろす陣内の瞳は、狩野の肌をも粟立たせるほど、凄《すご》みを持っていた。

「お前に命じたのは矢嶋青伊の確保だ。殺せとは言っていない」

「こいつがサツに情報を売ったせいで、『ＭＩＳＴ』は潰されたんだ。俺は、オーナーの顔に泥を塗ったこいつを、制裁してやろうと」

「——泥を塗ったのはお前だろう？　一之瀬」

陣内は一之瀬を一蹴《いっしゅう》すると、海風に乱れた髪を、黒革の手袋を嵌《は》めた指で撫でつけた。

「『ＭＩＳＴ』が潰れたところで、俺は痛くも痒くもない」

「な、何を、言ってるんだ。あんたも上の組織に使われてる立場だろう！　『ＭＩＳＴ』を泉仁会の資金源に出世させたのは、店長の俺の力だ。あんたの力じゃない！」

「必死だな。幹部に成り上がるために、俺の与《あずか》り知らないところで、ヤクの密売に手を出しただけはある」

「ッ……！　何故、そのことを知ってんだ――」

「どこかの刑事が言っていた。俺の猫がヤク中だとな。生憎そんなものを欲しがるような躾《しつけ》はしていない。ヘヴンはお前が矢嶋に与えたエサだろう」

「俺の、猫だと……。まさか……っ、この男は、あんたの」

「お前を調べるために、俺が『ＭＩＳＴ』に潜り込ませた飼い猫《スパイ》だ」

狩野は息を呑んで、青伊の方を振り返った。本当にスパイなのか、と、目だけで問うと、青伊が小さな頷きを返してくる。

（そうか、だから青伊は、あのチップを――。顧客リストや、二重帳簿を『ＭＩＳＴ』から持ち出したのは、陣内を裏切った一之瀬を追い詰めるためだったのか）

狩野は青伊を片腕で抱き寄せて、飼い主の命令に忠実だった彼の髪を、悔しさ半分でぐしゃぐしゃに撫でた。青伊が命懸けで持ち出したチップを、監察官との取り引きに使った、弱い自分を責めながら。

「馬鹿野郎。なんて危険なことをしたんだ。馬鹿…っ」

スパイが死と紙一重の行為だと、暴力団の実態を知る人間なら、誰でも想像できる。青伊が無事だったのは奇跡に違いない。一之瀬は自身の裏切り行為を隠すために、青伊に『ＭＩＳＴ』を潰した罪を押し付けて、亡き者にしようとしていたのだ。

「一之瀬、お前は猫に噛み付かれた。派手に動き過ぎたな。泉仁会の幹部の椅子は、警察のマークのついた金では買えない」

「ちくしょう――！」

「制裁を受けるのはお前だ。この裏切り者たちを取り押さえろ」

陣内の部下たちが、一之瀬と、肩や足を銃撃されて血塗れになっている手下たちを、羽交い絞めにする。

進退窮《きわ》まった裏切り者を、冷たい横顔で睥睨《へいげい》してから、陣内は青伊へ瞳を向けた。

「『ＭＩＳＴ』の情報が警察に流れたのは、お前の失態だ。役目を果たせなかったスパイは、どうなるか分かっているな？」

「はい……っ」

陣内の右手が、コートと同じ色をしたスーツの胸の奥へと伸びる。そこから銃が現れるより早く、狩野は青伊のそばで身構えた。

「陣内鷹通。お前の猫は、俺がもらって行く」

陣内を睨みつけ、力強い声で言い放つ。再び銃口を向けられようとも、青伊は誰にも渡さない。

「勝手なことを」

「鷹通さん、狩野のことは撃たないでください！」

対峙する狩野と陣内の間に立ちはだかって、青伊は両腕を広げた。驚愕する狩野を、盾のように守りながら、青伊は海風の只中に凜《りん》と佇《たたず》んだ。

「命乞いか。元の飼い主のところへ、帰りたいのか」

「狩野は、俺を飼ったりしない。昔も、今も、俺に自由をくれようとする」

「それがお前の欲しかったものなのか？」

「俺は、──俺は、自由なんか、許されないと思ってた。でも…っ、狩野を想う自由だけは、許してほしい」

「青伊……お前」

狩野の心臓が、まるで鷲掴みにされたように痛む。青伊の欲しい自由は、ほんのささやかなものだった。しかし、彼の想いが海よりも溢れて、狩野を溺《おぼ》れさせていく。

すると、そうか、と囁いて、陣内はスーツの胸元から手を下ろした。

「お前はこの男のために、俺に大きな借りを作った。──来い。マカオに帰るぞ」

「鷹通さん」

「当分この国には戻らない。裏切り者を始末したら、今夜のうちに出国する」

冷徹な殺気を立ち昇らせて、陣内は踵を返した。

陣内の後ろ姿を見つめていた青伊が、狩野の方を振り返る。彼の瞳は、夜の色を溶かし込んだような、漆黒に彩られていた。

「青伊……、いろよ、ここに。なあ。俺と一緒にいろ！」

「……っ……」

何か言いかけた唇を、青伊は、きゅ、と噛み締めた。

彼はいつもそうだ。自分の心を殺して、真実には口を閉ざす。目の前に欲しいものがあっても、自分にそれを手に入れる資格はない、と、先に諦めてしまう。

「さよなら。狩野」

狩野の姿を焼き付けていた瞳を、青伊は短い瞬きの奥に隠した。飼い主のもとへと、ゆっくりと歩き出す彼。狩野を想う自由だけを抱いて、再び裏の社会へ去っていこうとする青伊の横顔は、十六歳の夏に見た彼の顔と、よく似ていた。

「青伊！」

後ろを振り向かない彼を、狩野は追い駆けた。嫌だ。もう青伊を見失うのは嫌だ。いとおしい彼へと、狩野が手を伸ばすよりも早く、怒号が聞こえた。

「オーナー、俺を殺るなら、あんたも道連れだ！」

羽交い絞めを死にもの狂いで振り解き、一之瀬が陣内へと突進していく。彼の両手には隠し持っていたナイフが握られ、その切っ先は血に飢えた獣の牙《きば》のように、ぎらぎらと光を放っていた。

「一之瀬――！」

狩野は地面を蹴って、愚かな凶行を続ける一之瀬へと飛びかかった。刑事だった体に残る本能で、彼のナイフを一撃で叩き落とし、背中側へ腕を捩《ね》じり上げて跪かせる。

「くそっ！　…くそ…っ！」

「いい加減に…っ、諦めろ」

もがく一之瀬のうなじへと、狩野は渾身《こんしん》の力で手刀を振り下ろした。がっくりと気絶した彼の体の上で、息を切らしながら緊張の糸を解く。

「何てしぶとい奴だ。ナイフを振り翳してまで、まだ抵抗するなんて」

犯罪を重ねてのし上がろうとした人間の、欲望に取りつかれた姿を、狩野は哀れだと思った。

一之瀬がナイフを向けても、驚きすらしなかった陣内が、狩野を見つめて瞬きをする。

「お前に助けられるとは。礼を言うべきか」

「勘違いするな。これでさっきの借りは無しだ」

陣内がもう一度瞬きをする。狩野はゆらりと立ち上がって、頬を伝っていた汗を拭った。

「青伊を返してもらうぞ。陣内」

「……狩野……」

「青伊。こいつと手を切れ。お前を裏の社会には二度と近付かせない」

「でも――俺は、もう」

「青伊！　俺と二人なら、平気だ。一緒に陽の下を歩いてやる。お前は生き直せる。俺がそばにいる」

「狩野――」

「俺を選べ。もう嘘をつかなくていい。怖がらなくていいから。お前の自由のために、一番欲しいものを手に入れろ」

「か、の」

うまく名前も呼べないくらい唇を震わせて、青伊の瞳から、透明な涙が零れ出す。生まれたての子供のように、涙を拭うこともしないで、青伊は泣いた。

「鷹通さん…っ、俺は、ここにいます。狩野のそばに、ずっといます」

は…、と狩野は、吐き出した息とともに、熱く火照《ほて》った瞼を伏せた。青伊を泣かせるたび、幸福な気持ちになるのは、自分が強欲だからに違いない。

とめどなく溢れる青伊の涙が、ドックの錆びた地面へと落ちていく。陣内は苦い笑みを浮かべて、狩野を選んだ青伊を見つめた。

「先に借りを作ったのは俺だ。お前の好きに生きるといい」

「鷹通さん……」

「陣内鷹通。お前は『ＭＩＳＴ』の一件の容疑が晴れた訳じゃない。だが、一之瀬たちを警察に出頭させるなら、このままお前を見逃してやる。マカオには一人で帰れ」

「この俺に取り引きを持ちかけるのか。刑事にしておくには、惜しい男だな」

「もう刑事じゃない。お前を逮捕したくても、手錠も持ってねぇんだよ」

「それは残念だ。猫を飼うなら、首輪くらい買っておけ」

ふ、と陣内は唇の端に笑みを残したまま、もう一度踵を返した。陣内の部下たちが、一之瀬とその手下を拘束したまま後ろをついていく。

「首輪なんんか、誰がつけるか」

歩くことを忘れたように、呆然《ぼうぜん》と立ち尽くしている青伊を、狩野は両腕で包んだ。陣内の背中を見送っていた澄んだ瞳に、自分の顔を映して、彼の視界を独り占めにする。

「やっと二人きりになれた。――青伊」

ぎゅう、と強く青伊を抱き締めて、もう誰にも渡さないと、夜空に誓う。震える指で、それでも背中を抱き返してきた青伊が、この世の何よりも大切だった。

「あの男が言ってた、借りって何だ」

「……俺が、泉仁会の別の幹部に飼われていた頃、内部抗争で、鷹通さんが暗殺されそうになった。その情報を、鷹通さんに教えたら、俺のことを命の恩人だと言って、感謝してくれた」

「恩人――」

「俺は、目の前で人が殺されるのを、見たくなかっただけなのに。鷹通さんはそれ以来、俺をそばに置いて、かわいがってくれた。母さんをホスピスに入れてくれたのも、あの人だ。

俺はお礼に、敵対する組織や身内にスパイとして潜り込んで、あの人の仕事を、助けていた」

「何年、陣内のもとにいた」

「暗殺を切り抜けて、あの人がマカオに拠点を置く前から、六年……くらい」

「俺が警察学校に入校した頃か。くそ。俺といるより、あいつといた時間の方が、ずっと長いじゃないか」

青伊が腕の中にいてもなお、嫉妬を隠せない自分に呆れた。

過ぎ去った時間は巻き戻しできない。しかし、これから先の時間は、いくらでも続いていく。二人が望めば、望むだけ、いつまでも寄り添っていられるだろう。

「青伊。さよならなんか、二度と言うな」

「……狩野……」

「今まで一緒にいられなかった分を、これから取り戻してやる。もうお前のことを、離さないからな」

「狩野。俺は、再会するまでずっと、心の中でお前のことを、考えていた。だから、離れていた気が、しないんだ」

「俺だってそうだよ。刑事になって、事件を追いながら、お前のことを追っていた。やっと、追い付いた」

青伊の額に、自分の額を、こつんと触れさせて、じっと顔を覗き込む。すると、青伊の瞳が独りでに潤《うる》んできた。

「刑事を辞めたって……、本当か」

「ああ。免職になった」

「俺の、せいか。俺はまたお前に……っ。狩野、ごめん。許して、くれ。ごめん」

「馬鹿。謝るな。俺は今、最高にいい気分なんだぞ」

「狩野、俺は、お前のそばにいてもいいのか？　後悔、しないか？」

「安心しろ、後悔なんか絶対にしない。青伊を探し出せたから、もう刑事は返上したんだ。迷宮入りしなくてよかった」

狩野、と囁いた青伊の唇に、唇で触れたくてたまらない。二人きりの埠頭に打ち寄せる、波の音色に急かされて、十二年も遠回りした想いを、互いに告げた。

「好きだよ。青伊」

「――お前のことが、好き」

まるで、二人の時間がここから始まるのだ、と確かめ合うように、同時に告白をする。偶然に重なった声と声がおかしくて、青伊は笑った。朗らかで屈託のない、狩野がずっと見たかった笑顔だった。

契約したばかりの狩野のマンションは、歌舞伎町に近い新宿の賑やかな一角にある。何年も過ごした、勝手知ったる根城の街で、他の街に住む選択肢が思い浮かばなかった。

「服、全部脱げよ。頭の先まで汗や錆で汚れてる。俺が綺麗に洗ってやるから」

部屋に入るなり、青伊をバスルームに連れて行って、半透明のドアを閉め切る。新築の広い間取りや、リビングから見える夜景を、青伊に見せてやる余裕がない。早く、早く触れたくて、そして触れてほしくて、青伊のシャツのボタンに指をかける。

「待って……、狩野、自分でする、よ」

「ああ、もう面倒だ。このままシャワー浴びる――」

服を着たまま、狩野はシャワーのコックを捻《ひね》った。まだ湯にならない水が、頭から降り注ぐ中、十二年前もこうして青伊の頭を洗ったことを思い出す。

「高校の時も、似たようなこと、したよな」

「……うん。学校の用具室だった。ペットボトルの水で、血が出ていた頭を狩野に洗ってもらったんだ」

「お前も覚えていたのか。俺がやっちまった傷だし、一回きりのことなんか、もう忘れていると思ってたよ」

シャワーの下で、ぶるっ、と青伊は首を振った。細い髪から滴る雫が、彼の白い首筋へと扇情的《せんじょうてき》に伝っていく。

「忘れてない――。あの時の傷、まだあるだろう？」

「……ああ。後頭部にうっすら残ってる」

「この傷の他にも、お前とのことは、全部覚えてるよ。俺には、大事な思い出だったから」

「青伊。お前だけの思い出じゃない。俺だって、お前のことが忘れられなかった」

「狩野――」

「お前のことを考えない日は、一日もなかったよ」

長い睫毛《まつげ》を瞬《しばたた》いて、青伊は瞳を伏せた。目尻《めじり》が微《かす》かに赤いのは、シャワーの温度のせいだけではないはずだ。狩野はそう信じて、濡れた彼の唇に、自分の唇を寄せた。

「……っ…」

びくん、と体を震わせながら、青伊が逃げるように壁の方を向く。そこには鏡がなく、青伊がどんな表情をしているのか見えない。

「青伊。お前に触れたい。お前と十二年分キスがしたい」

まるで高校生のような、率直過ぎる言葉を囁きながら、壁についた両腕の中に、青伊を閉じ込める。耳の後ろにそっと唇で触れると、また青伊は震えた。

「……あ……っ」

「再会してから、……いや、昔からずっとだな。お前は、俺が触れるのを嫌がる」

「嫌じゃ、な…」

「びくびくしてるじゃないか。お前のうなじも、首筋も、怯《おび》えたみたいに、震えてる」

「ん……っ」

襟足《えりあし》にあるほくろを啄《ついば》むと、青伊は壁を爪で引っ掻きながら、掠れ声を出した。

「――いいんだ。お前が嫌なら、これ以上はしない」

「狩野……」

「俺のことを、怖がらないでほしいだけだ。昔、お前につらくしたこと、悔やんでる。あんな真似は二度としない」

だから、と狩野は呟いてから、青伊の耳孔を唇で塞いで、吐息とともに乞うた。

「愛させてくれよ。俺に、お前を」

壁に立てた青伊の爪を、優しく掌の中に包み込む。今度は彼は震えなかった。こく、と細い喉が上下して、どこまでも澄んだ瞳が、バスルームの天井を向く。

「いいのか、狩野。本当に、俺で」

「え…?」

「俺は――、俺は、たくさんの相手に、自分を売ってきた。どこもかしこも、汚れてる。綺麗なところなんてない」

「青伊、何を言って」

「俺に触れたら、お前まで、汚してしまう。俺は、それが…っ、怖い」

そう言って、青伊は口を噤んだ。短い沈黙の間、狩野は大きく瞳を見開いて、驚きを隠すことができなかった。

「お前……、ずっと、そんなことを思っていたのか？　昔、俺とだけは、寝ないって、お前は言った。まさかそれも――」

青伊が、ひどく逡巡《しゅんじゅん》しながら頷く。長く抱えていた秘密をやっと明かされて、狩野は溜息とともに、青伊の首筋に頰を埋《うず》めた。

「馬鹿。お前は、本当に馬鹿だ。何でお前と寝たら、俺が汚れるんだ」

「だって、狩野は、綺麗な男、だから」

「訳の分からないこと言うなよ」

「お前と、最初に高校の校舎の廊下で擦れ違った時、そう思ったんだ。お前はとても、清潔な匂いがした。……初めて、だった。友達みたいに、なれた相手は。このままでいいと思った。友達なら、汚れた俺でもお前のそばにいられる。好きになったら、いけないと、思っていた」

「青伊」

恋しくてたまらない気持ちになって、青伊を自分の方へと振り返らせ、強く抱き締める。降り注ぐシャワーが、優しい雨のように二人を包み、互いをかけがえのないものにしていく。

「もっと好きになってくれよ。俺に触れて、キス、してくれ。俺を欲しがってくれ」

「狩野……っ、でも」

「お前が言うほど、俺は綺麗でも、まっすぐでもない。お前以外は何もいらないエゴイストだ。俺の中身は醜い欲望が詰まってる。誰がお前を抱いても、この体に、痕をつけても、俺以上にお前を汚せる奴はいないよ」

「……狩野、以上に……」

「綺麗なのは、俺じゃない、お前の方だ。かわいそうに、青伊。俺に惚れられたせいで、お前は逃げられない」

「狩野──狩野」

「もう諦めて目を閉じろ。俺がどんなに汚れた人間か、嫌ってほど教えてやる」

「お前、は、俺のために、悪ぶっているんだろう…？　優しい狩野、お前は高一の時も、そうだった」

「優しくできる余裕なんか、十二年前からとっくにないんだ。もう黙れ──」

喘ぐように震えた青伊の唇を、待ち切れなかったキスで塞ぐ。唇どうしを激しく重ね、吸い上げて、狩野は性急に舌を割り入れた。

「んん……っ」

胸と胸がぶつかるほど固く抱き合い、青伊の口腔へと忍ばせた舌先に、止まらない欲望を預ける。緊張で体を硬くしているくせに、溶けたように熱い粘膜がいじらしい。怖がって逃げる青伊の舌を許さずに、水音を立てて掬《すく》い上げ、そして互いを深く絡め合わせた。

「んくっ、ん、……ふ…、んう……っ」

どんなにこうしたかったか知れない。どんなにこの熱に飢えていたか知れない。無理矢理に何度も奪い、かつてはひどく泣かせた青伊のキスを、やっと自分だけのものにする。

「……ん、……う…っ、はっ…、ああ……っ、狩野、こんな、——息、できな」

「悪い。空気すらお前に触れてほしくない」

青伊に息継ぎをさせる間もなく、また唇を重ねて、舌で彼の頬の裏を掻き回す。酸欠で顔を赤くし、涙目になった青伊は、狩野の腕の中で力を失くした。

がくん、と膝から落ちそうになった彼を、バスルームの壁に預けて、着ているものを剝いでいく。素肌が透けたシャツはひどくいやらしく、腰から下に張り付くスラックスも艶《なま》めかしいのに、いつまでも震える姿は心細そうだった。

「青伊、お前を怖がらせるつもりはないんだぞ」

シャツのボタンを弾いてから、掌に吸い付くような、きめの細かい肌をした胸を撫でていく。あちこち残った彼の傷痕の全てを、自分の唇と舌で汚し直す。

清めるんじゃない——汚すのだ。青伊が欲しいと、たったそれだけの想いで生きてきた自分は、綺麗なはずはないから。美しい感情とは無縁な、動物のような本能で、青伊の肌に新しい痕を上書きしていく。

「あ…っ、は、ん……っ」

小さな乳首を噛んでやると、びくっ、とまた青伊は跳ねて、口元を手で覆った。充血して凝《しこ》っていくそこは、確かに感じているはずなのに、青伊はつらそうに瞳を揺らしている。

「声を聞かせてくれ。気持ちいいって、ここは言ってる」

そっと乳首の先端に舌を添えると、青伊はますます口を噤んだ。床を叩くうるさいシャワーを止めて、彼の息遣いまで聞き漏らさないように、耳を澄ませる。

「…っ……、う……」

乳首に舌先で円を描きながら、右手で青伊のスラックスの腰を撫で下ろす。ベルトのバックルを外す時に、意図もなく触れた彼の中心は、もう硬く張り詰めていた。

(え……?)

思わず視線を下げたら、青伊が、慌てたように腰を捩《よじ》った。そんなことをしても、こっちの欲情を煽るだけなのに。

「恥ずかしいのか？　なあ、お前がこんなに感じてるなんて」

「うう……っ、見る、な」

「昔、お前は、自分の体は痛みも何も、感じないって言ってたろう。俺はそれは、嘘なんじゃないかって、ずっと思っていた」

「――」

「ほら……これ。お前の、すごく熱い」

スラックスのチャックを下ろし、きゅう、と掌に包んだ青伊の熱を、いとおしく指で撫でる。すると、青伊はたちまち息を乱した。

「んぅ…っ、ん、や……っ」

青伊の両手を口元から外させて、頭の上で一纏めに押さえ込む。手淫とも言えない、ほんの少し触れただけの、子供じみた愛撫《あいぶ》。しかし、青伊は壊れたように腰を前後させ、下着の奥でもう放ってしまった。

「ああ……！」

布越しの掌に、青伊の確かな欲望を受け止めて、歓喜する。半泣きで嫌がる彼を見下ろしながら、白濁でべっとりと濡れた下着の奥へと指を這わせた。

「あ…っ、い、いや、触るな……！」

まだ硬さを保ったままのそれは、くびれを指の腹で擦っただけで、もう一度放った。びくん、びくん、と跳ねた鈴口から、白い精が床へと飛び散り、狩野の足元をも染める。

「ひぁ……っ、あ……、あ…っ、また、あぁ……」

「気持ちがよくて、止まらないのか。お前、かわいい、……好きだよ、青伊」

「もう、触らないで、くれ…っ」

「青伊、やっぱり、不感症は嘘だろう」

自慰を覚えたばかりの少年のように、頼りなく瞬《まばた》きを繰り返す青伊に、放った残滓を見せてやる。指に白く纏い付いたそれを、劣情に駆られてつい、口に含んだ。

「狩野――」

狼狽える青伊がかわいくて、彼の潤んだ瞳を見つめたまま、指をしゃぶった。

「は、吐き出して…っ、早く」

「嫌だ」

「馬鹿――」

ごくん、と飲み込んだ、苦くて青い、そしてそそる味。青伊の射精に昂《たか》ぶっていた自分の中心が、スラックスを突き上げるほど暴力的な姿になっていく。

「青伊がこんなに感じやすいなんて、知らなかった。どうして秘密にしてたんだ」

「……恥ずかしい。知られたく、なかった」

「恥ずかしい奴なのは、俺の方だよ。お前を見ているだけで、いきそう」

自分もベルトを緩めてから、屹立し切ったものを、青伊の中心に押し当てる。そのまま腰を猥褻《わいせつ》に動かしている間に、二人分のスラックスと下着が、びしょ濡れのまま床へと落ちていった。

「あっ、やめ……っ」

「俺のと擦れて、お前のがまた大きくなってきた」

「んん…っ、あ……、はぁ……っ、狩野——」

「どくどく脈打ってる。本当に、止まらないんだな」

「……狩野に、だけ、感じるんだ…っ。お前に、体を、触れられると、俺は、おかしくなる」

「俺にだけって——？」

唇を噛んで、黙ろうとした青伊に、キスの楔《くさび》を打つ。声を飲み込んだ口腔の奥の方まで、舌を伸ばして、めちゃくちゃに蹂躙《じゅうりん》した。

「んっ、んんっ…っ！」

キスに溺れて、青伊の腰が、いっそう淫らに動き出す。自分まで暴発しそうになりながら、一纏めにしていた彼の手を解放し、背中にしがみ付かせた。

「もうだんまりは無しだ。全部言え。お前が今まで黙ってたこと、俺は聞きたい」

俄かに体温を上げて、ぎゅう、と青伊が抱き締めてくる。髪にキスをして催促をしてやると、やっと彼は自白した。

「り……理由は、分からない。俺の体は、何も感じないはずなのに、狩野だけ、違うんだ」

「どんな風に違う」

「狩野の手、大きくて、温かい。唇と舌は、たくさん動いて、熱い。お前の息が、肌に触れただけで、俺は、感電したみたいに、なる」

自白通り、狩野に触れている青伊の体は、どこもかしこも、震えている。十二年前と同じように。

「……俺は……、青伊がいつも、震えてるのは、俺のことが嫌いだからだと思ってた」

「違う。——お前にだけ、反応するのを、悟られたくなかった。誰に抱かれても、痛くも何ともない、感じもしない人形でいられたのに、お前が指一本触れただけで、俺は人間に戻る。それは、俺には、つらいことだったんだ」

「青伊——」

「ごめん、狩野、黙ってて。昔、お前とだけは、寝ないって言ったの、お前のことが嫌いだからじゃない。好きだったから……っ、お前を、汚したくなかった。こんなに、いやらしい俺を、知られたくなかった」

「お前…っ、そういうことは、秘密にするな。お前の本当の気持ちを知るまで、随分時間がかかったじゃないか」

くそ、と吐き捨てて、狩野は青伊を抱き締め返した。遠回りをした分、互いを欲しがる気持ちがつのって、どちらからともなくキスを求め合う。

「ん…っ、く、んん……っ」

「青伊……、もう、秘密は嫌だ」

「——うん」

「黙ってたって、この唇を抉《こ》じ開けて、全部言わせてやるからな」

覚悟しろ、と脅しながら、また唇を重ねる。隙間もなく寄り添った二人の胸から、どくん、どくん、と鼓動が響き合い、キスはたちまち激しくなった。

「ふ…、んう……っ」

「――は…っ。青伊、出よう。立ったままではつらいだろ。ベッドも何もないけど、お前のことを、ちゃんと抱きたい」

「うん。狩野……。ありがとう」

顔を赤く上気させて、青伊が頷く。狩野は壁にかけていたタオルを取って、青伊の髪や体を拭いた。自分の水滴も手早く拭ってから、バスルームの半透明のドアを開ける。

布団を敷きっ放しにしている寝室は、エアコンをまだ設置していないせいで寒かった。しかし、二人の火照った肌には、この温度がちょうどいい。ドアに固く鍵をかけて、湯の香りで室内を満たしながら、青伊を布団の上に横たえる。

「……この部屋…、本当に、何もないんだな」

契約した時のままの、天井の飾り気のない照明を見上げて、青伊が呟いた。

「ホテルでも取った方がよかったか。ムードもなくて、ごめんな」

「ううん。俺は、お前だけいてくれたらいい」

「青伊」

「お前が、自分のことを選べと、言ってくれたから、俺は、ここにいられる。……お前に触れることができる」

青伊が伸ばしてきた両手が、狩野の頬を包み、幸せそうに撫でている。彼に引き寄せられるまま、何度目か分からないキスをして、布団の上で縺《もつ》れ合った。

「ん……、んん……っ」

唇から始まり、青伊の頬や顎、首筋、鎖骨へと、キスをしていない場所をなくしていく。しなやかな背中にもキスの痕を残したくて、恥ずかしがる青伊を、四つん這いにさせた。

「や——、狩野、待って……っ」

後ろから青伊に覆い被さり、頼るものを探してシーツを摑んだ彼の手に、キスを落とす。ちゅ、ちゅ、とあやすように触れた後、左の手首のアゲハ蝶にだけは、歯を立てた。

「あぅ……っ」

不自然に折れた羽に、尖った犬歯の先を埋める。青伊の肌を苛んだ刺青《いれずみ》の針よりも、自分が与えた痛みで、このアゲハ蝶を乗っ取りたい。

「こんなもの、お前に二度と入れさせないからな」

「狩野、ああ……、狩野……」

つう、と青伊の瞳から透明な雫が溢れた時、彼は確かに、嬉しそうに微笑んだ。

アゲハ蝶に歯の痕を残して、肘《ひじ》から二の腕をキスで辿り、背中へと行き着く。どこもかしここも感じやすい青伊は、背骨に沿って舌を這わせただけで、がくがくと四つん這いの膝を痙攣させた。

「んっ、んぁっ、はあっ」

切なげな声とともに、無意識に彼の腰が沈み、代わりに小ぶりな尻が高く上がる。誘っている風にしか見えない、柔らかな尻朶《しりたぶ》を揉みしだいて、欲望の火を点けられた指を、その狭間へと忍ばせていく。

「力を抜いてろ、青伊」

「……ん…っ、うん――」

くち、と濡れた音を立てて、青伊の窄《すぼ》まりの奥へと指を埋める。彼の内側のうねりが、もっと奥に指を導き、熱く柔らかく締め付けてくる。

「あ、あ……っ、ああ……っ、狩野…っ……」

ぞく、と襟足《えりあし》の髪をざわめかせ、青伊は途切れがちに名前を呼んだ。指で攪拌される熱に戸惑った姿が、儚《はかな》げでいとおしい。

傷を付けてはいけないと、丁寧《ていねい》に指を動かせば動かすほど、青伊の戸惑いは大きくなる。涙で瞼を真っ赤に腫《は》らし、何度も不安そうに首を振って、シーツに頬を擦り付けている。

「そんなに、そっとしなくて、いい」

「何故。つらいのは嫌だろう」

「……優しくされるの、初めてだから、どうしていいか分からない」

「青伊」

たった一度だけ青伊を抱いた十二年前は、彼を引き裂き、苦痛を与えることしかできなかった。自分のしたことを後悔しながら、ゆっくりとまた、青伊の中で指を蠢かす。蕩けていく彼のそこに、指の数を少しずつ増やして、水音を大きく立てさせた。

「は…っ、ああ、ん……っ！」

「お前はただ感じて、今みたいな声を聞かせてくれたらいい。俺を欲しがってくれたら、それだけでいいんだ」

「狩野……っ、狩野」

「言えよ。正直になれ。もう何も隠すな」

「あ、あぁ——、欲し、い。俺は、もっとお前が、欲しい……」

青伊に熱く指を食い締められて、狩野の理性が砕け散っていく。

ぐちゅん、ぐちゅっ、と、青伊の方から腰を振って、健気《けなげ》に求めてくれるのが、嬉しくてたまらなかった。

「青伊。我慢できない。お前を抱きたい」

追い縋《すが》ってくる粘膜を宥めながら、深くまで埋めていた指を引き抜く。青伊をもう一度仰向けに寝かせ、煌々《こうこう》と明かりをつけたまま、彼の足を大きく開かせた。

「狩野、俺ももう、我慢、したくない」

「青伊……」

綺麗で仕方ない泣き顔を見つめて、好きだよ、と囁く。こくん、と頷かれ、十二年もかかった恋の成就に自分も泣き出しそうになりながら、猛った屹立を彼の窄まりに宛《あて》がった。

「は……っ、あぁあ……っ！」

熱い、熱い青伊の中を、混じり気のない想いで貫く。柔らかな肉の抗いを、楽しめるほど大人だったら、もっと格好もつけられたのに。二人でやっと一つになれた喜びが、狩野に不器用な抱き方しかできなくさせる。

「ひぁ……っ、あぁ――、あ……っ」

貪るように隘路《あいろ》に叩き付ける腰を、止めることができない。ひといきに青伊の奥を穿ち、のけ反った彼を抱き締め、キスを奪う。自分の口中へと青伊の悲鳴を導いて、絡めた舌で無理矢理甘い嬌声へと変えた。

「んっ、あ……んん、ふ、は、ぅ…、んっ」

暴走する狩野の切っ先は、青伊の全てを欲しがって、どろどろに溶けた粘膜を激しく擦り上げている。もっと優しく、もっと大切に、青伊を愛したいのに。

「ごめん…っ、青伊、つらくして」

キスを解いて、いくらもない距離から青伊の瞳を覗き込むと、熱にぬかるんだ眼差しが返ってきた。

「どう、して、謝るんだ」

「これじゃ、昔と同じだ。馬鹿なガキだった俺と、何も変わってない」

「変わらなくて、いいんだ。狩野。――狩野。お前とずっと、こうしたかった」

「青伊……」

「一度だけ、お前に抱かれたことを、忘れたことない。二度目があったら、どんなに幸せだろうって、思っていた」

潤んでばかりの彼の瞳が、瞼の奥へと隠されていく。薄い唇が笑みを形作り、頬が綻《ほころ》んでいく。

満ち足りた青伊の微笑みは、唯一無二の宝物だった。それを自分が与えているのかと思うと、俄かには信じられなくて、何度も彼の頬を啄んで確かめる。

「ん…っ、くすぐったい、よ」

「お前が嬉しいことを言うから、いけないいんだ」

体を深く繋げたまま、じゃれ合うようなキスをした。青伊が身を捩って逃げるたび、彼の内側が不規則にうねって、欲情を煽る。

青伊の動きに合わせるように、大きく腰を打ち付けて、じゃれながら彼を追い上げる。ぐちゅ、ずちゅ、と淫らな音がして、耳すらも敏感な青伊は、また甘い声を迸らせた。

「あう…っ、んっ、狩野、あん……んん」

「気持ちいいか――？」

「うん…っ、いい、とても。……続けて。狩野も、いいなら……っ、もっと」

「ああ、俺だって、最高に気持ちいいよ」

「狩野、本当――？」

「ああ」

嬉しい、と囁いて、抱き締めてきた青伊の両腕に、強い力が宿っている。

狩野を離すまいとする、正直で、貪欲な抱擁。もう青伊は嘘をつかなくていい。心をごまかさなくていい。いくらでも自分を求めて、虜《とりこ》にしてほしいと、狩野は思った。

「青伊、来いよ」

汗ばんだ彼の体を抱き起こし、胡坐《あぐら》をかいた膝の上に跨らせる。自分の重みで深く繋がっていくことを、青伊は耳の後ろまで赤くして恥じらった。

「や……、あうぅ……っ」

「俺の全部、お前の中だ」

青伊をもっと啼かせたくて、細い腰を両手で摑み、下から何度も突き上げる。腹の間で擦れた青伊の屹立から、蜜《みつ》のような雫が溢れ出し、水音とともに二人を密着させた。

「ああっ…、あっ、い、いい……っ、あぁ…！」

快感に染まっていく彼の姿を、堪能する余裕はもうなかった。青伊に締め上げられ、吸い付かれている狩野のそこが、もう限界だと打ち震えている。

「青伊、好きだ、お前が好きだ」

「狩野……、狩野…っ、もう、駄目、もう……っ」

「俺も、一緒に行こう。——青伊、お前のことを、二度と離さないから」

「うん——。狩野、このままお前に、抱かれていたい」

青伊の方から重ねてきた唇に、十二年分の彼の想いを託されて、吐息ごと飲み込む。腹の奥から湧き上がってくる、彼と果てたい衝動に身を焼かれて、狩野は律動を繰り返した。

「んっ、ふ…っ、んぅ……っ。は…っ、狩野——、狩野、いく……っ」

「青伊、俺も……、青伊——」

「あ…っ、ああ——、狩野……！」

がくん、と大きく震えた青伊を抱き締めて、彼の最も深い場所へと、情熱を注ぎ込む。間《かん》歇的《けってき》に放った狩野のそれを、何度も、何度も受け止めて、青伊も果てた。

「……は……、あぁ……、あ……っ」

痺《しび》れるような放埓《ほうらつ》の余韻が、抱き合った互いの体を満たしていく。しかし、青伊の中に埋まったままの狩野の屹立は、次の律動を待ってまだ漲っていた。

「足りない、みたいだ。もっとお前が欲しい」

格好もつけずに正直に囁くと、青伊は微笑みながら頷いて、またキスをしてくれた。

今夜が二人の本当の、再会の夜なのかもしれない。青伊の熱に溺《おぼ》れる、終わらないキスの中で、狩野はぼんやりとそんなことを考えていた。

■

『警視庁、謎《なぞ》の更迭劇。警視監以下、幹部数名の懲戒免職処分を発表』

そんなニュースが街を賑わせたのは、そろそろ東京に冬の気配がしてきた、十二月の初めの頃だった。

新聞の第一面に載った、警視庁の不名誉な記事を見付けて、狩野は溜息をついた。『MIST』の顧客リストに載っていた幹部たちを、全員懲戒免職にするとは、随分大胆な大鉈《おおなた》を振るったものだ。

(あの清宮監察官だから、こんなことができたんだろう。組織の中で、あの人がどこまで正義を貫くかは、俺にはもう分からないが)

貫かれて当然の正義に、結果的に力になれたことが、今はほんの少しだけ誇らしい。しかしそれは、狩野にとっては、一番欲しいものを手に入れた後の副産物のようなものだ。

狩野は第一面だけをチェックすると、新聞をラックに戻して、花井医院の待合室の長椅子に腰かけた。警視庁幹部の不祥事と比べて、『MIST』の関係者の逮捕は、ほとんど世間のニュースにはならなかった。大井埠頭で陣内に拉致された一之瀬たちは、全員猿轡に手錠をかけられた状態で、あの後すぐに、新宿中央署の前に放置されていた。松木課長から秘密裏に回ってきた情報では、彼らに激しい制裁の痕があったらしいが、命まで取らなかったのは陣内の気まぐれだろう。形はどうであれ、陣内は狩野との取り引きに応じて、一之瀬たちを警察に引き渡したのだ。

(今頃、あの男はマカオの空の下か)

できれば二度と会いたくない男を思い浮かべて、狩野は仏頂面で髪を掻き上げた。命の恩人だという、青伊に対する彼の感情は、結局最後まで真意を読めなかった。仲間内から暗殺されかけた男にとって、青伊は信頼に足る相手だったのかもしれない。青伊が大事にされていたと知れば腹が立つし、便利にスパイをさせられていたとしても、それはそれで腹が立つ。

結局狩野は、青伊が陣内のもとにいた数年間のことを、詮索《せんさく》しないことに決めた。青伊は今、狩野のそばにいる。一番の望みは叶えられたから、心の狭い男は返上して、青伊と二人で生きていくことだけを考えたい。

(あいつを幸せにしてやる、なんて言葉は、簡単には口にできないけどな……)

一方的な想いだけでは、何も成就しないということを、青伊に会えなかった十二年の間に、嫌というほど知った。二人で幸せになるために、どうすればいいか、今はまだ手探りでいい。

始まったばかりの二人の暮らしを、照れくさい思いをしながら続けていけるだけでいい。

「遅いな、青伊。いつまであいつをいじくり倒してるんだ、春日の奴」

いつでも青伊のそばにいたいせいで、こうして待合室に一人でいると、つい手持ち無沙汰《ぶさた》で悪態をついてしまう。すると、狩野のその声が伝わったように、診察室のドアが開いた。

「――今日の検査の結果は、来週には出るからね。体調もどんどん回復しているようだし、このまま完全に健康な体に戻るまで、治療をがんばろう」

「はい。ありがとうございました。春日先生」

青伊が週に一度の検査を終えて、診察室から出てくる。ヘヴンを彼の体から抜くための治療は、春日の指導で、順調に進んでいた。

「お疲れ、青伊」

「うん。待たせてごめん。栄養指導をしてもらっていたら、遅くなった」

「狩野、お前も検査と食事療法をするか？　刑事を辞めて緊張感が緩んだんだろう、ちょっと太ったんじゃないか？」

「適当なことを言うな。ヤブ医者め」

「そのヤブ医者に大事な恋人を診せているのは、誰だっけ？　妬《や》けるね、幸せ太りは」

「口の減らない奴――」

いつものように、腐れ縁どうしで遠慮なく言い合っているると、それをそばで見ていた青伊が、くすっ、と笑った。彼の笑った顔は、一日に何度でも見たい。日を追うごとに、それを目にする機会が増えているのは、きっと気のせいではなかった。

「青伊、こんな口だけのヤブ医者は放っておいて、もう行くぞ。今日は忙しいんだ」

「あ…、うん。それじゃ、先生、また来週に」

「はーい。お大事にね。体調に変化があったら、すぐに連絡して」

はい、と頷いた青伊の肩を抱いて、花井医院を出る。午後だというのに新宿の街は寒くて、寄り添って歩くには好都合だ。

『MIST』の一件が片付き、狩野のマンションで二人が一緒に暮らし始めてから、もう一ヶ月が経っていた。青伊がそばにいることが日常になったのに、新調したベッドで朝起きると、隣にちゃんと彼がいるかどうか、つい確認してしまう。

夢に描いていた暮らしを、やっと叶えることができたのだから、まだもう少し、ふわふわとした甘い空気に浸っていたい。特に今日のような、特別な日は。

「──新宿区役所。先生の病院から、歩いてすぐだ。こんなに近いのか」

「ああ。容疑者の照会やらで、以前はしょっちょう顔を出していた。お前を探している時も、ここにはよく通ったよ」

区役所通りに建つ、本庁舎の戸籍住民課に、今日は用がある。

先日、家庭裁判所で青伊の失踪宣告が取り消され、無事に戸籍が復活することになった。『矢嶋青伊』という一人の人間が、たくさんの苦難の果てに蘇ったのだ。

「何も母親の戸籍に戻らなくてもいいじゃないか。——別に、俺の姓を名乗って、狩野青伊になってもいいんだぞ」

戸籍住民課のカウンターの近くで、手続きが終わるのを待つ間、二人でコーヒーの紙カップを片手に、そんな話をした。さりげなくプロポーズをしたつもりだったのに、青伊の柔らかな微笑で、あえなく無効化されてしまう。

「母さんが生きている限りは、親子でいるよ。体を治したら、まっとうに働いて、母さんの入院費も払っていかなくちゃ」

「…ったく、お前は優し過ぎる。あんまり度が過ぎると、俺が拗《す》ねるぞ」

「怒らないでくれ——。俺は、母さんを嫌ったことは、一度もないんだから」

澄んだ瞳をして、そんないじらしいことを言わないでほしい。母親に憎しみの欠片《かけら》も持っていない青伊を、人で溢れたこの区役所の中で抱き締めて、もう一度プロポーズをしたくなってしまう。

「矢嶋さん、矢嶋青伊さん。手続きが終わりましたので、書類をご確認ください」

職員に名前を呼ばれると、青伊は少しだけ、緊張した顔になった。励ますように彼の背中に手を添えて、二人でカウンターへ向かう。

新しい戸籍謄本《とうほん》や、それに付随するいくつかの書類が、青伊の前へと差し出された。すると、謄本を覗き込んでいた彼が、驚いたように瞳を丸くする。

「あの…っ、すみません」

「はい？」

「ここ、母の欄が、間違っています。長女が、俺の妹が、三歳で死亡って——」

「ええ、ちゃんと死亡届が出されていますよ」

「いえ…っ、違うんです。妹の桃子《ももこ》は俺と双子で、死産だったはずなんです」

「死産、ですか？　その場合は、出生届を出せませんので、妹さんは戸籍に記載されないことになりますね」

「え……？」

「きっとご記憶違いではないでしょうか。おいたましいことですが、妹さんはこちらの記載通り、三歳でお亡くなりになっています」

カウンターの向こうから、職員がそう説明するのを、青伊は呆然と聞いていた。狩野も同じくらい衝撃を受けながら、どうにか書類を一纏めにして、区役所を出る。

「どういうことなんだ。死産じゃなかった……。桃子は、三歳まで生きていた。俺と一緒に、母さんと暮らしていたんだ」

「妹と遊んだことや、一緒に過ごしたことを覚えていないのか？　よく思い出してみろ。三歳ならおぼろげにでも、妹を覚えているんじゃないか」

「……ううん。少しも、記憶がない。桃子のことを、俺はどうしても思い出せない」

青伊は自分の髪を握り締めて、もどかしそうに俯《うつむ》いた。青伊にとって、妹の記憶は虐待の記憶と直結している。幼かった彼が、自分自身を守るために、無意識に妹の記憶を消してしまっていてもおかしくない。

「青伊」

項垂れたままの青伊の肩に、狩野はそっと手を置いた。

「何故だ。母さんは何故、桃子を死産だと言ったんだろう」

長い間、妹の死はお前のせいだ、人殺しだと、母親は青伊を責め続けてきた。妹の代わりに、お前が死産だったらよかった、と、ひどい罪悪感で青伊を雁字搦《がんじがら》めにしていたのだ。

母親がそこまで、青伊に罪を課した理由――。あまり考えたくない、考えてもどうしようもないことを、狩野はぽつりと呟いた。

「娘の死を、お前の母親は、受け入れられなかったのかもな」

「え？」

「あくまで俺の推理だ。……病死か事故死か、事件死かは知らない。三歳の娘を亡くして、母親は心を病んだ。つらくてつらくて、自分のことを責め続けて、ある時母親は、同じ三歳の息子――お前に罪をなすりつけることで、楽になろうとした。お前のアゲハ蝶、三歳の時に入れられたんだろう？」

「あ……っ」

はっとしたように、青伊は自分の左の手首を見た。

「そいつが虐待の始まりだ。ありもしない罪を着せて、子供のお前に罪悪感を植え付けた。想像するだけで寒気がするよ」

「で、でも、本当に俺が、妹を殺したのかもしれないじゃないか。子供の不注意とか、いくらでも理由はあるだろう」

「それならわざわざ、母親は『死産』なんて逃げ道を使うかな」

「狩野……」

「どう説明しても、お前が妹を殺した事実はないから、死産ということにしたんじゃないか？ それなら、母親は、自分に罪がないって正当化できるだろ。腹の中で、双子の兄が妹を殺した――。ふざけるな。単なる責任転嫁の、虐待の口実だよ」

多分この推理は、大筋は間違っていない。ただ、真実を確かめるには、だいぶ時間が経ち過ぎている。

それでも、青伊はきっと、真実を知りたいのだろう。戸籍謄本の入った封筒を握り締める彼の手が、真っ白になって、震えている。

「青伊。お前が本当に人殺しかどうか、一緒に確かめよう」

「どう、やって」

「妹が何故死んだか、死亡届にその理由が書かれている。死亡届は役所に提出された後、戸籍の除籍を経て、法務局に保管されるんだ。法務局でもし処分されていたら、次は、死亡届を書いた病院と、その医者を調べてみよう。妹のカルテが保存されているかもしれない」

「狩野、でも、桃子が死んだのは、もう二十年以上も前のことだ。今調べたって」

「真実を確かめたいなら、諦めるんじゃない。今お前のそばにいるのは、結構優秀だった元刑事だぞ。俺のことを、頼ってくれ」

「狩野……っ」

封筒を取り落した青伊の両手が、狩野の体を包み込む。強い力で抱き締めながら、狩野、狩野、と繰り返す青伊の声は、涙で掠れていた。

「泣くな。お前が人殺しなんかしてないことを、俺が証明してやる」

「狩野、ありが、とう、狩野」

「ありがとうより、好きって言え。俺はその一言だけで、お前に何でもしてやれるから」

「好き——。狩野、お前のことが、大好きだよ」

白昼堂々、人の行き交う新宿の真ん中で、泣きじゃくる恋人を胸に抱く。この温もりを守るために、生きてきた。そしてこれからも生きていく。二人で。

END

恋のつづき

その男のことを、綺麗《きれい》な人だと言ったら、奇妙だと思われるかもしれない。

彼は精悍《せいかん》な顔をした、長身の雄々しい男で、女性的な美しさとは無縁の容姿だ。しかし、澱《よど》んだ世界に居続けた自分には、彼が誰《だれ》よりも美しい存在に見える。

彼の名は、狩野明匡《かのあきまさ》。東京から引っ越してきた、一年D組の編入生。高校の校舎の廊下で擦れ違った、彼との出会いの瞬間を、鮮明に覚えている。

最初に彼を感じたのは、匂《にお》いだった。血気盛んな獣のような、高校生たちの雄《オス》の匂いに混じった、彼の清潔な匂い。心の中に澄んだ部分を持つ人間の、気高い匂いを、彼は制服の体に纏《まと》っていた。

嗅《か》いだことのない類《たぐい》のものだったから、自分の鼻は、すぐに察知した。その時はまだ名前も知らなかった狩野が、自分とは対極の世界にいる人間だ、と。

荒れ果てた高校で、狩野がどれほど不良として振る舞っていようと、彼からは一度も、性根の腐った匂いがしなかった。だから、彼は触れてはいけない人間なのだと思った。彼はけして、自分の客には成り得ない。

狩野は、手ならいくら、口ならいくら、穴ならいくらと、体を切り売りして生きてきた自分が、接していい人間ではなかった。誰にでも体を売ってきたくせに、そんな風に思った人間に出会ったのは彼が初めてで、戸惑いと、恐れと、どうしようもない好奇心が同時に湧《わ》いてきた。

自分の視界に、狩野の姿が常にあることに気付いたのは、いつだったろう。体を売るたび、固い殻《から》に覆われていった自分の心に、狩野は深々と入り込んで風穴を開けたのだ。校舎の片隅にあった用具室で、彼と二人、よく授業をさぼった。はじめはぽつり、ぽつりと話しかけてきた彼に、適当なふりで言葉を返しながら、その実、心臓は変に高鳴っていた。

狩野との距離が縮まるごとに、彼の清潔な匂いを、腐った自分の匂いで消してしまいそうで、嫌になった。狩野に近付き過ぎてはいけない。触れてはいけない。固くそう思っていた自分のことを、狩野は、好きだと言ってくれた。

『お前が好きだ。黙ってんのは性に合わねぇから、先に言っとく』

——その時のことを、今でも夢に見る。頬を少し赤くして、まっすぐに告白してくれた狩野は、十六歳の少年そのもので、かわいらしかった。とても、いとおしくて、いとおしくて仕方なくて、自分には彼の気持ちを受け止められなかった。

もし自分が、狩野のようにまっとうな十六歳だったら、一緒に頬を赤くして、お前のことが好きだと、同じ告白の言葉を言えたかもしれない。でも、自分が生きてきた世界は、彼が想像もできないほど荒《すさ》んでいた。狩野が綺麗な世界から伸ばしてくれた手を、闇《やみ》に首元まで浸《つ》かった自分は、握り返すことができなかった。

『狩野。俺《おれ》は、お前とは付き合えない』

自分の手を、狩野へと伸ばそうとしても、罪の烙印《らくいん》がそれを許さない。左の手首の裏側にある、羽の折れたアゲハ蝶《ちょう》の刺青《いれずみ》は、人殺しのしるし。妹を殺したお前の罪は一生消えないと、母親が自分を罵《ののし》る声が、耳から離れない。

『――お前と一緒にいたら、俺は、駄目なんだ』

手首のアゲハ蝶を見るたび、自分の生きる世界は、狩野のいる世界とは遠いことを思い知る。そして、狩野のために、それは都合のいいことなのだと気付く。

さよならさえ告げずに、彼の前から消えたことを、後悔はしなかった。自分たちの世界は、二度と交わってはいけない。

高校一年の、とても蒸し暑かった夏。狩野に出会い、恋をした、あのたった一ヶ月間の夏が、自分には、かけがえのない永遠だったのだ。

◇

高台に建つホスピスから見渡す海は、冬の風に少し荒れて、時折渦のような波を作っている。潮の香りに満ちたこの施設の庭は、暖かい季節なら患者や介護士たちがよく散歩をしているが、今日は無人だった。

「雪が降りそうだ。海も空も、灰色だね、母さん」

「………」

返答がないまま、自分の声が風音に溶けて消えていく。ここへ面会に来るたび、白髪《しらが》が増えている母親は、まるで不快な虫でも追い払うように、剝《は》げかけたマニキュアの指を中空へと彷徨《さまよ》わせた。

「あ、あ、う」

「何もいないよ。手袋、どこへやったの？　さっきまでしてたのに」

「う……、うう」

夢の国の住人になった母親の肩に、そっと手で触れる。ストールの下のそこは、痩《や》せた骨が浮き出ていて、強く押すと折れそうだ。

実年齢以上に老いた、皺《しわ》を深く刻んだ母親の横顔。虚《うつ》ろに揺れている瞳《ひとみ》には、自分の姿は少しも映っていない。愛されたいと、子供の頃に抱《いだ》いた願いは、母親の背丈を追い越した頃から、愛したい、に変わった。長い時間が流れた今は、巡り巡って、また愛されたいと思っている。

しかし、自分の思いは、病に侵された母親の心には届かない。母親に存在を忘れ去られるということが、こんなにもやるせなく、切ないことだとは思わなかった。

「——母さん。もう部屋に戻ろうか。回診の時間だ」

車椅子《くるまいす》をゆっくりと押しながら、冬枯れの芝生《しばふ》や、花のない花壇の前を通り過ぎる。

昔のように、嫌ってくれてかまわない。憎んでくれてかまわない。一度だけでいい。もう一度だけ、母親に自分の名前を呼んでほしかった。

朝、目を覚ました時に見える、天井のクロスの白さに、まだ慣れない。五年以上も暮らしたマカオの住処《すみか》は、中華様式の装飾過多な内装で、目に痛いほどだった。新築マンションのこの部屋は、内装も家具もシンプルで真新しく、少し散らかしただけですぐに掃除をしたくなる。

ベッドヘッドの目覚まし時計は、まだ二度寝をしていい時刻を示していた。窓のカーテンの隙間《すきま》から見えるのは、冬の新宿の澄んだ空。早朝のベッドの中でまどろんでいる自分は、裸の四肢《しし》を伸ばして、随分と無防備だ。

綺麗な世界の朝が、とても静謐《せいひつ》で、安らかで、穏やかなものだということを、二十八年生きてきて初めて知った。以前自分がいた世界は、朝も昼も夜も、等しく暗闇だったから。

戸籍が復活し、『矢嶋青伊《やしまあおい》』として陽《ひ》の下《もと》で暮らすようになってから、一ヶ月ほどが過ぎた。普通に生きている人々が知る由《よし》もない、暴力団に飼われた裏の社会の底辺で、自分の名前は、何度も都合よく使われた。最終的には、偽の失踪《しっそう》宣告による保険金詐欺の果てに、死亡者として扱われていたらしい。その際に、保険金がいくら暴力団の懐に入ったのか、自分には知る由もなかった。

（その詐欺のことで、警察に何度か呼び出しを受けている。まだ俺は、身綺麗になった訳じゃない）

ヤクザが組織から抜けるのに苦労するように、自分も、すぐには過去と決別できない。子供の頃からまっとうな暮らしをしたことがないから、一人だったら、今の環境にきっと挫《くじ》けて、諦《あきら》めているはずだ。

（俺は、一人じゃ、ないから）

明るい窓の向こうから微《かす》かに聞こえる、早朝の通りを走る車のエンジン音。その音に混じる、自分のものではない寝息。寝具を分け合って眠る相手が、恋人であることも初めてで、こんな風に早く目を覚ました時は、その健やかな寝息をじっと聞き入ってしまう。

（狩野――）

死亡者として事務的に処理された人間を、生きていると信じて、何年も探し続けていた男。自分の名は今、彼に呼ばれるためだけにある。

「……青伊？」

ベッドの隣が軋《きし》み、寝返りとともに、精悍な顔がこっちを向いた。乱れた前髪の下の漆黒の瞳は、片目だけが瞑《つむ》られていて、まだ少し眠たそうだ。

「おはよう。もう起きてたのか」

「……うん。おは、よう」

自分の頭の下に潜り込んでくる、狩野の逞《たくま》しい腕に、眩暈《めまい》がする。昨夜、眠りに落ちた時も、彼は腕枕をしてくれた。まるでそうすることが当たり前のように。

「外、晴れてるか」

「うん。いい天気、みたいだ」

「朝メシはどうする。目玉焼きでも作ってやろうか？」

「狩野は朝はたいてい、コーヒーだけだろう」

「……前の習慣が抜けないんだよ。三食決まった時間に食うなんて、健康的な生活はしたことがない」

ふ、と微笑《ほほえ》んだ狩野の顔は、苦み走っていて、どこか自嘲的《じちょうてき》だ。彼は以前、警察の独身寮に住んでいたらしい。暴力団の犯罪を扱っていた彼の部署は忙しく、何日も連続で捜査に駆り出されて、寮の部屋には着替えとシャワーに戻るだけだったと聞いた。

「お前と住み始めてからだぞ。ベッドでまともに寝るようになったのは」

「そうなのか……？」

「刑事をやってた時は、いつも捜査本部のパイプ椅子で仮眠をとってたからな。——ああ、ここは天国だ」

ぎゅう、と長い腕に抱き締められて、眩暈がひどくなる。裸の狩野の胸が、おぼつかない自分の視界を埋めていく。朝は少し、狩野の鼓動が鈍い。ゆっくり打ち鳴らしていた彼のそれが、自分を腕の中に収めた途端、ピッチを上げていく。

これは本当に、現実なんだろうか。腕枕も、抱擁も、そっと摺《す》り寄せてくる狩野の頬《ほお》の無精《しょうひげ》髭のざらつきも、本当に自分に与えられたものなのか、今この瞬間でさえ信じられない。

「何を硬直してるんだ、馬鹿《ばか》」

「狩野……」

抱き締められた腕の中では、どんな戸惑いも躊躇《ためら》いも隠すことはできなかった。毎朝、毎晩、ベッドで体を硬くする自分に、狩野はキスをする。

「怖がるな。目を瞑って、朝メシに付き合え」

そう呟いた狩野の唇が、そっと瞼《まぶた》の上に触れてきて、視界に封をした。瞼の裏側で感じる彼のキスは、途方もなく優しい。でも、目を瞑っていては朝食の用意ができない。

「狩野、コーヒーを飲みたいなら、離して」

「違うよ、青伊」

「え？」

「俺の朝メシはお前だ」

耳をくすぐる熱い囁《ささや》きに、一瞬、ぼうっと気を取られた。首筋に埋《うず》められた狩野の唇が、味見だ、と言わんばかりにそこを吸う。

「ん…っ」

夜着をつけていない肌は、簡単に粟立《あわだ》ち、狩野の唇を悦《よろこ》んだ。一方で、いつも心が、体に遅れを取っている。

——今朝も触れてもらえた。今日も欲しがってくれた。

鼓動の高まりとともに湧く幸福感は、自分の中で、あっという間に不安に形を変える。

——明日の朝は触れてもらえないかもしれない。明日は欲しがってくれないかもしれない。

そして、狩野のキスが深くなるごとに、不安は一つの覚悟に変わるのだ。

(このキスが、最後のキスになっても、後悔しない)

首筋を愛していた狩野の唇が、顎《あご》の先を辿《たど》って、自分の唇を覆い尽くす。肉厚な彼のそれを食《は》んで、吸い上げ、歯列を割り開かれるままに、吐息を混ぜ合う。

「ん…、……んぅ…っ」

口中へと忍んできた狩野の舌に、彼よりも激しく自分の舌を絡めた。最後のキスになってもいいと、そう心に留めながら操る舌は、ひどく貪欲《どんよく》に動く。巻き付けて啜《すす》るだけでは足りなくて、歯先で狩野の舌を甘噛《あまが》みし、濃密な声で呼ぶ。

「狩野、狩野…っ」

覆い被さってきた彼の広い背中に、溺《おぼ》れゆく人のようにしがみ付いて、全身で、もっと、とねだった。できるだけ長く続くキスがよかった。

「——青伊、そんなに必死になるなよ。お前に欲しがられるのは、嬉《うれ》しいけど」

苦笑混じりに、くす、と狩野が微笑む。自分の浅ましい部分を、彼に見透かされている気がした。

笑みを刻んだまま、狩野が唇を重ねてくる。求めればいくらでも与えられるキス。彼の唇が欲しくてたまらないのに、自分の何かがそれを拒んだ。

「……っ」

何故だろう。目頭がじんと疼《うず》いて、視界が霞《かす》んでいく。

衝動的に泣き出しそうになって、思わず顔を手で隠した。涙を見られたくなかったのに、狩野に手首を摑《つか》まれて、顔を覗《のぞ》き込まれる。

左手首の裏側のアゲハ蝶に、彼の指先が食い込んでいた。まるで失敗した標本のように、刺青の胴体が醜くひしゃげている。

「手を、離してくれ」

感染症のように、アゲハ蝶が狩野にも伝染《うつ》る気がして、反射的に抗《あらが》った。それなのに、狩野は手首を摑んだまま持ち上げて、黒と黄色に彩られた羽に、歯を立ててくる。

「あ…っ——」

「まだ気にしてるんだろう。これ」

「狩野、やめ、て。触らないでくれ」

「このまま噛み千切ってやろうか」

歯先に加えられた力は、彼の囁きが本気だと物語っている。手首に広がる痺《しび》れは、狩野が与えたものなのか、刺青を彫られた時の記憶が蘇《よみがえ》ったものなのか、自分には分からなかった。

「俺もこれは嫌いだ。お前につらそうな顔をさせるものは、全部取り除いてやりたい」

狩野が歯を唇に替えて、肌の奥にまで刻まれたアゲハ蝶を吸い上げる。乱暴なキスに、気が遠くなりそうだった。

「狩野――、もうやめろ…っ」

狩野の体を思い切り押しのけて、ベッドを下りる。昔、包帯を巻いて隠していた頃のように、アゲハ蝶を右手で覆って、彼に背中を向けた。

三歳の時から、自分の左手首にとまったままのその蝶は、拭《ぬぐ》い切れない過去の澱《おり》の一つ。醜くて仕方ない。

「どうしたんだ」

「俺じゃ朝食の足しにならないだろう。何か作るから、待っていて」

「――青伊。怒らせたか?」

ううん、と首を振ったら、眩暈がひどくなった。怒っているとしたら、狩野の優しさに胡坐《あぐら》をかいている、自分に対してだけだ。

「コーヒーを先に出すよ。……ごめん、狩野。この蝶のことは、放っておいてくれ」

床に脱ぎ散らかしていた、昨日着ていたシャツを羽織って、寝室を出る。

キッチンにあるコーヒーメーカーのスイッチを入れて、豆の用意をする間、寝室からは何の物音も聞こえなかった。ベッドの上で、狩野はどんな顔をしているのだろう。振り返ってそれを確かめる勇気はなかった。


コーヒーとトーストの朝食を済ませ、狩野が仕事に出て行ったのは、九時頃のことだった。

刑事を辞めた彼の再就職先は、都内に何ヶ所か拠点を構えている、大手の探偵事務所だ。警察のOBが立ち上げた会社で、歌舞伎町にある事務所の所長は、狩野が所属していた新宿中央署組織犯罪対策課の先輩にあたる人物らしい。

探偵や、警備会社の巡回員、民間のセキュリティサービスなどが、刑事のポピュラーな再就職先なのだと狩野は言っていた。何故探偵を選んだのか聞いたら、彼からとても明確な答えが返ってきた。

『捜査のノウハウを使えるから。いずれ個人で、探偵事務所を開こうと思ってる』

警察という巨大な組織を離れても、狩野には何の迷いもないように見える。潔い彼とは対照的に、出勤する彼を毎朝玄関で見送るたび、自分は浮かない気分になった。

狩野が服務規定違反を起こし、刑事を辞めなければならなかったのは、自分が原因だ。彼の人生を台無しにしておいて、乞《こ》われるまま一緒に暮らしていることを、疑問に思わないと言えば嘘《うそ》になる。

（……でも、お前のそばにいたい気持ちを、止められないんだ）

一人きりのキッチンで、狩野の飲んだコーヒーカップを洗いながら、は、とこもった息を吐いた。

自分の我《わ》が儘《まま》は、どこまで許されるだろうか。頭の中を狩野に占められていて、他のことが考えられない。

生きるか死ぬか、いつ誰に殺されてもおかしくなかった、そんな日々しか送ってこなかった自分に、今の暮らしは温室過ぎる。今朝ベッドで交わしたキスだって、唇にまだ余韻が残って、何だか落ち着かない。

平穏、というものは、慣れが必要なんだろう。カップをシンクに落としそうになりながら、水で洗剤の泡を洗い流す。狩野と暮らすために、自分が役に立っていることと言えば、ささやかな家事くらいだ。

「俺も仕事を、探さないとな」

責任感の強い狩野は嫌がるだろうが、部屋代を折半したいし、他の生活費も分け合いたい。

母親のホスピスの入院費も必要だ。選《え》り好《ごの》みをしなければ、この街には働き口がいくつもあるし、二丁目で男を漁《あさ》ればそれなりに相手は見付かるだろう。

でも、体を投げ出して得た金で、狩野との暮らしを築きたくなかった。一緒に暮らそうと言ってくれた彼に、まっとうに働いた金で、コーヒー豆を買ったりトースト用のパンを買ったりしたい。

「……こんなこと、考えたこともなかった」

綺麗な金を使って淹《い》れるコーヒーは、きっと味が違うんだろう。狩野が毎朝飲んでいるそれを、自分はまだ、おいしいと思ったことがなかった。

洗い物を終えて、簡単に部屋を掃除してから、出かける支度をした。今日は朝から花井《はない》医院で診察を受けることになっていて、普段より少し忙しい。

ジーンズのポケットに財布を突っ込み、上着を羽織って玄関を出る。花井医院のあるビルは、マンションから通りをいくつか挟んだ近所だ。朝から晩まで、患者がひっきりなしに出入りしていて、院長の春日《かすが》先生の慕われぶりがよく分かる。

「——おはようございます」

待合室のドアを開けると、いつもは女の事務員がいる受付に、春日が立っていた。カルテの入ったファイルを片手に、パソコンに何かを打ち込んでいる。

「おはよう、青伊くん。今日はちょっと診察まで時間がかかっちゃうけど、いいかな？」

「はい。どうかしたんですか」

「受付の子が急に辞めちゃってさ。デキる子で、患者さんのデータ管理やレセプトを全部任せていたから、俺じゃ処理し切れなくてね」

困った顔で苦笑しながら、春日はたくさんの患者で混んだ待合室の中を見渡した。受付の処理に手間取って、思うように診察が進まないらしい。

すると、近くの長椅子に座っていた、小さな子供を抱いた若い母親が、心配そうに春日に話しかけた。母親は外国人で、早口の広東語《カントン》を話している。

「あ…、中国語かな？　ごめんね、言葉が分からない。えっと英語は話せる？　イングリッシュ、ＯＫ？」

春日が対応しても、母親は日本語も英語も分からないようで、ますます早口になった。おせっかいだと思いながら、二人の嚙み合わない様子を見過ごせなくて、つい通訳をした。

「先生、この人は広東語で、子供に熱があると言っています。熱が出たのは昨日の夕方からで、呼吸困難と、手足の関節に痛みがあるって」

「青伊くん――、通訳、できるのか？」

「マカオに住んでいたから、向こうの言葉は分かります。他に、北京《ペキン》語と英語の日常会話程度なら」

「助かる…！　このお母さんに、お子さんと診察室に入るように言ってくれ。発熱が続いているのは心配だ。すぐに診《み》る」

「はい」

春日の指示を広東語で伝えると、母親は少しほっとした顔をして、子供を抱いたまま診察室へ駆け込んだ。後を追った彼と入れ替わりに、カルテの束を抱えた看護師が受付にやって来る。

「お待たせしてすみませーん。お薬のみ処方を希望の方は、こちらに並んでください」

ぞろぞろと列を作る患者たちを避《よ》けて、邪魔にならないように、長椅子に腰かけた。人気がある割に、花井医院は看護師の数も少なく、事務員が一人減ると大変なんだろう。自分に診察の順番が回ってきたのは、もう昼になる頃だった。

「前回の検査の結果が出たよ。禁止薬物ヘヴンによる疾患について、最終接種時に比べて全《すべ》ての項目に大幅な改善が見られる。検査数値も健康な成人男性の通常値だ」

「はい」

「身体的にはもう何の問題もない。ここに至るまで、中毒症状と離脱症状は相当つらかったはずだ。よく耐えたね」

「――はい。狩野が、ずっとついていてくれたから」

「惚《のろ》けかい？」

「そんなつもりは……」

思いもしないことを言われて、言葉に詰まる。

二ヶ月ほど前、狩野と暮らし始めたばかりの頃は、心身がまだ不安定で、軽い幻覚を見たり体調不良が続いていた。そばで看病をしてくれた狩野に、つらい思いをさせたくなくて、早く薬物が自分の体から完全に抜けてほしいと、それだけを願っていた。

「最初は望まない摂取でも、次第に常用して依存症になってしまうのが薬物の怖さなんだ。神経の快楽中枢を侵すヘヴンは、その傾向が特に強い。でも、君は大丈夫だろう？」

「はい。もとからクスリに興味はないです」

「うん、それでいい。よしっ。ヘヴンの治療はこれで終了だよ。よくがんばったね」

「先生のおかげです。ありがとうございました」

差し出された春日の手を、軽く握り返した。照れくさい気持ちが湧いてきて、胸の辺りがむずむずする。

「こっちこそ、さっきは受付でありがとね。君のおかげで、あの子に適切な処置ができた。風邪《かぜ》から肺炎を起こしかけていたから、今点滴をしているよ」

「そうですか。早くよくなるといいですね」

「うん。青伊くんが語学が堪能だったなんて、意外な特技を発見しちゃったな」

「……特技では、ないです。自然に身に着いただけで」

「謙遜《けんそん》しなくていいよ。最近は患者さんに、中華圏から出稼ぎに来てる人たちが多くてね。

体を壊したらここに来れば何とかなるって、どうも噂《うわさ》が広まってるみたいだ」

まんざらでもなさそうに頭を掻《か》きながら、春日は白衣の下のすらりとした足を組み替えた。

「さっきの親子は、いちおう正規のルートで入国してるようだけど、夜に来院するのは、不法入国の人も多いよ。バレたら一発で病院閉鎖だ」

ははは、と明るく笑い飛ばす春日に、曖昧《あいまい》に頷《うなず》きを返す。彼が違法なことをしてまで、毎日寝る暇もなく患者と向き合っている稀有《けう》な医者だとは、一見しただけでは分からない。

自分と体格はさほど変わらないのに、袖《そで》を捲《まく》った白衣から伸びる腕は、無駄のない筋肉がついていて逞しい。そのくせ顔は、狩野の言葉を借りれば、ホストやバーテンダーが似合う華やかで甘い造りだ。

医者らしくない顔をした、春日の陰影のはっきりした二重瞼が、こっちを覗き込んで瞬《まばた》きをする。彼のその、人懐こくて優しげな眼差《まなざ》しは、初めて会った頃と同じだった。

「なあ青伊くん、ちょっと聞きたいことがあるんだけど」

「はい。何ですか？」

「君、パソコンは使える？」

「え…、あ、はい。前に世話になっていた人から教わったので、多少はできます」

「本当？　重い物を持ち上げたり、力はある方かな」

「それなりだと思いますけど……」

「そっか。君に相談なんだけどさ、ここで働いてみないか」

「え？」

「いきなりでごめんね。もちろん、君にその気があればだけど。どう？」

「あ…っ、働く気は、あります。体が治ったら、仕事を探そうと思っていたんです」

椅子をがたりと鳴らせて、思わず身を乗り出してしまった。春日はおかしそうに微笑んで、膝《ひざ》の上に両手を組んだ。

「それなら話は早い。君には受付と、よければ看護助手もやってほしいんだ。うちは訳ありの重症患者がよく運び込まれてくるから、男手があると助かるんだよ」

「でも、俺なんかを雇っても、大丈夫ですか？　先生をまたトラブルに巻き込んだら、俺」

一度この病院は、拳銃《けんじゅう》を持った相手に占拠されたことがある。春日が大切にしている場所を、自分のせいで荒らす訳にはいかない。

「トラブルなんて、この街で医者をやってれば珍しくもないよ。君はもう裏の社会とは縁を切ったんだし、心配することじゃない」

「でも……」

「通訳もできる君がいてくれたら、本当に心強い。俺には君が必要だ。お願いします、青伊くん。うちで働いてほしい」

春日に真剣な顔で言われて、とくん、と胸が鳴った。たった今まで患者だった、まっとうに働いたこともない自分のことを、必要だと思ってくれる人がいる。春日の言葉が、とても嬉しかった。

「ありがとうございます。先生、ここで働かせてください」

「よかった――。歓迎するよ、青伊くん」

もう一度握手を求められて、今度はさっきよりも、彼の手を強く握り返した。ヘヴンの治療をしてくれた彼に、これで少しでも恩返しができたらいい。

「詳しい仕事の説明をしたいから、可能なら明日からでも入ってもらえるかな」

「はい。大丈夫です」

「よろしくね。君を横取りするなって、狩野には怒られるな、きっと」

「そんな。この病院なら、狩野は反対しないと思います」

「どうかな。あいつの君への思い入れは、常軌を逸しているレベルだから」

こっちの反応を楽しむように、春日はくすくす笑っている。からかわれることに慣れていないから、ばつが悪くて、黙り込むことしかできない。

すると、診察室のドアをノックして、看護師が顔を覗かせた。

「先生、狩野さんからお電話です。矢嶋さんはここに来てないかって」

「――あははっ。噂をしてたらこれだ。こっちで取るから、繋《つな》いで」

「はーい」

看護師がドアを閉めた後で、電話のボタンを押して、春日は受話器を持ち上げた。

「狩野。お前の大事な人は預かった。返してほしかったら、俺の言うことを聞け」

「先生……っ」

「青伊くんはうちで働いてもらうことになったから。お前の異論は認めない」

受話器の向こうから、狩野が大きな声で何か言っているのが聞こえる。春日が差し出してきた受話器を受け取って、短く息を整えた。

「もしもし、狩野？」

『青伊っ、聞いたぞ。花井医院で働くって？　俺に相談もなしに、何を勝手に決めてるんだ、お前は』

「体の方は完治したから、先生にはお世話になったし、いいだろう？」

『どうせ春日に頼み込まれたんだろ。——とりあえず文句はお前の顔を見てからだ。診察が終わったんなら、ちょっと出て来いよ。クラウンビルの前にいる。ほら、東口の映画館の斜め向かいにある、赤いビルだ』

「あ…、うん、分かった。すぐに行くよ」

用件を言って、電話は狩野の方から切れた。仕事の相談をしなかったことを、彼が本気で怒っていないことは、声の明るさで分かった。

（もしかして、狩野はやきもちを焼いているのかな）

狩野の感情は、率直でまっすぐで、自分の胸を大きく揺さぶる。早く彼のもとへ行きたくて、受話器を置く指先が震えた。

「すみません、先生。狩野が待っているみたいなので、今日はこれで」

「うん。明日からよろしく頼むね」

「はい。俺の体を治してくれて、本当にありがとうございました」

何度お礼をしてもし足りない。深く頭を下げてから、花井医院を後にする。

朝、マンションを出た時は穏やかないい天気だったのに、昼を回った新宿の街は、真冬の強いビル風が吹いていた。ジーンズのポケットに両手を突っ込み、新宿駅の方向へ歩いていると、乾いた風に髪を乱される。

「寒い——」

上着の襟《えり》を手で掻き寄せながら、自分の体が、寒さを敏感に捉《とら》えたことに驚いた。

ヘヴンに侵されるずっと前から、寒さも熱さも痛みも、この体は感じなくなっていたのに。

狩野が触れた時にだけ復活していたそれらは、彼と一緒に暮らすことで、治癒され始めているのかもしれない。

(ずっと昔の……、汚れる前の体に、戻っているということなのか)

少しずつ、少しずつ、自分の体が普通の人間の感覚を取り戻し、当たり前のものを当たり前に感じられるようになっていくのなら、身を切るような真冬の寒さは、つらくない。

羽織っていた上着を脱いで、シャツとジーンズの軽装で街を歩いた。頬にあたる風の冷たさが嬉しい。薄いシャツに染みてくる、しんしんとした寒さが尊い。

「青伊！　お前、風邪をひくぞ、そんな格好をして」

待ち合わせのビルに着くと、コートの襟を立てていた狩野に怒られた。彼はすぐさまそのコートを脱いで、自分の体をすっぽりと包んでくれる。

「……あったかい……」

「当たり前だ、馬鹿。ちゃんと上着を着てろよ。…ったく、ちょっと表に出すだけで、俺はお前のことが心配でたまらないぞ」

コートの上から、ぎゅう、と狩野に肩を抱かれると、温かさが倍になる。それは寒さと同じくらい、自分には嬉しいことだった。

「こんな調子で、本当に働けるのか？　俺が春日に言って断ってやってもいいんだぞ」

「大丈夫だよ、狩野。俺でもあの病院で役に立てることがあるんだ。いつまでもマンションでじっとしている訳にはいかないし、働かせてほしい」

「青伊――。お前を食わせていく甲斐性《かいしょう》くらい、あるつもりだぞ」

「ありがとう。お前の気持ちは嬉しいけど、お前ほどは無理でも、俺も地に足をつけた暮らしがしたいんだ」

うう、と狩野は口ごもって、複雑な顔をした。しばらくしてから、肩を抱いていた手を離して、ぽんぽん、と彼はそこを叩《たた》く。働くことを、どうやら納得はしてくれたようだ。

「仕事が無理そうだったら、すぐに俺に言えよ。お前が春日にコキ使われるのかと思ったら、ムカムカする」

「俺たちの恩人に、何を言ってるんだ。それより、急に呼び出してどうした？　仕事中じゃないのか」

「ああ、注文していたものが届いたから、お前に早く渡したくてな」

「注文？」

「そこの店で、すぐに受け取れる。来いよ」

そう言って、狩野はビルの一階のテナントへと入っていく。各社の携帯電話を扱っているショップで、人気のスマートフォンのサンプルの前に、客が集まっていた。

「狩野？　いったい、何」

連れて行かれたのは、店の奥のカウンターだった。茶髪の若い店員が、狩野と自分の前に二台のスマートフォンを差し出す。さっき見たサンプルと同じものだ。

「狩野様、機種変更と、新規のご契約をありがとうございます。ご新規様の方は身分証のご提示をお願いします」

「青伊、保険証を持ってるだろ」

「う、うん。あるけど……」

急《せ》かされるように、花井医院でも使ったそれを、財布から取り出す。戸籍が戻ってから取得した自分の健康保険証を、狩野は結構な額の現金と一緒に、店員に渡した。

「支払いはこれで」

「お預かりします。こちらにお名前とご住所の記入をお願いしますね」

「名前と住所だってさ。マンション名、間違わずに書けよ」

「ちょっ……、狩野、どういうことだよ」

「機種変更のついでに、お前のも注文していたんだ。色は俺と同じでいいだろう？　ケースは今度の休みの日にでも、ゆっくり選ぼう」

あっけに取られている自分に、事もなげにそう言って、狩野はカウンターにあったボールペンを寄越した。

「ほら、早く手続きを済ませろよ。働きに出るなら、お前が電話を持っていてくれた方が、すぐに連絡がついて俺も安心だ」

「狩野——」

「お前がまた薄着で外出したら、いつでも駆け付けて、コートを貸してやれる」

にやりと、いたずらっぽい顔で彼に微笑まれたら、何も言えなくなってしまった。

書き慣れないへたくそな字で、新規の契約書類の空欄を埋めていく。自分の名義で手にした電話は、小さくてもずしりと重たかった。

「ありがとう、狩野。支払ってもらった分は、今度返すから」

「無理はしなくていい。プレゼントだと思ってくれた方が、俺は嬉しい」

「狩野、でも」

「十二年もかかって、やっとお前と一緒にいられることになったんだ。少しくらい、格好をつけさせてくれ」

自分にだけ聞こえる小さな声で、狩野は囁く。彼の吐息がかかって、耳がくすぐったい。

格好なんかつけなくても、こんなプレゼントを考えてくれる狩野は、誰よりも優しくて、いい男だ。

「――狩野が、それでいいなら。ありがとう。大事に使うよ」

「ああ。俺だと思って、いつも持ってろ」

くしゃ、と大きな手で髪を搔き混ぜられて、くすぐったさが増す。

ショップを出てからも、電話をポケットに入れるのがもったいなくて、ずっと手に持っていた。見慣れたビルの看板や、電線にとまっている鳥。たわいもないものにカメラを向けていると狩野が邪魔をする。

「一番に俺を撮らなくてどうするんだ」

びっくりするようなことを言って、狩野は笑った。その笑顔を撮った写真が、自分の電話の待ち受けになった。

「痛ぇっ！　先生、痛いって……！」

「でかいナリしてがたがた言うな。青伊くん、脱脂綿とピンセット」

「はい」

外科の診療用具を載せたワゴンから、指示されたものを春日に手渡す。二の腕から流血していた患者は、自分の服が赤く染まっているのを見て、うるさい声を上げた。

「うっ、うわあぁっ、血が溢《あふ》れてる――。先生、俺死んじまうのかなあ…っ」

「アホか。ナイフでちょっと切られたくらいで死んでたまるか。ちゃっちゃと縫合して終わりだよ」

「先生、ケガ人にはもっと優しくしてくださいよぉ」

「じっとしてろ、手元が狂うだろ。傷口にピンセットを突っ込まれたいのか？」

春日が次々と積んでいく汚れた脱脂綿を、両手に薄いゴム手袋を嵌《は》めて、足元のバケツに放り込む。

患者はクラブで働いているボーイで、ホステスを巡った客どうしのトラブルに巻き込まれたらしい。この街では毎晩どこでも繰り返されている、小さなトラブルだ。

花井医院で働き始めて、一週間ほどが過ぎていた。昼間は受付のカウンターで患者の案内と会計を手伝い、夜は診察室や手術室で春日の助手をする。資格も何も持っていないから、自分にできることは限られているが、まっとうな仕事に就けたことがありがたい。

傷の浅かった患者は、止血と縫合の処置を受けて、付き添いに来ていた同僚とタクシーで帰っていった。術後のカルテと患者情報をパソコンに入力すると、花井医院の慌ただしい一日がようやく終わる。

「お疲れ。もう上がっていいよ、青伊くん。これから狩野と待ち合わせだろ？　遅くまでありがとね」

「お疲れさまでした。お先に失礼します」

薄い水色の作業衣を私服に着替えて、終電に近い時間帯の街へ出た。

今夜は狩野と外で食事をする約束をしている。酔客たちが向かう新宿駅とは反対方向へ歩いていると、路地のどこかから、なぁご、と小さな鳴き声が聞こえた。

「……猫……？」

ひしめき合うように建つ、ビルとビルとの狭い隙間に、三毛猫がいる。首輪のない野良猫にしては、目つきが穏やかで、どことなく品のある顔立ちだ。

「かわいいな。この辺の店で、餌《えさ》をもらってるのか」

じっと見ていると、猫もこっちをじっと見て、また、なぁごと鳴いた。その鳴き声といい、顔立ちといい、よく似た猫が昔いたことを思い出した。

「お前、狩野の家にいた、タマにそっくりだ」

狩野の祖父母がかわいがっていた、老猫のタマ。確かササミの燻製《くんせい》が好物だった。

すぐに電話を取り出して、その猫にカメラを向ける。パシャ、とフラッシュが焚《た》かれたと同時に、尻尾を翻《ひるがえ》して、猫はビルの物陰へと逃げていった。

「やっぱり、よく似てる」

ピントが少しぼけた写真を見て、懐かしい思いに包まれながら、待ち合わせの洋風居酒屋へと向かう。店に着くと、先に予約席に通されていた狩野が、仏頂面で腕を組んでいた。

「――遅い。いつまで待たせるんだ、お前は」

「ごめん。出がけに急患が入って、先生の助手をしていたんだ」

「春日が二十四時間診療するのは勝手だが、お前は定時で帰らせてもらえ」

「そういう訳にはいかないだろう。俺よりもずっと、先生の方が大変なんだし。まだ病院に残って仕事をしているよ」

「ったく、あのヤブ医者。あいつのペースに付き合っていたら、体がいくつあっても足りないぞ。もう放っておけ」

ぐい、と腕を掴まれて、テーブルの向かいの席に座らされる。待ち切れなかったのか、狩野の前には飲みかけのグラスが置いてあった。

「――ウーロン茶？　狩野、ビールじゃないのか」

「ああ。仕事の途中なんだ。事務所からの連絡待ちをしてる」

「何だ…。狩野も先生と同じくらい、働き過ぎだな」

「近々大きい案件が片付きそうなんだ。酒はまた今度にするよ。青伊、何を飲む？」

「じゃあ俺もウーロン茶にする」

狩野が飲めないのに、自分だけアルコールを注文するのは気が引ける。もとからそれほど強い方ではない。酔うとすぐに顔が赤くなって、マンションの部屋で飲む時も、狩野にからかわれてしまう。

「俺たちはせっかく居酒屋にいるのに、えらく健全だな」

「たまにはこういう乾杯もいいだろう？」

二人ともウーロン茶で乾杯をして、遅い夕食を摂《と》った。テーブルに運ばれてくる料理は、イタリア風のアレンジを加えた居酒屋メニューで、食器を含めてどれも洒落《しゃれ》ている。小食の自分と比べると、狩野は大食漢だ。彼がとてもおいしそうな顔で食べるから、自分まで気分がいい。

「気持ちいいくらいよく食べるな。狩野を見てると、こっちの腹がいっぱいになる」

「馬鹿。俺のことばっかり見てないで、お前ももっと食えよ。あの病院で働くと体力消耗するだろ」

「うん。覚えることがたくさんあって、ハードだけど、楽しいよ。医療事務の資格を取ってみないかって、先生に勧められてるんだ」

「あいつ、自分が楽をしようと思ってるな。難しいのか？　その資格は」

「…うん、簡単ではないらしい。でも資格を持っていた方が、働きやすいから、勉強して試験を受けてみる」

「そうか。お前は根っこが真面目《まじめ》だな——」

「そんなことないと思うけど」

「春日にあんまり便利に使われるなよ？　資格が取れるように応援してる。がんばれ」

「ありがとう」

狩野の大きな手が、ジーンズの膝の上を、励ますように軽く叩いた。半個室の落ち着いた店内は、他に数組の客がいるだけで、こうして触れ合っていても誰も気付かない。

「あ、そうだ。狩野。ここに来る前に、いいものを撮ったんだ」

「いいもの？」

「うん。野良猫なんだけど、懐かしい顔をしてて。——ほら」

ポケットから電話を取り出して、タマそっくりの野良猫の写真を表示させる。狩野もすぐに気付いて、タマだ、と呟《つぶや》いた。

「ははっ、本当だ。懐かしい。あいつにはよく引っ掻かれたな」

「俺は一度もなかったよ。膝によく乗ってきて、かわいかった」

「あいつ、お前がいなくなったその年に、病気で死んだんだ。よっぽどお前のことを、気に入ってたんだよ」

「タマ……もういないのか」

「年寄りの猫だったしな。俺のじいちゃんもばあちゃんも、だいぶ前に逝《い》った。あの家も処分されて、もうないんだ」

「そうか。――俺が狩野の家で世話になったのは、短い間だったけど、何だか寂しいな」

荒んだ生活をしていた自分を、温かく迎え入れてくれた、狩野の祖父母の家。十六歳のあの夏、最も穏やかで、最も幸せだった、狩野と暮らした五日間。あの日々よりももっと確かな幸福が、今こうして自分に訪れるなんて、一度も思ったことがなかった。

少しの間、二人で黙り込んで、十二年前の自分たちを追憶する。店に静かな音楽が流れる中、ふと気付くと、テーブルの上の狩野の電話が振動していた。

「悪《わり》ぃ。同僚からだ」

すっと席を立って、電話を片手に、狩野が店の外へと出ていく。

マンションで二人で過ごしている時も、狩野に電話はよくかかってくる。このところ仕事が立て込んでいるようで、彼の帰宅時間は日増しに遅くなっていた。シャワーと着替えだけを済ませて、すぐ出勤していくこともしばしばだ。

「探偵になっても、結局刑事の時の生活ペースに戻ってしまったみたいだな」

守秘義務があるからと言って、狩野は仕事の内容を詳しくは語らない。新宿という特殊な土地柄のせいか、クライアントが持ちかけてくるのは、家出人の捜索が多いようだ。若者が集まるクラブ、バー、キャバクラ、風俗店、新宿には家出人が身を隠せる場所が山のようにある。

刑事でなくなった分、狩野は銃器を持てないから、なるべく危険な場所には立ち入ってほしくない。花井医院に運び込まれてくる患者たちのように、この街はいつどこでトラブルに巻き込まれても不思議ではないからだ。

（狩野にはもう、ケガ一つしてほしくない）

暴力に巻き込まれて、血を流す狩野の姿は、もう二度と見たくない。力も何も持たない自分でも、彼の盾になることならできる。昔と変わらない思いで、今もそうする覚悟はできていた。

「ああ寒っ。ちょっと出ただけで、表は凍えそうだぞ」

電話を終えた狩野が、両手を擦《こす》りながらテーブルに戻ってくる。その手ですいっと頬を包まれて、氷のような冷たさにびっくりした。

「うわっ…」

「はは。いいカイロがあった」

「狩野、――もう。指先まで冷え切ってるじゃないか。温かいものを注文したらいい」

狩野の両手に、自分の両手を重ねて、体温を分け合う。すると、狩野は名残《なごり》惜しそうにその手を離して、代わりに髪を撫《な》でてきた。

「俺もそうしたいけど、呼び出しをくらった。仕事に戻るよ」

「もう行くのか？」

「ああ。帰りはいつになるか分からないから、お前は先に帰って寝てろ。マンションまで送るよ」

「一人で帰れるよ。心配いらない」

「青伊。少しでもお前のそばにいたいんだ。黙って俺に守られてろ」

耳元でそう囁かれて、どきん、と鼓動が大きく鳴った。さりげないくせに、甘やかせるのがうまい彼に、否応《いやおう》なく恋心がつのる。

鼓動を乱したまま店を出ると、きん、と凍るような寒さに包まれた。人通りの少なくなった深夜の街は、ネオンの数も減って、新宿の中心街とは思えないくらい静かだった。

「事務所に戻って仕事をするのか？」

「ああ。ついでに着替えを持って行くよ。調査で何日か、地方へ出張するかもしれない」

「――そうか」

マンションのある通りへ向かって、二人で路地を歩く。自然とどちらの足もゆっくりになって、マンションの外観が見えてきても、なかなかそこに辿り着かない。

今夜は楽しく食事をして、朝まで一緒にいられるはずだったのに。自分も働き始めたせいで、狩野と二人で過ごす時間が減ったことに、今更気付いた。

（……このまま、お前を仕事に行かせたくないな）

上着の袖に隠すようにして、自分の手をぎゅっと握り締める。すると、心の中の声が伝わってしまったのか、狩野の手がそっと伸びてきて、握り拳《こぶし》を包み込んだ。

「すまないな。お前とデートだったのに、ゆっくりできなくて」

足を止めた彼と同じように、自分の足も動かなくなる。狩野の吐く白い息が、自分の息と混じって、狭い路地に消えた。

「……また今度、埋め合わせをしてくれたら、嬉しいな」

「もちろん、そのつもりだ。本当はお前と二十四時間一緒にいたい」

抱き寄せられるまま、狩野のコートの胸に顔を埋める。とくん、とくん、と聞こえてきた彼の鼓動は、少し速い。その音色に耳を傾けているうちに、甘い眩暈に襲われて、ぎゅう、と彼のコートの背中を握り締めた。

「狩野、すき」

「知ってる」

無意識に告白を綴《つづ》った唇を、笑みの形をした狩野の唇に塞《ふさ》がれる。誰が見ているかも分からない路地で、秒間もなく交わしたキスは、体の奥の芯《しん》を蕩《とろ》かす。好き、好き、と頭がそれ一色になって、自分からは唇を離せない。

「ん…っ」

そろりと唇を舌先で撫でてから、狩野はキスの角度を変えた。息が続かなくなって喉を喘《あえ》がせると、ふ、と彼が唇を解く。視界を埋めた狩野の顔は、やけに真剣だった。

「狩野……？」

「青伊。もう少しだけ、俺に時間をくれ。もう少ししたら——終わるから」

「仕事のことか？」

「ああ。今関わってる案件が解決したら、お前に寂しい思いはさせない」

「……寂しくなんか、ないよ……。俺は、大丈夫」

「嘘つき。こういう時は、俺がいなきゃ駄目だって正直に言えよ」

もう一度触れてきた唇に、嘘をつけないキスで応《こた》える。コートのポケットの中で、狩野の携帯電話が震えても、路地の向こうの大通りを、酔客たちが通り過ぎても、長い長いそのキスを、いつまでも終えたくなかった。

「う……ん……」

一人きりで目覚める朝は、どうしてこんなに瞼が重たいんだろう。目覚まし時計で強制的に体を起こして、寝癖のついた髪を掻き上げる。

(狩野、昨夜も帰ってこなかった)

ベッドの隣が空いているのを見て、ふう、と溜息《ためいき》をつく。

二人で居酒屋で食事をした夜から、出張に出た狩野ともう三日も会っていない。メールや電話で連絡は取り合っているが、何日も彼の顔を見ないと、だんだん気分が沈んでくる。

「二人暮らしのはずなんだけどな」

ベッドを起き出して、リビングやバスルームを覗いてみても、やっぱり狩野の姿はない。室内の静けさにもう一度溜息をついて、携帯電話を確認すると、彼からメールが届いていた。

『おはよう、青伊。まだそっちに戻れそうにない。お前の淹れたコーヒーが飲みたいよ』

コーヒーカップの絵文字のついたメールは、落ち込みかけていた自分の胸を、少しだけほわりとさせた。

『おはよう。お前の代わりに、俺が淹れたてを味わっておくよ』

同じ絵文字をつけて返信してから、キッチンのコーヒーメーカーで熱いのを淹れる。ストックの豆はもう残り少なくなっていて、そろそろ買い物に行った方がいいかもしれない。

「冷蔵庫の中も寂しくなってる。……狩野は、いつ帰ってくるのかな」

一人きりだと、自分の声がキッチンに大きく響く。あまり食欲が湧かなくて、トーストを半分に切って、マーガリンも何も塗らずに口に入れた。舌の上でもそもそするそれを、淹れたてのコーヒーで喉に流し込んでも、全然味がしない。

一人で食事をしているだけで、リビングの風景はぼやつき、窓の向こうの青空も色褪《いろあ》せて見える。子供でもないのに何を心細くなっているんだ、と、笑い飛ばすこともできない。いっときも狩野と離れていられないなんて、自分で自分を、どうしていいか分からない。

（十二年間も、狩野のいない場所で暮らしていたくせに。狩野が今のこの俺を知ったら、きっと笑う）

ぶるぶるっ、と頭を振って、食べかけだったトーストを無理に口に詰め込んだ。たった三日の不在くらい何だ。狩野のいない空白の十二年間を繰り返すよりは、ずっといい。

暗い気分を変えたくて、洗い物を済ませた後でシャワーを浴びた。バスルームの大きな鏡に、相変わらず痩せている自分の体と、白い湯気が映っている。泡立てたスポンジを左腕に滑らせていると、手首のアゲハ蝶に、ふと目が留まった。

どんなに洗っても、これだけは消えてくれない。なるべく視界に入れないようにしているのに、ひとたび視線を奪われてしまうと、針の束を突き立てられた三歳の時の痛みが、記憶の底から蘇ってくる。

「……っ」

嫌な気分の時に限って、自己主張をしてくるアゲハ蝶が、とても恨めしかった。がしがし、とスポンジで手首を擦り立てて、記憶ごと熱いシャワーで洗い流す。

湯気の立ち込めたバスルームを出る頃には、もう花井医院へ出勤する時刻になっていた。髪もまだ乾かないうちから、手首の隠れる長袖のシャツとジーンズで、着替えを済ます。

一人でいるとまた落ち着かなくなりそうで、それからすぐに部屋を出た。花井医院に着くまでに、狩野からまたメールが来ないかと期待したのに、電話は鳴らないままだった。

「――おはよう、青伊くん。今日も無遅刻、優秀だね」

「おはようございます」

診療時間が始まる前の花井医院は、とても閑散としていた。待合室の長椅子に、まだ白衣を着ていない春日と、女の患者が一人、親しそうな様子で座っている。

「春日先生、この人すっごい美人なんだけど。誰、誰？」

この人、と凝ったネイルの指を自分に向けられて、少し驚いた。朝に似つかわしくない派手なメイクと、金髪の長い巻き髪が、いかにもこの街の住人らしい。

「ミキちゃん、彼はここで働いてもらってるスタッフだよ。矢嶋くんって言うんだ」

「……矢嶋です。よろしく、お願いします」

「えーっ、私が通院してた頃はいなかったじゃん。前にここで見た刑事さんもイケメンだったけど、この人きれーい。やっぱり先生、ホストクラブ開くつもりでしょ？」

「その方が病院やるよりは儲《もう》かるかなあ」

「絶対儲かるって！　私、常連になってこの人に貢いであげる！」

「結婚の決まった子が何言ってんの。キャバクラの方は、もう辞めちゃうんだろう？」

「うん、今月いっぱいで引退。コトブキ退社ってやつ？　私がプロポーズされたのは、先生が私のタトゥーを消してくれたおかげだよ。ありがとう」

睫毛《まつげ》を瞬《しばたた》かせながらそう言って、彼女は自分の腕を指で撫でた。白い肌の上に、ほんの僅かにレーザー治療をした痕《あと》がある。

「結婚式までには、残ったその痕も消えるから。安心して」

「よかった、ウェディングドレス着られそう。先生、ちゃんとお礼したいから、最後にお店に遊びに来てね？」

「もちろん、行くよ。餞別《せんべつ》のプレゼントを考えなきゃな」

「うふふ、先生だーい好き。じゃあ、彼氏が待ってるから、またね。美人さんばいばーい」

上機嫌に手を振られて、手を振り返していいのかどうか迷った。巻き髪を跳ねさせながら、待合室を出て行った後ろ姿に、春日が苦笑する。

「かわいい子だ。わざわざ婚約の報告に来てくれてさ、嬉しいよね、ああいうの」

「はい。レーザーの痕、早く治るといいですね」

彼女が腕に、どんなタトゥーを入れていたのかは知らない。でも、それを消したことで、彼女が幸福を得たことは分かる。

(とても幸せそうに笑っていた。……消すことができる過去なら、いい)

自分の右手が、服の上から、無意識に左手首のアゲハ蝶を握り締める。この醜い羽をレーザーで焼いたら、自分の過去も消し去れるだろうか。

「先生。——前に、狩野から聞きました。先生はタトゥーや刺青を、完全に消すことができるって」

「うん。できるよ」

掌《てのひら》の中のアゲハ蝶が、服越しに、びくんと動いた気がした。長椅子に座っていた春日が、音もなく立ち上がって、診察室の方へと歩いていく。

「診ようか？　君の手首のそれ」

「え……」

「君がもし、そのアゲハ蝶を消したいと思っているんなら、相談に乗るよ」

診察室のドアを開けた春日を、自分でも気付かないうちに追っていた。

この醜い過去の残滓《ざんし》を、消したくない訳じゃない。ぶるぶると震え始めた左手首に、春日は診療用のライトを当てて覗き込む。

「君が初めてここに担ぎ込まれた時、俺は一番に、この刺青が気にかかった。古いものだから、子供の頃につらい思いをしたんだろうなって、すぐに分かったよ」

「先生――」

「薬物中毒や、暴力による外傷は治せた。でも君が受けた心の傷は、このアゲハ蝶がある限り、癒されないんじゃないか?」

「分からない、です。この蝶は、もう俺の一部になっているから。……俺には、人に言えない過去があります。この蝶は罰を受けたしるしなんです」

「罰? それは正当なものなのか? 清廉潔白な人間なんてそういない。俺だって、狩野だって、人に言えない罪を犯してるさ」

「いえ――。先生と狩野は、罪なんか」

「青伊くん。君の過去を、俺がとやかく言える立場じゃない。それでもあえて言うけど、君は今働いて、ちゃんと自分の力で生きようとしている。過去に囚《とら》われるより、もっと大事なのは、君のこれからの時間じゃないかな」

これからの時間――。過去を背負ったままの自分には、この先の未来は不透明だ。どんなに目を逸《そ》らしても、汚く澱《よど》んだ過去は消えない。

今の自分にできることは、人並みな暮らしを送ること。まっすぐに前を向いて生きていけば、未来は過去と違ったものになるかもしれない。

「先生。俺は、狩野に救われて、今ここにいます。あいつみたいな生き方ができたらいいと、思います」

「無茶をしがちな元刑事が手本か。君にはあいつが眩《まぶ》しく見える?」

「はい。狩野がいる世界は、明るいから。まっとうな人間の、普通の暮らしを、俺は知りませんでした。狩野がそれを教えてくれたんです」

自分の少し前を歩く狩野を、これからも追い駆けたい。そしていつか、彼の隣に並んで生きていけたらいい。

「俺には、君はとっくにまっとうな人間だと思えるけどな。――君が心から癒されて、アゲハ蝶を空へ放したくなったら、いつでも言って。その時が本当の、君の完治だ」

「はい。先生」

うん、と頷いてくれた春日を見て、胸の奥に、温かい何かが湧いてきた。それはとても心地いい感覚だった。

「君をここで雇ってよかった。君が生きていくために、俺に協力できることがたくさんある」

春日は独り言のようにそう呟くと、傍らにあるデスクの抽斗《ひきだし》を開けた。白い封筒を取り出して、す、と自分の前に差し出してくる。

「これもその協力の一つだ。はい。今月分のお給料」

一瞬、何のことだか分からなかった。封筒の中に、現金と明細が入っているのを見て、やっとその意味に気付く。

「俺の……ですか?」

「そうだよ。銀行の振り込みは来月からだから、今月はとりあえず現金で渡しておくね。実働二週間の計算で、額はたいしたことないけど、受け取って」

「ありがとうございます……っ！」

自分の声が、興奮で震えているのが分かった。金額がいくらかなんて、目に入らなかった。掌の中の封筒が重たい。何の枷《かせ》もない、生まれて初めて、正当に働いて得た金だ。嬉しくてたまらなくて、封筒を両手で握り締めたまま、しばらく動くこともできなかった。

(狩野。初めて給料をもらったよ)

最初の使い道はもう決めてある。狩野の好きなコーヒーの豆を買う。それから、二人分の食事の材料を買う。それから、それから。

たくさん湧いてくる金の使い道に、頭の方が追い付かなかった。

「あっ、青伊くん。そろそろ患者さんの診察を始めなきゃ。早く着替えて、受付を頼むね」

「はいっ」

封筒を大事に胸に抱いて、診察室を出る。待合室はもう患者が溢れそうになっていて、着替えもできないまま、慌てて受付のカウンターに立った。

「は…っ、はぁ…っ、重い──」

ぱんぱんに膨らんだ買い物袋が、自分の両手を塞いでいる。初めてもらった給料が嬉しくて、調子に乗ってしまった。買い過ぎた食材が袋からはみ出しそうで、マンションまで帰るのも一苦労だ。

「失敗したな。狩野が休みの日まで、待てばよかった」

優しい狩野なら、きっと荷物を半分持ってくれるだろう。花井医院のスタッフは週休二日制で、春日以外は定期的に休みが取れる。探偵事務所も休みはあるはずなのに、狩野は今日も出張中だ。

（……もう五日もマンションに帰ってきてない。体調を崩してないだろうか）

電話とメールだけの狩野とのやり取りは、寂しさばかりつのってしまう。守秘義務があると分かっていても、出張先も教えてもらえないのはもどかしい。

（狩野がいないと、暗いことばかり、考えてしまうな）

それでは駄目だ、と思い直して、俯きがちの顔を上げた。橙《だいだい》色の空の下の新宿の街は、まだ夜の喧騒《けんそう》に包まれていない。開店準備をしている飲食店や、普段からよく立ち寄るコンビニ、静かな夕刻の通りの向こうに、マンションのエントランスが見えてくる。

立ち話をしていた住人に会釈をして、ふうふう息を切らしながら、エレベーターに乗り込んだ。七階の部屋までの距離がやけに長い。『狩野』の表札のついたドアを開けると、玄関に自分のサイズより大きな革靴があった。

「狩野？　帰ってるのか？」

「青伊――！」

部屋の奥から、電話を手にした狩野が、慌てて駆け出してきた。

「一人でどこに行ってたんだ。さっきから何度も連絡してたんだぞ」

「ごめん。買い物をしていたから、気付かなかった」

「それじゃスマホを持ってる意味がないだろ。本当にお前は、俺に心配ばかりさせやがって」

「五日も帰ってこなかったお前が、よくそんなことを言えるな」

拗ねたように唇を尖《とが》らせた狩野が、利かん坊の子供に見えた。五日ぶりに会えた照れ隠しに、思わずつっかかってしまった自分も、似たような子供に違いない。素直じゃない態度を少し反省して、自分の方から折れた。

「おかえり、狩野。出張大変だったな。お疲れさま」

「――ただいま。長いこと戻れなくて、すまなかった。変わったことはなかったか？」

「うん。……何も、なかった」

寂しくてたまらなかったことは、言わないでおこう。待ち焦がれていた彼の帰宅が、胸の鼓動をうるさくさせているから、うまい言葉が見付からない。

オーバーワークだったのか、五日ぶりに見た狩野の顔は、ほんの少し頬が痩せて、精悍さを増していた。

「随分大荷物だな。重たかったろう」

「こんな荷物になる予定じゃなかったんだけど…。でも、働いた金で買い物をするの、楽しかった」

「え?」

「おととい、花井医院の給料日だったんだ」

あっ、と狩野が瞳を丸くする。

メールでは伝えずに、言葉で伝えて正解だった。驚いた狩野の顔を見られて、嬉しい。

「給料日か。そうか」

「うん。綺麗な金だ。俺が初めて手にした、汚れてない金」

「馬鹿。安月給だったら、春日のとこに怒鳴り込んでやる」

「二週間働いて、二十万くらい、もらえたよ。買いたいものを全部買ったら、お前の好きなものばっかりになった」

「青伊——」

狩野は呆《ほう》けたように呟いてから、ガサッ、と袋の中に手を入れた。

朝食代わりに飲んでいるコーヒーの豆。晩酌の缶ビール。少ない自分のレパートリーの中で、一番うまいと狩野が言ってくれた、カレーの材料。その他にもたくさん、袋の中身は詰まっている。

「――本当だ。俺の好きなものばっかり」

「レジを通す時に、そのことに気付いたんだ」

「お前、自分の給料だろ。自分がほしいものを買えよ」

「全然頭に思い浮かばなかった。あ…一つだけ、これ、おいしそうだろう？　真っ赤によく熟《う》れてる」

袋からつややかなリンゴを取り出して、狩野に見せた。二人の間に広がる、甘くて爽《さわ》やかな香り。急に黙り込んだ狩野が、眩しそうに瞳を細めて、こっちを見つめている。

「リンゴは疲れた体にいいいんだって。へたくそだけど、皮を剝《む》くから、半分ずつ食べよう。ソファで待っててて――」

すると、自分の手元から、狩野はリンゴを奪い取った。大きな手で赤いその実を握り締めて、徐《おもむろ》に齧《かじ》り付く。

「狩野…っ？」

まるで空腹の動物のように、彼は荒っぽくリンゴを食べた。

――瞳を涙で潤《うる》ませて、頬をリンゴよりも赤くして。

「……狩野……」

驚きで、それ以上声が出なかった。瞬《またた》く間に小さくなっていくリンゴが、自分の胸をいっぱいにする。

「うまい、よ。お前が買ってくれたこれ、すごく、うまい」

瞬《まばた》きをした狩野の瞼の奥から、涙の粒が溢れて落ちる。リンゴの味を噛み締めるように、彼は逞しい顎を動かした。皮も、芯も、種も、ヘタまで全部食べてしまうような勢いだ。

「狩野、腹を、壊すよ」

「もったいねぇから。——種一つ、捨てられるかよ」

「種は駄目だって、ちょっ、狩野っ」

慌ててリンゴを取り返すと、食べられるところはほとんど残っていなかった。

「もう。半分こしようと思ったのに」

「やらない。お前がくれたものは、全部俺のだ」

果汁のついた指を舐《な》め、泣きながら言った狩野は、まるで高校生の頃の彼のようだった。十六歳の夏に出会った、不良のくせにまっすぐで、優しかった狩野。あの頃と同じ、澄んだ色をした彼の瞳を見つめていたら、自分の瞳も熱く潤んでくる。

「俺の分まで、食べることないだろ」

「あんまりうまかったから、独り占めしたくなった。悪いかよ」

「駄々っ子みたいだ。……何だか、狩野、かわいい、な」

「お前ほどじゃない」

リンゴの香りのする指が、自分の頬にそっと触れた。いとおしい、と、指の腹から伝わってくる彼の気持ちに、あの夏の永遠を見た。

「五日ぶりに触れた。もっとよく、お前の顔を見せてくれ」

「五日前と変わらないよ、狩野――」

「いいや。全然違う。お前の顔が、前よりも輝いてる。いい顔をしてる」

「……変なこと言うな」

「少しも変じゃない。お前のことを、泣かせてやろうと思って帰ってきたのに、俺の方が泣かされちまった」

「え？」

「やっと、大きな仕事が終わったんだ。刑事を辞めると不便だな。前は上司の命令一つで動けたことが、探偵だとそうはいかない」

「うん…。ゆっくり風呂に浸かって、疲れを取ったらいい」

「風呂より先に、俺の話を聞いてくれ。決定的な証拠を見付けてきたんだ」

「証拠――？　何の？」

「お前が人殺しをしていない証拠だよ」

狩野の声が耳の奥を貫いて、どくん、と心臓を跳ねさせた。信じられない彼の言葉が、頭の中を真っ白にさせる。

「……狩野……、どうして、何で……っ」

唇が独りでに震え出し、うまく声にならなかった。遠いどこかから、人殺し、人殺し、と、自分を罵る母親の声が聞こえる。その声を断ち切るように、狩野の両手が、自分の肩を強く揺さぶった。

「約束しただろう？　お前が戸籍を取り戻した日に、妹の死の真相を確かめようって。探偵事務所に入ってから、あちこち回って、俺はそれを調べていたんだ。お前の知らなかった事実が、たくさん出てきたよ」

「狩野――」

どくん、どくん、と心臓が激しく鳴り続けている。唇を震わせる自分を、狩野はリビングのソファへと連れて行って座らせた。

「ごめんな、驚かせて。第一級の証拠や情報を得るまでは、お前に黙っていようと思ったんだ」

床に膝をついた狩野が、労《いた》わるような瞳で見上げてくる。探偵になった彼が、マンションにも帰らずに、懸命に追っていた仕事。それが自分のことだったなんて。両目が熱く火照《ほて》ってきて、今にも涙が溢れそうだった。

「……うん……、こっちこそ、呆然《ぼうぜん》として、ごめ、ん」

「妹の話をしても、大丈夫か？　もう少し落ち着いてからにするか？」

「ううん…っ、聞かせてほしい。妹は――桃子はどうして死んだのか、教えてくれ」

ああ、と狩野は頷いて、温かな彼の掌の中に、自分の手を包んだ。その手を握り締めながら、狩野は一度深い息を吐く。

「お前の妹は、戸籍の通り三歳で亡くなっている。死因は交通事故死だ」

「交通、事故……？」

「母親が死産だと言ったのは、やっぱり嘘だったんだ。妹の死体検案書を受理した役所が、その記録をデータ化していたよ。事故現場を実際に調べに行って、当時の目撃者から話も聞けた。――青伊、これを見てくれ」

ソファの傍《かたわ》らに置いていた仕事用の鞄《かばん》から、狩野はたくさんの書類と、写真を取り出した。写真には見たことのない街の風景が写っている。狩野はその写真を指差して、呟くように言った。

「お前たち兄妹が生まれた街だ。住所は母親の出身地とも、高校の頃に住んでいた街とも違う、父親の本籍地に近いところだ。当時は父親も含めて、四人で暮らしていたらしい」

「父親も……。この街に、家族で、住んでいたのか？　俺は、少しも記憶がない」

「事故現場を目撃した人は、お前たち家族のことをよく覚えていたよ。かわいい双子だって、近所では評判だったそうだ。事故の直前、母親は三歳の妹を連れて交差点を渡っていた。信号のない交差点で、母親が目を離した隙に車道へ走り出た妹は、運悪くトラックに轢《ひ》かれて、即死した」

「……あぁ……っ」

思わず、溜息とも悲鳴ともつかない自分の声が、唇から漏れた。

狩野がテーブルに広げた死体検案書のコピーも、目撃者の証言を書き連ねた書類も、何も目に入らない。妹が事故で死んだ――。そのことだけが、頭の奥を駆け巡っている。

「俺も、そこに、いたんだろう？　妹が、恐ろしい目に遭ったのは、おれのせいじゃないのか？　俺が、妹に何かしたんだろう？」

「青伊、よく聞いてくれ。事故が起きた時、現場にいたのは母親だけだ。お前はそこにいなかったと、目撃者は証言してる」

「え……っ？」

収まらない鼓動が耳鳴りを生んで、狩野の言っていることが、よく分からなかった。ごくん、と唾《つば》を飲み込んで、あまり役に立たない耳を澄ませる。

「事故当日、お前は高熱を出して、父親と自宅の近くの病院で診察を受けていたんだ。院長に事情を話して、自宅に保管されていた昔のカルテを調べてきたよ」

「で、でも、そんなもの、残っている訳が――」

「医師法ではカルテの保管は五年ってことになってるが、院長はとても几帳面《きちょうめん》な人でな、お前のカルテもちゃんと残ってた。ほら、これだ。お前の風邪の診断と、点滴を処方したことが記録されてる」

狩野に背中を摩《さす》られながら、古いカルテを、恐る恐る覗き込んだ。

二十五年前の日付。三歳の自分の名前。病状と治療の内容。何時から何時まで点滴をしていたかまで、詳しくそこに書いてある。

「このカルテは、ごまかしの利かない原本だ。……青伊。お前が点滴を受けた時間と、検案書にある妹が死亡した時間を、確かめてみろ」

言われるままに、その二つを見比べた。時間がぴったりと重なることに気付いて、は、と息を呑《の》む。

「俺が、点滴をしている間に、桃子は、事故で」

「そうだ。お前は妹の死に関わっていない。事故はお前のいない場所で起きた。お前は無実の罪を着せられて、長いこと苦しめられていたんだ」

「……そんな……」

ぶるぶると、全身が震えて止まらなかった。無意識に視界が白く霞んできて、頬を涙の雫《しずく》が濡《ぬ》らしていく。

「本当に――？　狩野……、本当に俺は、桃子を殺していないのか……？」

「お前は人殺しなんかじゃない。これが証拠だ。絶対に動かせない事実だ」

「うう……っ」

手の甲で涙を拭っても、後から後から、新しい涙が湧いてくる。

「お…っ、俺は、ずっと、自分のことを、人殺しだって……っ、思って、た」

自分は妹を殺していなかった。課せられた罪は偽りだった。遠い昔の出来事を辿って、狩野が見付け出してくれた真実が、罰を受け続けてきた自分を解き放ってくれる。

「青伊、お前の中にある罪悪感は、はじめから根拠のないものだったんだ。お前はもう自由になっていい。もう何の枷もない」

「狩野、俺は、俺は、やっと……桃子の死を、悲しいと、思って、いいんだな……?」

「いいに決まってるさ。当たり前だろう。いっぱい悲しんで泣いてやれ。たった一人の、お前の大事な妹だ」

狩野は鞄の中から、もう一枚写真を取り出した。公園で楽しそうに遊ぶ子供たちの中に、お揃《そろ》いの服を着た、二人の子供が写っている。母親が押すベビーカーに乗せられて、カメラに向かって笑う二人は、目元と唇の形がそっくりだった。

「桃子と、俺――か」

「ああ。お前の父親の親戚筋を探して、譲ってもらった。父親はだいぶ前に亡くなっていたが、これはお前の家族の記録だ。妹の顔、覚えていないんだろう?」

「……うん。うちには、写真一枚、なかったから」

写真の中の、妹の丸い頬に指で触れて、過ぎ去った日の面影を探す。

三歳で命を終えた、双子の片割れ。かわいそうだと言葉にすることも許されなかった兄に、妹を弔《とむら》える日が、やっと来た。

「ごめんな。桃子のこと、守ってやれなくて。兄ちゃんは、お前に何もしてやれなかった。ごめんな」

写真の中の妹に向かって、涙声で話しかける。断たれていた時間がもう一度繋がったようで、厳粛な気持ちになった。笑ったまま時を止めた妹の顔は、ふっくらしていて愛らしい。

「どうして、こんなにかわいい子が、事故に遭わなくちゃいけないんだ。桃子、どうして」

「――青伊。そのことだが、俺の話には、続きがある」

狩野の瞳が、す、と自分の左手首に落ちた。アゲハ蝶の刺青が、羽を曲げたまま、彼の視界の中で沈黙している。

「事故の時、お前の妹は、交差点に飛んでいたアゲハ蝶を追い駆けて、車道に出てしまったんだそうだ」

「桃子が、蝶を……っ？」

「目撃者がそう証言してくれたよ。事故を検分した警察署にも、賠償金を支払った事故相手の保険会社にも、裏が取れた。……お前の母親は、アゲハ蝶を追って妹がトラックに轢かれた瞬間を、目の前で見ていたんだ。きっと、激しいショックを受けたんだろう」

左手首にとまったままの、悲運の象徴のようなアゲハ蝶の刺青。母親が見た光景を思い浮かべるだけで、胸が引き攣《つ》れたように痛かった。母親が心を病んだきっかけは、妹の死に違いない。

「事故のショックから立ち直れなかった母親を、お前の父親は見捨てる形で離婚している。母親はお前を連れて、失意のまま住所を転々とした。流れ者のような生活で、荒んだ毎日を送るうちに、母親が心を病んでいったことは、おおかた想像がつく」

「母さん。母さんも、かわいそうだ。家族の写真がうちに一枚もなかったのは、母さんがつらい思いをしたからだ。きっと自分を責めて、桃子が死んだことを、俺のせいにするしか楽になる方法がなかったんだ」

「たとえそうだとしても、お前を虐待した理由にはならない。妹の命を奪ったアゲハ蝶を、お前と同化させるなんて、俺は絶対に許さない」

「──狩野──」

「お前にこの刺青を入れて、恨みをぶつけることで、母親は妹の復讐をしているつもりだったんだろう。母親の心の中は、誰にも確かめられないが、俺はそう思う」

狩野の大きな掌が、飛べないアゲハ蝶を覆い隠した。ぎゅう、と強い力で握り締められたのに、左手首に感じたのは、甘くてほろ苦い痛みだった。

「青伊。真実を知って、母親のことを恨むか？」

「ううん。そんな気持ち、一度も抱いたことない。今も、母さんに愛されたいと思ってる」

「青伊……」

「つらい思いをした母さんが、生きていくために、このアゲハ蝶は必要だったんだ。俺が憎まれたことも、きっと、無意味じゃなかったと思うから」

「馬鹿野郎」

強い力で引き寄せられ、気付いたら、狩野の腕の中にいた。馬鹿、馬鹿、と繰り返す彼の声もまた、涙で掠《かす》れている。

どこまでもまっすぐな、魂の澄んだ、綺麗な男。狩野がアゲハ蝶に触れると、彼のことを汚してしまいそうで怖かった。でも、もうそれも終わりだ。全てが明らかになった今、罪悪感という檻《おり》は消え去って、飛べないその蝶は癒されたから。

「狩野――」

いとおしい名前を呼びながら、大きくて逞しい、恋人の背中を抱き締め返した。

体じゅうが水になったと思うほど、涙が溢れてきたのに、泣けば泣くだけ心が満たされていく。幸福が融《と》け出したその雫を、狩野の唇がそっと掬《すく》った。

「お前は優し過ぎる。もっと怒って、母親を恨んでくれないと、俺が怒ったって何も言えなくなるじゃないか」

「……狩野、俺のために、怒ってくれて、ありがとう。俺に真実を教えてくれて、ありがとう」

「青伊、俺は、お前を少しは救うことができたか?」

「うん……っ。狩野……、狩野、ありがとう」

「礼なんかいらない。お前のためなら、俺は何だってする。これから先も、つらいことがあったら言え。俺が全部消してやる」

「狩野がそばにいてくれるなら、つらいことなんて、何もないよ。お前のことが好きだ。狩野。誰よりも、大好きだ」

「先に言うな、馬鹿。俺だって、もうずっと前から、青伊のことが大好きだよ」

熱っぽくそう告げた唇に、呼吸も戦慄《わなな》きも奪われた。瞬きより早く重ねられたキスに、泣きながら自分の全てを捧げる。過去の痛みから解き放ってくれた狩野を、もっと――もっと、愛したい。そして愛されたい。

「ん……っ、んん」

キスを貪《むさぼ》り合い、唇の上をなぞった狩野の舌先が、野性的な仕草で歯列を割り開く。自分の舌で彼を迎えて、夢中で絡め合わせているうちに、ふわ、と体が宙に浮いた。

雄々しい狩野の両腕が、ソファから自分を抱き上げ、子供にそうするように揺さぶっている。束《つか》の間に解けたキスの続きは、額と頬に与えられた。

「お前が欲しい。今すぐ。――いいか」

嬉しくて言葉にならなくて、うん、と頷くことしかできなかった。何度も頬を啄《ついば》んだ狩野も、嬉しそうに微笑んでいる。

リビングから寝室へ連れて行かれる間に、部屋の中が、橙色に染まっていることに気付いた。温かな、柔らかい夕焼けの色。狩野の唇が、同じ色に染まった自分の髪を梳《す》く。

「綺麗だ。青伊」

「……恥ずかしい……」

「お前は綺麗だ。どこもかしこも、生まれたてみたいに、まっさらだ」

夕焼けよりも濃い色へと、自分の頬が変わっていくのが分かる。陽の匂いを吸ったシーツに寝かされて、さっきよりも情熱的なキスをした。

狩野の息遣いと、ベッドの軋みが、鮮やかに耳元に響く。口腔《こうこう》を舌で掻き回す水音も、性急に脱がされたジーンズが床に落ちる音も、全てが初めて聞いた音のように真新しかった。

「んう……、んっ、は、は……っ、ふ」

唇から顎、首筋、狩野のキスを追い駆けるようにして、自分の体に漣《さざなみ》が広がる。節の太い彼の指が、シャツの小さなボタンを器用に弾《はじ》いていった。

「あ……、あぁ……っ」

はだけられた胸の突起を、指先で引っ掻かれて、びくん、と体を跳ねさせる。すぐに充血し始めたそこを、狩野は唇に含んで、強く吸い上げる。もうシャツを脱がせるのももどかしいと、そう言っているかのように、彼は乳首を愛撫《あいぶ》しながら自身のベルトを緩めた。

「狩野、……は…っ、ああ、ん……、狩野……っ」

「青伊、お前も、手伝えよ。……脱がせて」

「……うん……」

甘くねだられて、狩野の背中を撫でていた手を、胸元のネクタイへと伸ばす。彼ほどは器用じゃない指でそれを引き抜き、シャツのボタンを外した。

筋肉の張り詰めた胸。緩やかな鎖骨の隆起。ひどく魅力的なそれらに触れていると、指を取られて、ちゅく、と甘嚙みされる。

「ん……っ」

「細《ほせ》え指。爪《つめ》までかわいいんだな、お前は」

「ば、馬鹿……っ」

柔らかく食んだかと思ったら、狩野は人差し指を口腔の奥の方へと誘い込んだ。舌を絡めて、飴《あめ》のようにしゃぶって、濡れそぼったそれを、彼は口元から離す。

「青伊」

ゆっくりと、狩野の下腹部へと導かれた指が、熱い何かに触れる。驚きながら、もう一度触れると、狩野は掠れた息を吐いた。

「は…っ」

「……狩野……、もう、こんなに」

叢《くさむら》からそそり立つ狩野の中心が、硬く育って天を向いている。指先で撫でただけで弾けそうだ。

「もっと触って、確かめろよ。俺がどんなにお前を欲しがってるか」

「……うん……、ああ……っ、お前が、濡れてる」

彼の先端から零《こぼ》れる蜜を、戦慄く指で塗り拡《ひろ》げて、両手で扱《しご》く。どくん、どくん、と掌に伝わる脈動は、力強く正直で、いとおしくて仕方なかった。

手を上下に動かすたびに、狩野は隆々と大きさを増して、果てのない欲情を伝えてくる。いつの間にか自分の唇は乾いていて、興奮し切っていた。かさついたそこを舌で湿していたら、煽《あお》るな、と頭上から声がする。

「あんまり俺を大きくさせたら、お前がつらいぞ」

「いい──」

欲情しているのは、彼だけじゃない。自分も同じだと、淫《みだ》らに腰を揺らして訴える。

「つらいのも、痛いのも、狩野がくれるものは、全部嬉しい」

「青伊、くそ…っ、かわい過ぎる」

劣情の混じった呟きとともに、狩野の屹立《きつりつ》が、自分の屹立に重ねられた。ぬるりと滑った先端と先端を、彼は一緒に手の中に包んで擦り立てる。

「ふあ…っ、ああ……っ」

くちゅっ、くちっ、繰り返される手淫のリズムに、呼吸がついていけなくなる。だんだんと速くなっていくそれに、体の奥からマグマのような奔流が駆け上がってきて、抗えない悦楽を生んだ。

「狩野、それ、気持ち、い――――、んっ、んう……っ」

極まりそうになって、しとどに溢れている二人分の蜜を、自分の足の間に塗りたくった。

狩野の熱い視線を感じながら、きわどい場所へと指先を近付けていく。

「狩野、狩野……っ」

まだ触ってもいないうちから、尻《しり》の窄《すぼ》まりは狩野を待ち侘《わ》びて、自分でも恥ずかしいほど蕩けていた。じゅぷ、と音を立てて指を埋め、狩野と繋がり合えるようにそこを馴らす。

重ね合わせていた屹立と屹立を、狩野がゆっくりと離すと、蜜がまるで糸のように垂れた。早く、早く、と気持ちが急いて、はしたなく足を開いていたことにまで頭が回らなかった。

「ん…っ、は……、あうぅ…っ」

カーテンを開け放ったままの窓ガラスに、自分の痴態が映り込んでいる。立てた膝の間に狩野の体を迎え入れ、隠すものもなく尻を弄《いじ》る姿を曝《さら》している。

「狩野、ここ、に」

くぷん、と引き抜いた指で、蕩けた窄まりの襞《ひだ》を押し広げた。外気に触れた粘膜の隘路《あいろ》が、狩野の眼差しを受け止めて、うねるように疼く。

「ここに、お前を、入れて」

「青伊……っ」

「お前しかいらない。狩野と、早く、一つになりたい」

夕焼け色をした視界の向こうで、狩野の髪が、獰猛《どうもう》に揺れたのを見た気がした。抱え上げた膝をシーツに縫い止め、狩野が体重を預けながら覆い被さってくる。彼が欲しくて、もう限界を迎えていた窄まりを、灼熱《しゃくねつ》の塊が挿し貫いた。

「ああ……っ！」

張り詰めた狩野の切っ先が、隘路の奥深くに達した途端、啼き声を上げて忘我する。どくっ、どくん、と白濁を吹く自分を、抑えられない。

「……あ……っ、は、あ……っ、あぁ……」

狩野の腹を汚しながら、あまりにあっけない絶頂に体じゅうを震わせた。汗の浮いた喉元に、噛み付くようなキスをされ、シーツに髪を散らばらせてのけ反る。

「ああ……っ、痛、い——」

ぶるっ、と波打った肌が、狩野がくれた痛みを快感に昇華した。痛みと悦びは、自分にとっては等しい。果てた余韻が収まらず、窄まりの奥は、きゅうきゅうと狩野を締め付けたままでいる。

放ったばかりの白濁を清めもしないで、収まらない欲情に咽《むせ》んでいる自分を、狩野は間断なく突き上げ始めた。

「あっ、あぅ…っ！　待って、て、あぁっ……！」

「もっといけよ、青伊」

「はあっ、はあっ、狩野……っ、でも、俺だけじゃ……いや、だ」

「我慢しなくていいから。お前が気持ちいいと、俺はめちゃくちゃ嬉しい。お前の中、もっと熱くしてやる」

「う…っ、うん……っ、狩野、もっと――」

狩野の低く官能的な声と、自分を穿《うが》つ水音に、耳からも欲情を焚きつけられる。

律動の激しさに負けて、無意識にベッドヘッドへとずり上がる体を、狩野は力強く抱き締めた。

「青伊」

「狩野――」

全身で狩野にしがみ付いて、律動の続きをねだる。何でも与えてくれる彼に、粘膜の浅いところで腰を回され、焦《じ》らすようなそれに悶《もだ》えた。

「やぁ…っ！　あぁあ……っ！」

だめ、もっと、と、裏腹な言葉が唇から迸《ほとばし》り、狩野を奥へと誘い込もうと、隘路が勝手に収縮する。彼に痴態をたっぷりと見下ろされた後で、ずちゅうっ、と深いところを突き崩された。

捩《ね》じるように引き摺《ず》り込まれた粘膜が、最奥でまた熱を生んでいる。理性を焼き切っていくそれに、がくがくと腰を振って応えるしかなかった。

「ああっ、あ、んっ、はあっ、はっ、ひぅ……っ、また……っ、またいく……っ！」

壊れそうなくらいに腰を叩きつけられ、狩野の意のままに、二度目の絶頂へと導かれていく。熱く硬い彼に粘膜を溶かされながら、今度は自分からキスを奪って、くぐもった悲鳴とともに弾けた。

「んくぅっ！　ふぅ…っ、んんぁ…っ、んう……っ」

愛した男に抱かれている、今ここで、時を止めたい。狩野と唇を重ねるたび、これが最後のキスになってもいいと、いつも思っていた。

「……狩野……っ、んん……っ、う……っ」

彼の唇の奥へと伸ばした舌を、自分よりも熱い舌で搦《から》め捕られる。長く激しいキスに揉みくちゃになって、瞼の裏が涙で潤んだ。

「――青伊」

終わらないでほしいのに、狩野にキスを解かれて、つう、と涙が溢れ落ちる。濡れた瞼を指で抉《こ》じ開けるようにしながら、狩野はキスを、睫毛に落とした。

「何度でも、キスをしよう。俺はお前を欲しいだけ抱くし、お前にももっと、俺を欲しがってもらいたい」

「狩野……」

「お前は、キスをする時いつも、これが最後だって思ってたろう？　それは、違うから」

「知って……たのか……？」

「お前に触れれば、考えてることは分かるさ。青伊、俺たちに最後なんかないんだ。何万回キスをしても、なくなったりしない。だから心配しないで、たくさんねだれ」

「狩野、――本当に…？　我が儘を言っても、いいのか……？」

「いいよ、いくらでも。俺は青伊だけを、甘やかしたいんだから」

「狩野……」

ぐす、と洟《はな》を啜る自分が、子供みたいで恥ずかしかった。狩野の両手が、髪をぐしゃぐしゃに撫で回して、荒っぽくあやしてくれる。

「キス、したい」

「俺も」

「狩野、俺の中で、狩野もいって。お前でいっぱいにしてほしい」

「ああ。いっぱいにしてやる。本当は今にもいっちまいそうなんだ。……ほら、分かるだろう？」

「んん、あ……っ」

戯れるように腰を打ちつけられて、自分の中に埋まったままの狩野の大きさに、耽溺《たんでき》した。最後ではないキスを熱く交わし、だんだんと速度を上げていく律動に身を任せる。

狩野が好き。愛している。この世界でたった一人の恋人を抱き締めて、もう二度と離さないと、心の中で誓った。

「ああ……っ、狩野……っ、狩野――」

「青伊――」

奔放に揺れる狩野の前髪を、両手で掻き上げ、いとおしい男の顔を仰ぎ見る。精悍なその顔の向こうで、夕焼け色に溶けたアゲハ蝶が、ふわ、と羽ばたいた気がした。

幻だったのか、夢だったのか、再び絶頂へと追い上げられていく自分には、確かめる術《すべ》もない。狩野と名を呼び合い、熱情をぶつけ合いながら、互い以外の存在を忘れてしまう。

それはとても、幸福なことだった。

◇

東京都内の名所よりも、桜が少し遅く開花したその施設の庭に、薄いピンク色の花弁が舞っている。カレンダーは三月を数え、春の季節になった房総の海は、遠く水平線を霞ませていた。

高台に吹く海風は、春らしくとても穏やかで、青々とした芝生の庭で、入院患者や付き添いの介護士たちが花見をしている。前に面会に来た時よりは、賑《にぎ》やかな光景を目にしながら、車椅子のハンドルを押した。

「母さん、桜がいっぱい咲いてる。綺麗だね」

ぼんやりと顔を左右に揺らした母親に、その花が見えているのかどうかは、分からない。

後ろからそっと窺うと、穏やかな表情をしていたから、機嫌はいいようだ。

心の病に加えて、担当医から末期癌を宣告された母親のことを、悲しくないと言えば、嘘になる。そう遠くない将来に、母親は自分を残して逝《い》くだろう。海へと散っていく桜の花弁に、必ず来る別れを想像して、胸が痛んだ。

「母さん、これからはもっと、面会に来るよ。俺、働き始めたんだ。資格を取る勉強をしてるし、今度、試験も受ける。……俺はもう、大丈夫。ちゃんと生きていけるよ」

景色のいい特等席に車椅子を停めて、母親の前でそっと膝をつく。不安げに見つめてくる老いた瞳に、精一杯の微笑みを向けた。

「俺は今、恋人と、暮らしてるんだ。ずっと好きだった同級生――。今度、ここへ連れて来ようと思ってる」

「……」

「狩野に、会って、くれるよね。母さん。俺の大切な人。一緒に生きていこうって、約束した人なんだ」

薄く口紅を引いた母親の唇は、無言のままだった。自分の声が、母親の心に届くことは、きっと永遠にない。でも、語りかけることを諦めたくはなかった。

「狩野と、母さんと、俺と、三人で花見ができたらいいな」

一瞬、海から強い風が吹き上げてきて、高台の木々を揺らした。桜の花弁が雪のように舞い散り、母親の白い髪を飾っていく。

「かわいいのが、いっぱいついたね。母さん」

風が止《や》んでから、驚かさないように、母親へと両手を伸ばす。小さな顔を掌に包もうとすると、ふ、と母親の眼差しが、自分の左手首に落ちた。

――そこにはもう、アゲハ蝶はいない。刺青を除去する手術を受けて、羽の折れたあの蝶は、空へと飛び立った。

「母さん……?」

不揃いな睫毛の下の瞳が、大きく瞬きをする。跡形もなく消えた刺青の痕を、とっくりと見つめてから、母親は声を発した。

「――あ、い……」

「え……?」

思わず聞き返した自分の前で、母親が笑みを浮かべている。

「あ…お、……い」

「母さん――」

失われたはずの母親の笑顔。それを見て、弾けたように涙が溢れ出した。

「もう一度、呼んで。俺の名前を、青伊って、呼んで、母さん」

そう懇願しても、母親は微笑んだまま、もう名前を呼んではくれなかった。三歳の子供に戻って、泣きじゃくる自分を、桜色の凪と春霞みの空が包んでいる。

マンションに帰ったら、狩野に一番に伝えよう。母親の心の中に、自分は確かにいた、と。

彼はきっと、困った顔で馬鹿野郎と囁きながら、あの広い胸に抱き寄せてくれるだろう。

END

あとがき

こんにちは。または初めまして。御堂なな子です。このたびは『蝶は夜に囚われる』をお手に取っていただきまして、ありがとうございます。カバーの折り返しにも書きましたが、今回は冒険をさせていただいた一冊でした。いつもの甘い王道路線と違う、暗くて痛くて重い話でびっくりされた方も多いと思います。自分もびくびくしています。

主人公の狩野は、一度致命的な失敗をした男です。その失敗のために、愛する人を見失った彼を書きたくて、この話は生まれました。狩野を守って裏社会に落ちた青伊が、全然浮上してくれなくて、二人が寄り添えるようになるまで、すごく厚い一冊になってしまいました。

離れていても、心はずっと相手のことを想っている、というのが自分のツボの一つです。過酷な環境に身を置いた青伊が、狩野のことを一途に好きでいてくれたことが、この話の救いになっていると思います。空白の十二年間は、作者の私が狩野に課した懺悔の時間で、再会後の試練も、青伊のために乗り越えてくれよ、と願いながら原稿期間を過ごしました。

春日といい、鷹通さん（この人は何故か、さん付けしてしまうのです）といい、清宮監察官といい、趣味全開のキャラが目白押しで、実はそれぞれバックグラウンドがあるのですが、いつか披露できる機会があったらいいなあ、とこっそり夢見ております。あと、地味に藤枝が好きです。老猫のタマともども、この話には貴重な癒し系のキャラですよね。

シリアスな今作に、華と躍動感溢れるイラストを提供してくださったヤマダサクラコ先生、お忙しい中ありがとうございました。二種のカバーのラフ画を拝見した時、どちらも狩野と青伊のイメージそのもので、自分の中に衝撃が走りました。先生のおかげでとても充実した一冊になりました。本当にありがとうございました！

どこにも出せなくて燻っていたプロットを、通してくださった担当様。絶対に無理だと思っていました……！　放っておくと、いつまでも書き続けてしまってすみません。原稿のチェックが大変そうなので、もうしません。この話が本になって嬉しいです。

心の支えのYちゃん。Yちゃんは多分青伊派ですね。私は言わずもがなです。つらいシーンでぐったりしている私を、適度な距離で励ましてくれる家族。そして遠くから見守ってくださっているみなさん、ありがとうございます。これからもよろしくお願いします。

最後になりましたが、読者の皆様、ここまでお付き合いくださって、ありがとうございました。物語はこの後、もう少し巻き戻ります。狩野と青伊が再会する前の、ある夜の小さな話をお楽しみください。

驚くことに、二ヶ月連続で、ルチル文庫さんから本を出していただけることになっております。この本とのすごいギャップを感じていただけたら光栄です。それでは、また。

御堂なな子

ある夜の話

狩野明臣《かのあきまさ》と出会った十六歳の夏は、とりわけ短い夏だった。

ヤクザを一人半殺しにして、守ってくれた狩野。向こう見ずで無鉄砲だった彼の、血塗《ちまみ》れの両手は、自分の恋が許されないものであることを告げていた。

『お前を買う。金を払ったら、誰《だれ》でもやらせんだろ？　前に聞いた。誰と寝ても同じだって。だったら俺《おれ》がお前を抱いても同じだろ！』

生まれて初めて好きになった男の、慟哭《どうこく》のような叫び声が、耳を焼いた。

逆上した狩野の抱き方は、暴力と変わらないものだったけれど、泣いて彼に抗《あらが》いながら、心の奥底で、体を引き裂く痛みが、終わらないでほしいと思っていた。

「……狩野……」

さんざん泣いて、喚《わめ》いて、掠《かす》れ切ったがらがらの声。深い眠りから目覚めると、自分は狩野の部屋のベッドに横たわっていた。

バスルームで激しく抱かれて、気を失った後、いつここに運ばれたのか、記憶がない。ベッドの縁を見ると、そこに頬《ほお》を突っ伏して、狩野が眠っている。自分を力尽くで犯した男とは思えないくらい、狩野の寝顔がいたいけに見えるのは、彼のことが、本当に好きだからだ。

「狩野」

起こさないように気を付けながら、ぴくりとも動かない狩野の髪に、指を伸ばす。でも、彼に触れる勇気はなかった。

「ごめんな。お前を、汚した。もう、今日だけ、あれきり、最後にするから」

優しい狩野を追い詰めて、強姦《ごうかん》に走らせたのは、自分だから。せっかく、好きだと言ってくれたのに。まっすぐに想ってくれたのに。自分は、狩野に同じ想いを返せるだけの、綺麗《きれい》な人間ではなかった。

「――抱いてくれて、ありがとう。俺みたいな人間を、好きになってくれて、ありがとう」

音を立てずにベッドを抜け出し、裸の体に纏《まと》えるものを探す。

通学途中に着ていたはずの制服は、部屋の床に無造作に積まれていた。借り物のそれを丁《てい》寧《ねい》に畳んで、この家に身を寄せていた間、パジャマ代わりにしていたTシャツと短パンを着る。左手首のアゲハ蝶《ちょう》を隠す包帯は、だらりと緩んで垂れていたが、巻き直す時間はない。

狩野が祖父母と暮らすこの家は、ゴミ溜《だ》めのような自分のアパートよりも、ずっと居心地がよかった。いつまでもいていい。狩野も祖父母もそう言ってくれたけれど、それは許されないことだと、最初から分かっていた。

「狩野。元気で。お前にはもう会わない」

ドアのところで、ベッドの方を振り返り、最後の狩野の姿を目に焼き付ける。黒い髪。精《せい》悍《かん》な頬。引き締まった唇。広い肩。大きな背中。涙が込み上げてくる前に、さよなら、と言いかけた唇を噛《か》んで、部屋を出た。

夕刻の田舎《いなか》の街は薄暗く、行き交う人も、国道を走る車も、まばらだった。狩野の家から自分のアパートまで、ずっと唇を噛んだままでいた。後ろを振り返ったら、きっと彼のもとへと、駆け戻ってしまう。だから、前だけを向いて一心に足を動かした。

アパートの駐車場に、見慣れた黒いセダンが停まっているのを見付けて、どくん、と心臓が脈打つ。母親の愛人、ヤクザの竜司《りゅうじ》の車を横目にしながら、錆《さ》びついたドアノブを回した。

「――ただいま」

足の踏み場もないほど散らかった部屋は、今日も自分を、澱《よど》んだ空気で出迎える。ゴミの悪臭がする居間で、下着姿の母親が、竜司に抱き付いて泣いていた。

「竜ちゃん……っ、竜ちゃんにひどいことしたの誰……っ？　そいつ殺してやる、殺してやるんだからあ……っ」

病的な泣き顔をする母親を、かわいそうだと思った。でも、竜司がもし死んでいたとしても、母親と同じ感情を自分は持たない。

「青伊《あおい》、てめぇ…っ、どこにシケ込んでやがった」

丸めた布団をクッションにして、床に足を投げ出していた竜司は、体のあちこちに包帯を巻いていた。顔の半分は血だらけのガーゼで覆われ、目だけをぎらつかせて、こっちを睨《にら》んでいる。

「別に、どこにも、行ってない」

「あのクソガキはどこだ！　野郎…っ、ナメた真似《まね》しやがって。タダじゃ済まさねぇぞ！」

びりびりと、竜司の声が反響して、部屋の窓が揺れている。竜司が負ったケガは、全《すべ》て狩野によるものだった。

「組のもんに奴《やつ》を探させる。組長にも話を通す…っ。ハハッ！　絶対に逃がすか。あのガキは明日には山に埋まってっぞ！」

殺意を隠さない竜司の語気に、背中がぞくりと総毛立った。

面子《メンツ》を潰《つぶ》されたヤクザは、必ず潰した相手に報復をする。たった一人で、鬼神のように竜司を叩《たた》きのめした狩野が、ヤクザの容赦《かしゃく》のない報復を受けるのは、理不尽だ。狩野は、自分を助けようとしただけ。悪いのは彼じゃない。

「……竜司さん。やめようよ」

今度は自分が、狩野を助ける。彼には指一本触れさせない。

「高校生を相手に、仕返しとか。……かっこわるいよ」

「何だァ？　青伊ぃ！　ナマ言ってんじゃねぇ！」

「組長さんに話を通したら、竜司さんが高校生にタイマンで半殺しにされたって、バレちゃうんじゃない？」

ぎょろ、と竜司の片目が、大きく見開いた。

怯《ひる》むな。冷静になれ。狩野の命を守るためなら、どんな嘘《うそ》もつける。

「あいつ、ちょっとイキがってるだけの、ただのガキじゃん。あんなつまんない奴を殺したって、いいことなんか、何もないよ」

血の気の多いヤクザを黙らせる方法は、一つだ。報復よりも得になること、面子を保つよりも利益になることを、示して見せればいい。

狩野の盾になりたくて、必死だった。彼のことだけ守れたら、自分はどうなってもかまわない。

「——あいつのことよりさ、竜司さん、俺を、売ってほしいんだ」

「はァ？　何言ってんだ、てめぇ」

「竜司さんのとこの、組長さん、すごく偉い人なんだろ？　前に客になってもらった時に、東京にでかい事務所を持ってるって、自慢してた。俺のことを、気に入ってたみたいだから、組長さんの、ペットに売ってよ。そうしたら竜司さんも、もっと偉くなれるんじゃない？」

「おい、うちの組長を手玉にでも取るつもりか。何を企《たくら》んでる。青伊」

「何も。こんな田舎の街、もううんざりなんだ。竜司さんも、母さんも、ここを出よう。俺を売れば、今よりいい暮らしができるだろ」

「ふん…、旨《うま》い話には違いねぇ。組長を骨抜きにして、たんまり稼ぐか。——こっちの世界は、一度足を突っ込んだら抜けられねぇぞ。お前覚悟はできてんのか？」

こく、と頷《うなず》いたその時、自分の進む道の先は、一つに定まった。

この街にはもう戻らない。狩野の前には、二度と現れない。彼のいる、綺麗な世界とは真逆のところに、今から落ちる。

「竜司さん。俺、今日は客が取れなくて、あそこが疼《うず》いて仕方ないんだ。男を銜《くわ》えていないと、生きていけない。何をされてもいい。どんなことでもするから、今すぐ俺を売り飛ばして。組長さんと組のみんなで輪姦してよ。人殺しをするより、楽しませてあげるから」

淫売《いんばい》を演じた微笑みを、竜司は狡猾《こうかつ》な瞳で見返し、彼のそばにいた母親は、無表情で受け流した。

左の手首に巻いていた包帯が、はらりと解けて、床へと落ちる。醜いアゲハ蝶の刺青《いれずみ》を、子供の頃から隠し続けていたそれ。もっと醜い世界を自ら選んだ人間に、今更隠すものなんか何もない。この時を境に、自分はアゲハ蝶に包帯を巻かなくなった。

「おい、奈緒子《なおこ》。手持ちの荷物を纏めろ。ここを出るぞ」

「竜ちゃん、やーだー。お腹《なか》へったのー」

「後で青伊が、銀座の寿司《すし》でも食わせてくれるさ。そうだよなあ？　青伊」

「――うん。組長さんに、上手におねだり、できるよ。母さんの好きなもの、腹いっぱい、食べたらいい」

家具も、服も、ゴミも、部屋の中のほとんどのものを放置して、その日のうちに、三人で街を出た。東京という名の煉獄《れんごく》へ向かって、国道を走る黒いセダン。猛スピードを後部座席で感じながら、二度と目にすることのない車窓の風景を、飽きることなく見つめた。

十六歳の夏の終わり。星のように散らばる街の灯のどこかに、狩野がいる。さよなら、生まれて初めて、好きになった男。車の向かう先にどんな暗闇《くらやみ》が待っていようと、あのまっすぐな命を救えた自分が、誇らしくてたまらなかった。

◇

日本の空気を吸うのは、記憶が正しければ五年ぶりだった。街路樹の色褪《いろあ》せた葉が物悲しい、晩秋の都心の空気は、マカオにしばらく住んだ人間には乾燥して感じられる。

十六歳の頃に住んでいた街を出て、裏の社会で生きるようになってから、気が付けば長い時間が流れていた。もう十二年前のことになる、高校一年の短い恋は、今も鮮明に自分の心に刻まれている。

もう会えない——もう会わないと誓った、記憶の中の、制服を着た彼。

久しぶりの帰国だからだろうか。偽造パスポートの入国には何の感慨も湧《わ》かなかったのに、彼と似た制服姿の少年が通りを歩いているのを見て、しくん、と胸が疼いた。

「矢嶋《やしま》」

低い声に、不意に意識を引き戻される。もう何人目か忘れた、自分を飼う人間の声だ。

現在の飼い主、陣内《じんない》組の陣内鷹通《たかみち》組長が、六本木の繁華街に建つ一軒のビルを指差した。

「あのビルの地下が『ＭＩＳＴ』の店舗だ。俺が所有するクラブの中では、古いものの一つになる」

マカオのカジノ利権で潤《うるお》う陣内は、日本国内にも複数の拠点を持ち、多額の売上金を上部組織にあたる泉仁会《せんじんかい》へ上納している。事前の情報では、『ＭＩＳＴ』は会員制の高級クラブとして、政財界の人間も通う人気店なのだと聞いた。

「お前は『ＭＩＳＴ』に黒服として潜り込み、この男に張りつけ」

黒塗りのベンツの車内で、飼い主に差し出されたのは、一枚の顔写真だった。三十代半ばくらいの、見た目からして水商売風の男で、笑っていない瞳に、剣呑《けんのん》な雰囲気がある。

「名は一之瀬《いちのせ》征雄《ゆきお》。『ＭＩＳＴ』の店長を任せている男だが、このところ、奴には不透明な金の動きがある。裏切りの芽は小さいうちに摘んでおきたい。お前は『ＭＩＳＴ』で何が行われているか調べて、証拠を押さえろ」

「はい」

「一之瀬は勘の鋭い男だ。スパイにはいつも通り、お前一人で潜らせることになる。――危険な役目だが、できるか？」

「はい。できます」

「裏切りの証拠を手に入れたら、すぐに俺のところへ戻れ。後はこちらで片をつけよう」

「分かりました。鷹通さん」

一之瀬の写真を受け取り、ジーンズの尻《しり》のポケットへ収める。運転手付きの車がするりと動き出し、六本木の中心地を離れた。

「今回の報酬は何がいい。俺の飼い猫は何を与えようとしても拒否する。マンションがいいか、店でも持つか、必要なものを言え」

「……何も。ホスピスにいる母さんに、面会を、お願いします」

「お前が行けばいい。足にこの車をやろう」

「俺が行っても、母さんは、俺の顔を覚えていません。今回の報酬は、見舞いの花代にしてください」

後部座席の隣で、ふ、と陣内が息を吐く。苦笑に似たそれを聞きながら、いつかのように、車窓の風景を眺めた。

夜とは思えないほど明るい街。少し気の早いクリスマスのイルミネーション。あの男もどこかで、似たような風景を見ているのだろうか。

車は六本木から新宿の街に差し掛かり、猥雑《わいざつ》なネオンサインの下を疾駆している。大きな通りをいくつか過ぎた、雑居ビルが林立する界隈へと、運転手はハンドルを切った。

「――ここでいい。停めろ」

歩道の脇に停車させた陣内は、車を降りるでもなく、シートに体を預けたままでいた。通りの向こうを無言で眺めて、煙草《たばこ》に火をつけている。

「すみません。ライター、いつも遅くて」

「気にするな。部下たちのすることを、お前はしなくてもいい」

細く紫煙をくゆらせてから、陣内はまた黙った。

さして珍しいものがある訳でもない、ごく一般的な繁華街の景色。酔ったサラリーマンや出勤するホステス、賑《にぎ》やかな学生のグループらが闊歩《かっぽ》している。この辺りにもきっと、陣内が所有する店があるのだろう。

視察にでも行くのか、と考えていると、とある雑居ビルのエントランスから、男が二人、出てくるのが見えた。一人は夜の街でやたら目を惹《ひ》く、ホストのような美形の男。そしてもう一人は——。

「……っ！」

鼓動も、呼吸も、自分の中の全てが、時を止めた。

見開いた両目が捕らえた、その男の顔。十二年前の面影を残す顔を、忘れる訳がない。

狩野。彼だ。狩野だ。狩野——狩野。

心の中で、声なき声で彼を呼ぶ。変わらない黒髪に、昔よりも伸びた背丈。スーツの似合う逞《たくま》しい肩と背中。精悍な横顔に十二年分の時間を重ねた、かけがえのない男。

いったい何の偶然だろう。通りの向こうを、狩野が歩いている。二人で食事でもするのか、隣の男と楽しそうに談笑しながら、彼が車窓を遠く横切っていく。

「知り合いか」

「……え……っ」

「あの男は誰だ」

「あ……、彼、は」

露骨に狩野を目で追っていたから、興味を持たれたのかもしれない。失敗をした。たとえ自分の飼い主でも、いや、だからこそ、裏の社会の人間を狩野に近付かせたくない。

「高校の時の、同級生です。俺がいた一年D組に編入してきた」

「声をかけるか？」

「……いえ。特に、用は、ありません」

「眼光の強い、いい面構えをしている。名を聞いておこう」

昏の裏側を嚙み締めて、飼い主の命令に抗う。忘れてしまったことにして、狩野の名は教えない方がいい。十二年前と同じ、綺麗な世界に生きている彼を、守りたいから。

「彼の、名は」

でも、いとおしいその名を、呼ばずにはいられない。十二年の時間を越えて、出会うはずもないこの場所に、彼がいる。今すぐ車のドアを開け、通りへと駆け出して、思い切り彼の名を呼びたかった。

「――彼は、狩野明匡」

溢《あふ》れる想いに理性が負けた。再会の喜びを捨て去る代わりに、一度だけ、唇にその名を刻む。

「ほんの短い間、俺が友人のように過ごした、ただ一人の男です」

飼い主には見えない位置で、ドアを引っ搔《か》いた自分の爪《つめ》が、めき、と音を立てていた。

車内に漂う煙草の煙が、車窓の風景に目隠しをしていく。白い靄《もや》のようなそれに、狩野の後ろ姿が霞《かす》んで消えた。飼い主の瞳も、自分の瞳も、それきり彼のことを追わなかった。

——狩野。狩野。どうか後ろを振り返らないで。今もお前を愛している。交わってはいけない世界の反対側から、お前のことだけを、愛している。

儚《はかな》くも残酷な、時のいたずら。それでも、狩野と会えた今夜限りの偶然に、涙をこらえて感謝した。

END

✦初出　蝶は夜に囚われる……………書き下ろし
恋のつづき……………書き下ろし
ある夜の話……………書き下ろし

御堂なな子先生、ヤマダサクラコ先生へのお便り、本作品に関するご意見、ご感想などは
〒151-0051 東京都渋谷区千駄ヶ谷 4-9-7
幻冬舎コミックス　ルチル文庫「蝶は夜に囚われる」係まで。

幻冬舎ルチル文庫
蝶は夜に囚われる

2014年10月20日　第1刷発行

✦著者　御堂なな子　みどう ななこ
✦発行人　伊藤嘉彦
✦発行元　株式会社 幻冬舎コミックス
〒151-0051 東京都渋谷区千駄ヶ谷 4-9-7
電話 03(5411)6431［編集］
✦発売元　株式会社 幻冬舎
〒151-0051 東京都渋谷区千駄ヶ谷 4-9-7
電話 03(5411)6222［営業］
振替 00120-8-767643
✦印刷・製本所　中央精版印刷株式会社
✦検印廃止

ISBN978-4-344-83252-7　C0193　Printed in Japan